人民共和國文化與文學叢書

十 二 編

李 怡 主編

第 5 冊

當代文學與電影中的城市敘述

張鴻聲、梅瑤瑤 著

花木蘭文化事業有限公司

國家圖書館出版品預行編目資料

當代文學與電影中的城市敘述／張鴻聲、梅瑤瑤 著 -- 初版
-- 新北市：花木蘭文化事業有限公司，2024〔民113〕
目 2+154 面；19×26 公分
（人民共和國文化與文學叢書 十二編；第 5 冊）
ISBN 978-626-344-857-5（精裝）
1.CST：中國當代文學 2.CST：文學評論 3.CST：影評
4.CST：都市
820.8   113009399

特邀編委（以姓氏筆畫為序）：

ISBN-978-626-344-857-5

9 786263 448575

人民共和國文化與文學叢書
十二編 第 五 冊   ISBN：978-626-344-857-5

當代文學與電影中的城市敘述

作   者 張鴻聲、梅瑤瑤
主   編 李 怡
企   劃 四川大學中國詩歌研究院
總 編 輯 杜潔祥
副總編輯 楊嘉樂
編輯主任 許郁翎
編   輯 潘玟靜、蔡正宣 美術編輯 陳逸婷
出   版 花木蘭文化事業有限公司
發 行 人 高小娟
聯絡地址 235 新北市中和區中安街七二號十一三樓
         電話：02-2923-1455／傳真：02-2923-1452
網   址 http://www.huamulan.tw 信箱 service@huamulans.com
印   刷 普羅文化出版廣告事業
初   版 2024 年 9 月
定   價 十二編 10 冊（精裝）新台幣 26,000 元
版權所有・請勿翻印

當代文學與電影中的城市敘述

張鴻聲、梅瑤瑤　著

作者簡介

張鴻聲，中國傳媒大學校務委員會副主任、南京傳媒學院副校長，浙江大學文學博士，復旦大學博士後，二級教授、博士生導師。研究領域為中國現當代文化、文藝形態與媒介。主持「中國現當代文學史」課程為國家級精品課。主持國家社科基金項目等多項，出版《城市現代性的另一種表述》、《文學中的上海想像》、《當代文藝形態的媒介與文化研究》、《北京敘述：帝都、家園與現代性》等學術專著 10 餘部，主編《北京文學地圖》、《上海文學地圖》、《南京文學地圖》、《成都文學地圖》、《蘇州文學地圖》、《杭州文學地圖》等。

梅瑤瑤，南京傳媒學院教師，南京藝術學院藝術碩士，主要從事中國現代電影、戲劇音樂研究，著有《歐陽予倩與近代戲劇改革》等論文多篇。

提　　要

《當代文學與電影中的城市敘述》，對於中國當代文學與電影中的城市形象進行了細緻的討論與分析。

上編主要討論城市文學現象。著作首先從文學研究出發，將城市敘述作為一種文學現象，梳理了當代文學從 50 年代到 90 年代的城市現代性表達。其次，對於當代著名作家、著名作品中的城市敘述進行討論，包括李劼人作品中的成都、老舍作品中的北京、陸文夫小說中的蘇州，以及歐陽山小說中的廣州。其三，對於當代文學中經常出現的上海城市地理進行了分析，如上海展覽館、曹楊新村等。

下編主要討論電影中的城市形象。首先討論 50 ～ 90 年代上海電影概況。其次，描述了電影中的上海城市形象，包括城市時間、空間、日常性的社會主義「公共性」表達，以及人物的「公共性」人格展現。其三，討論了電影中上海城市的工業化形象與城市性格。

附錄主要收錄了作者所著多種城市文學、藝術研究著作的「序」與「後記」，包括《北京敘述：帝都、家園與現代性〉後記》、《〈南京文學地圖〉後記》、「《〈城市文學地圖〉總序」、《〈城市現代性的另一種表述〉後記》」、《〈中國當代電影中的上海城市形象研究〉後記》、《〈北京文學地圖〉後記》、《〈上海文學地圖〉後記》等。

文學「地方性」問題的發展──《人民共和國文化與文學叢書・十二編》代序

李　怡

　　文化發展與文學發展的「地方性」話題自古皆然，至今更成為自我凸顯的一種有效的方式，老話題中不斷醞釀出新的動向。近年來持續討論的「新東北文學」與「新南方寫作」就是兩大當代文學批評的熱點。在這裡，本文無意直接加入對「南北文學」的這場討論，倒是覺得可以通過梳理一下這批評新動向的來龍去脈，對由來已久的「地方性」的資源價值再作反思。

一

　　「新東北文學」與「新南方寫作」並不是一種既有的文學史建構工程的全新章節，也就是說，到目前為止，它們都還不是業已成熟的文學傳統的當然的構成，而屬於當下文學發展與批評活動中的一種「潮起潮落」的現象，它們的創作者、闡述者主要都是活躍於文學現場的 80 後一代。這在很大的程度上決定了問題的鮮活性、時代性與理想性，當然，也為我們的進一步追問留下了空間。

　　「新東北文學」是最近四、五年間在東北文學與東北文藝的某種浪潮的基礎上形成的概念。上世紀 30 年代在抗戰文學潮流中出現過「東北作家群」，新時期的東北雖然才俊迭出，但要麼另有旗幟，如名屬「先鋒」的馬原、洪峰、刁斗，要麼鍾情白山黑水卻難成群體陣勢，如遲子建。至新世紀第一個十年行將結束之際，終於在電影、音樂、曲藝和某些文學中湧現出了具有地方個性的新動向，這讓壓抑已久的東北文藝家點燃了希望，「東北文藝復興」與「新東

北作家群」接踵提出。2019 年 11 月 30 日,東北網絡歌手董寶石在《吐槽大會》上,以調侃的方式提出「東北文藝復興」的口號,在媒體發酵中,又連續出現了「東北文藝復興三傑」「東北野生文藝」「東北民間哲學家」等等概念,雖然這些主要由樂隊、脫口秀演員、短視頻博主等為主角的聲音在很大程度上沒有超出自娛自樂的範圍,但卻是呼應了 2003 年國家提出「振興東北老工業基地」戰略,也將一些東北學者「振興東北文化」的願望體現在了大眾文化的層面上。〔註1〕2020 年初,黃平發表《「新東北作家群」論綱》,以「雙雪濤、班宇、鄭執等一批近年來出現的東北青年作家」為中心,鄭重提出了新東北文學作為群體現象的現實。〔註2〕此後,「新東北作家群」「東北文學復興四傑」與「新東北文學」等概念便在批評界傳播開來,成為各種文學批評、學術座談會討論的主題,也引發了不同的意見。

　　「新南方寫作」,在一開始只是針對某些嶺南作家作品的批評概念,後來隨著範圍不斷擴大,而成為了一個各方關注的文學現象的指稱。2018 年 5 月 27 日在廣東東莞(松山湖)文學創作基地舉行的一個文學活動上,評論家楊慶祥與作家林森、陳崇正、朱山坡等的對話涉及到了「在南方寫作」的問題,林森、陳崇正、朱山坡同時就讀於北京師範大學與魯迅文學院聯辦的文學創作方向研究生班,據說他們也討論過「新南方寫作」作為一種批評概念的意義。當年 11 月 30 日至 12 月 2 日,由《花城》雜誌與潮州市作協、韓山師範學院合辦的「花城筆會暨第三屆韓愈文學月活動」,在廣東潮州舉辦。11 月 30 日文學沙龍的主題之一是「當代文學格局中的地方性寫作」。陳崇正、朱山坡、林森、王威廉與楊慶祥等作家、批評家、編輯聚首,熱烈討論了「新南方寫作」這個概念的學術可能性。11 月 9 日,陳培浩在《文藝報》上發表文章《新南方寫作的可能性——陳崇正的小說之旅》,「希望借助『新南方寫作』這個概念來彰顯陳崇正寫作中的獨特想像力來源」,「新南方寫作」一說正式見諸主流媒體。而與之同時,楊慶祥也在積極籌備相關的學術討論,他的思路也從嶺南延伸到了更遠的地方:「大約是在 2018 年前後,我開始思考『新南方寫作』這個概念。觸發我思考的第一個機緣是當時我閱讀到了一些海外作家的作品,主要

〔註 1〕2004 至 2012 年間,東北學者邴正、張福貴、逢增玉、谷曼、吉國秀等都撰文論述過「振興東北文化」的可能,刊發於《社會科學戰線》《社會科學輯刊》《長白學刊》《遼寧大學學報》等期刊上。
〔註 2〕黃平:《「新東北作家群」論綱》,《吉林大學社會科學學報》2020 年第 1 期。

是黃錦樹。」〔註3〕

　　從「南方」的角度來定義文學現象當然不是始於此時，只不過，因為江蘇浙江一代的文學歷來發達，「江南文學」幾乎就被視作「南方文學」的當然代表，今天，「『新南方寫作』是指跟以往以江南作家群為對象的『南方寫作』相對的寫作現象，這個概念既希望使廣大南方以南的寫作被照亮和看見。」〔註4〕換句話說，「新南方」指的不是新的今天的南方，而是「南方之南」的還不曾進入人們視野的那些「南方」。更準確地說，這個概念的提出，原本是提醒一種隨著經濟和文化的發展，而日益重要的「南方之南」的文學存在現象，即在將蘇童、格非、葉兆言等江南區域作家的視作傳統意義的「南方寫作」，而將嶺南等在改革開放時代湧現的區域文學寫作名之為「新南方寫作」。楊慶祥發表於《南方文壇》2021 年 3 期上的《新南方寫作：主體、版圖與漢語書寫的主權》是到目前為止最完整、影響也最大的文章，它和黃平的《「新東北作家群」論綱》遙相呼應，成為新時代中國當代文學「地方性」建構的南北綱要。按照楊慶祥的劃定，「將新南方寫作的地理範圍界定為中國的廣東、廣西、海南、福建、香港、澳門、臺灣等地區以及馬來西亞、新加坡、泰國等東南亞國家。」〔註5〕這已經從陸地伸向了海洋，從中國擴展至了域外，臺灣學者王德威有具體的建議，他認為相關的文學批評可以跨越「閩粵桂瓊作家的點評」範圍：「許假以時日，能有更多發現？如張貴興、李永平的南洋風景，吳明益、夏曼・藍波安的地理、海洋書寫，董啟章、黃碧雲的維多利亞港風雲，極有特色，可作為研究的起點。」〔註6〕也有學者進一步論述了「世界南方」的可能性：「在地域上以兩廣、福建、海南等中國南方沿海省份為主體，同時延伸至臺港澳地區、東南亞的華語文化圈，並不斷向更為廣闊的『世界南方』拓展。」〔註7〕

　　當然，也有學者提出了橫向拓展的設想，即將過去那些身處南方卻不屬於

〔註 3〕楊慶祥：《新南方寫作：主體、版圖與漢語書寫的主權》，《南方文壇》2021 年
　　　　3 期。
〔註 4〕陳培浩：《「新南方寫作」及其可能性》，《韓山師範學院學報》2020 年 4 期。
〔註 5〕楊慶祥：《新南方寫作：主體、版圖與漢語書寫的主權》，《南方文壇》2021 年
　　　　3 期。
〔註 6〕王德威：《寫在南方之南：潮汐、板塊、走廊、風土》，《南方文壇》2023 年 1
　　　　期。
〔註 7〕盧楨：《行走的詩學與新南方寫作的域外生成》，《南方文壇》2023 年 6 期。

典型南方——江南之外的區域文學現象也一併納入：「從空間上看，以往南方文學主要是江南文學，現在談新南方文學，囊括了廣東、福建、廣西、四川、雲南、海南、江西、貴州等等文化上的邊地，具有更大的空間覆蓋性，因而也有更多文化經驗異質性。」〔註8〕

如今，「新東北文學」與「新南方寫作」的論述和探討早已經超出了本地域發聲的層面，發展成了一種全國性的乃至在一定程度上影響著國際漢學界與華文創作圈的文學動向、批評動向。《文史哲》雜誌與《中華讀書報》聯袂開展的 2022 年度「中國人文學術十大熱點」評選活動中，新「南」「北」寫作的興起成為文學類唯一入選話題。

二

中國文學有南北之議或者說各區域地理的概念，這已經是我們源遠流長的傳統，《詩經》與《楚辭》的差異早就為人們所注目，「辭約而旨豐」的《詩經》，「耀豔而深華」的《楚辭》，都為劉勰所辨明，〔註9〕唐代魏徵在《隋書‧文學傳序》的討論已經出現了「南北」、「江左」、「河朔」等重要的文學地方視野：「江左宮商發越，貴於清綺；河朔詞義貞剛，重乎氣質。氣質則理勝其詞，清綺則文過其意。理深者便於時用，文華者宜於詠歌，此其南北詞人得失之大較也。」〔註10〕《漢書》《隋書》闢有「地理志」，專門概括各地山川形勝、風土人情，是中國文化與中國文學地方性論述的集中表達。近現代以後，引入西方的文學地理學、空間理論，使之論述更上層樓，文學的區域研究、地域考察不斷結出重要的果實。在新時代的今天，東北與南方問題的再度提出，很令人想起一百年前，在中國文學從古典至近現代的歷史轉換之中，一批學者也讓中國文學的南北論隆重出場，即是對文學發展史實的陳述，也包含了自我辨認、清理的思想根脈以激發文化的活力之義，那麼，這一百年以後的議題，都有著什麼樣的思想意義，是不是亦有同樣的歷史效應呢？

對中國現當代文學進行系統的「地方性」的觀察和總結是在 1990 年代中期，嚴家炎先生主編的《二十世紀中國文學與區域文化》叢書於 1995 年開始由湖南教育出版社陸續推出，這是新中國成立後、當然也是百年來第一次系統

〔註8〕陳培浩：《「新南方寫作」及其可能性》，《韓山師範學院學報》2020 年 4 期。
〔註9〕分別見《文心雕龍‧宗經》、《文心雕龍‧辨騷》，范文瀾《文心雕龍注》22、47 頁，人民文學出版社 1958 年。
〔註10〕《隋書》卷 76，中華書局 1973 年版第六冊 1730 頁。

梳理總結中國新文學發展與地方文化內在關係，是文學地方經驗與地方路徑的全面展示和挖掘。值得一提的，這些中國文學的地方性研究幾乎都是各個地方的學者來完成的，絕大多數是當地籍貫的學者，極少數籍貫不在當地卻是生活多年或者已經就是第二故鄉。

著作名	作　者	籍　貫
黑土文化與東北作家群	逄增玉	出生於吉林
江南士風與江蘇文學	費振鍾	出生於江蘇
都市漩流中的海派小說	吳福輝	出生於浙江，在上海度過童年
現代四川文學的巴蜀文化闡釋	李怡	出生於重慶
山藥蛋派與三晉文化	朱曉進	出生於江蘇，從事相關研究
齊魯文化與山東新文學	魏建、賈振勇	出生於山東
雪域文化與西藏文學	馬麗華	生於山東，在藏工作 27 年
「S 會館」與五四新文學的起源	彭曉豐	在杭州讀書和任教
	舒建華	出生於浙江，在杭州讀書和工作
秦地小說與「三秦文化	李繼凱	出生於江蘇，在陝西讀書和工作
湖南鄉土文學與湘楚文化	劉洪濤	出生於河南，從事相關研究

　　以上簡表可以看出，《二十世紀中國文學與區域文化》叢書的作者，除了朱曉進、劉洪濤因為前期分別從事山藥蛋派與沈從文研究而參加了相關叢書外，其他所有的學者都可以說具有深刻的「本鄉本土」淵源，他們的研究在很大程度上來源於對「本土文化」的一種自我感受，學術的表達也具有自我開掘、自我說明的鮮明的意圖。在新時期中國現當代文學的實績還有待全面總結和彰顯的時候，這種「地方性」的開掘和展示幾乎也可以說是必然的，他們解釋的是「走向世界」的文學主流敘事所需要的細節，也是對「中國文學」主體敘述所難以顧及的地方內容的放大呈現，除了「地方性」的學者或者對「地方」有特別研究的基礎，似乎也難以熟悉這些特定地域的被遮蔽的陌生的內容。

　　不過，這樣一來，也為我們提出了一個新的問題：除了對主流文學細節的補充與完善，「地方」究竟還有沒有可能凸顯自己的發現？而且這種發現最後的意義又不僅僅屬於「地方」，而是指向對整個文學格局的再認識？在這個意義上，我認為《二十世紀中國文學與區域文化》叢書的工作屬於中國文學地方性研究的第一階段，它的重要意義就在於為我們展示了百年來中國文學發展的無比豐富的地方性，這些地方性的存在從根本上說就是中國新文學發生發

展的基礎，也是它的歷史實績，因為有了不同地方的文學成果，我們百年文學的建構才是充實的和多樣化的。當然，在大量紮實的奠基性的工作之外，這一階段的努力基本上還沒有展開新的追問，即這些「地方性」的文學有沒有貢獻出一種獨特又具有整體性指向的可能？《二十世紀中國文學與區域文化》叢書對各區域文學的解剖、分析新見迭出，不過似乎都沒有刻意挖掘那些地方性文學創作中蘊含的導向未來文學發展的律動和線索，沒有放大性地揭示「當下地方」中暗藏的「通達中國」、「激活世界」的機緣。

《二十世紀中國文學與區域文化》叢書出版至今，二十年的時間過去了，中國學者對文學地方性問題的研究依然在持續推進中。這種推進表現在三個方面，首先是一系列相關理論的引進和運用，例如文化地理學（Cultural geography）、列斐伏爾（Henri.Lefebvre）的空間生產理論（Theory of space production），段義孚的「空間與地方」（Space and Place）、愛德華‧雷爾夫（Edward Relph）「地方與無地方性」（Place and Placelessness）、詹明信（Fredric Jameson）的超空間概念（hyperspace）、多琳‧馬西（DoreenMassey）的「全球地方感」（A Global sense of place）等等，使得我們的學術視野更為深邃，從過去的感性總結上升到更為理性的概括與分析；其次是對地方性考察邁向更為廣闊的領域，除了對中國現當代文學創作現象的分析，也進一步擴展到了古代文學領域，使之結合中外文學的比較，在世界文學的視野中考察更大範圍中的文學地方性問題，「文學地理學」的充分闡發和廣泛運用就是在我們的中國古代文學研究中進行的；其三是對中國新文學的考察、研究也開始超越了主流思想的「補充」這一層面，努力通過對「地方」獨特文化資源的再發現重新定義現代，洞見中國現代性的自我生成路徑。「地方路徑」概念的提出、闡發和討論可以被看作是這一努力的理論性嘗試，而陳方競教授 1999 年出版的《魯迅與浙東文化》則是學術超越的較早的成果。

作為一位浙江籍的學者，陳方競教授致力於魯迅與浙江文化關係的闡發並不奇怪，這十分符合 1990 年代中國文學地方性研究的動向，從總體上說還是屬於「二十世紀中國文學與區域文化研究」的脈絡。但是，陳方競教授卻以自己細膩的梳理和深入的思考展示了地方性研究的新的可能，從而實現了對同一時期的學術模式的某種超越。《魯迅與浙東文化》不是在魯迅的文學中尋找時人關於「浙東文化」常識性概括，從而迅速地總結出魯迅文學中的浙東「基因」或「元素」，最終證明一個不受人質疑卻也並不令人興奮的事實：魯迅的

確屬於浙東文化。這樣的地方性闡發僅僅是對文學史「常識」的一次側面的印證，它本身沒有提出什麼新的問題，或者說根本就沒有能夠發現新問題，因此對學術思想的啟發和推動也十分有限。陳方競教授卻是將對浙東文化傳統的發現與對魯迅內在精神特質的挖掘緊密結合，他不是企圖對盡人皆知的常識展開別樣材料的印證，而是在重新發現魯迅思想構成的意義上挖掘出了被人們所忽視的「浙東文化」的存在，無論是對於魯迅還是對於浙東文化傳統，這裡的發現都是深刻的，也可以說是創造性的，例如著作對魯迅所「復活」的浙東地緣血緣傳統的論述就始終在多層面多維度中展開，不斷作出個體性的比較和時間性追蹤，從而呈現了這種地方性傳統延續承襲的複雜和變異，而所謂文化傳統的影響也從來就不可能是本質化的、理所當然的，它們都得在歷史的轉換中被重新選擇，所以，「發現」傳統絕非易事，「繼承」文化需要付出：

> 魯迅作為破落戶子弟，反叛於他「熟識的本階級」，這樣，血緣性地緣文化在他身上的「復活」又並非是順其自然的。顯然，這裡還存在一個主體意識的「認同」過程，由「認同」而「復活」。〔註11〕

> 魯迅與瞿秋白同為士大夫家族子弟，血緣性的地緣文化，他們身上都表現出某種根深蒂固的「名士氣」。但瞿秋白的「名士氣」表現為「潔身自好」；魯迅則不同，他仰慕浙東先賢而表現出近於「魏晉名士」憤世嫉俗的硬氣與骨氣。〔註12〕

> ……周作人又不得不正視他與乃兄魯迅之間互有濡染又涇渭分明的不同文風……周作人的文風不無「深刻」但更顯「飄逸」，魯迅的文風則是，不無「飄逸」但更顯「深刻」。〔註13〕

這樣的魯迅精神也就是一種前所未有的「再發現」，也可以說是對中國新文學內在精神的創造性提煉，而由此被闡發的「浙東文化」，也就不再屬於歷史的陳跡，它理所當然就是中國現代性的參與者、激發者，這裡的魯迅和浙東既來自浙東，蜿蜒生長在地方性的土壤裏，但又最終超越了具體鄉土的狹隘性，與更為廣大的世界性，和更為深刻的人類性溝通關聯在了一起，從而賦予未來中國文學的發展以啟發。

今天的「新東北文學」與「新南方寫作」，從創作到批評也都呈現了中國

〔註11〕陳方競：《魯迅與浙東文化》58頁，吉林大學出版社1999年。
〔註12〕陳方競：《魯迅與浙東文化》59頁，吉林大學出版社1999年。
〔註13〕陳方競：《魯迅與浙東文化》44、45頁，吉林大學出版社1999年。

文學地方性意識的一種深化。

作為創作現象的「新東北文學」與「新南方寫作」已經超過了地方彰顯的意圖，寫作和作家本人的跨區域性向我們表明，地方本身已經不是他們集中表達的內容，超出地方的更深的關切可能是他們更有意包含的主題。有人統計過，這些活躍的「新東北」與「新南方」作家未必都固守在東北和南方，故鄉也並非就是他們唯一關注的焦點，文學的故土更不等於就是現實的刻繪。「被視為東北文藝復興文學代表的「鐵西三劍客」——雙雪濤、班宇、鄭執他們其實是在北京書寫東北」「廣西籍作家林白，她的長居地是武漢和北京，她的寫作很多時候與故鄉和區域並不直接相關。但《北流》卻無疑動用了故鄉的精神文化資源，濃厚的地方性敘事、野氣橫生的方言敘事為人所津津樂道。與林白相近的還有霍香結。桂林人氏，走遍中國，定居京城近二十年的霍香結近年以《靈的編年史》《銅座全集》頗受矚目。霍香結無疑是自覺將「地方性知識」導入當代文學的作家。〔註14〕書寫「新東北」的班宇在南昌市青苑書店書友會上說過：「我覺得我現在寫的東北，其實並不是90年代真實存在的那種東北」，他還表示，「即便今天經濟情況不再一樣，但精神困境也許一樣，所以會有感同身受。讀者和我不是尋找記憶，而是對照當下處境」〔註15〕雙雪濤則稱「豔粉街是我虛構的場域」〔註16〕「新南方」的東西表示要拒絕「根據地」般的原鄉、尋根公式，〔註17〕梁曉陽十五年間輾轉於廣西和新疆，沒有新疆這個北方異域的參照也無所謂獨特的廣西，他的長篇小說《出塞書》的主人公梁小羊因為一次次的出塞，才得以從本土的空間中掙脫而出。「新南方」作家朱山坡說得好：「我們只是在南方，寫南方，經營南方，但我們的格局和目標絕對不僅僅是南方。過去不少作家沉迷於地方性寫作，挖掘地方奇特的風土人情，聳人聽聞的怪人怪事。這是偽鄉土寫作。這不是寫作的目的，也不是文學的目的。寫作必然在世界中發生，在世界中進行，在世界中完成，在世界中獲得意義。一個有志向有雄心的作家必須面向世界，是世界性的寫作。」朱山坡自己不僅書寫了「米莊」和「蛋鎮」這樣的南方小鎮，他其實已經走出了國境，荒涼的

〔註14〕陳培浩：《「新南方寫作」與當代漢語寫作的語言危機》，《南方文壇》2023 年 2 期。

〔註15〕班宇：《我不太理解很多人一想到東北就難受》，《城市畫報》，2020 年 7 月 9 日。

〔註16〕雙雪濤：《豔粉街在我心裏是很潔白的》，《三聯生活週刊》，2019 年第 4 期。

〔註17〕東西：《南方「新」起來了》，《南方文壇》2021 年第 3 期。

非洲，索馬里、薩赫勒、尼日爾，在不同文化中探究人性的幽微。「在世界中寫作，為世界而寫，關心的是全人類，為全世界提供有價值的內容和獨特的個人體驗。這才是新南方寫作的意義和使命。」〔註18〕

批評也是如此。與1990年代的地方性文學研究不同，參與「新東北文學」與「新南方寫作」研討的批評家相當部分已經不再是「地方的代言人」，「新東北文學」與「新南方寫作」的問題引起的普遍參與的熱忱。黃平是東北人，但長期求學、生活、工作在上海，楊慶祥是安徽人，長期求學、生活、工作在北京，「新南方」只是他遠眺的方向。遠在美國的漢學家王德威原籍福建，生長於臺北，工作於美國哈佛大學，他密切地關注了我們的討論，不僅關切著「新南方」的體驗，更對遙遠的東北充滿興趣，甚至繼續跳出新東北／新南方的二元架構，繼續就「大西北」發聲，激活更多的文學「地方性」話題。〔註19〕這恰恰說明，「新東北」與「新南方」都不再是地方對主流文化發展的一種補充和完善，它們本身的問題已經足以引發全局性的思考。正如黃平對「新東北文學」的一個判斷：「這將不僅僅是『東北文學』的變化，而是從東北開始的文學的變化。」〔註20〕「這批作家不能被簡單理解為東北文學，他們的寫作不是地方的，而是隱藏在地方性懷舊中的階級鄉愁。」〔註21〕「新南方寫作」的提出者也將「以對文明轉型的預判把握『新南方』將為中國當代文學創造的前所未有的『可能性』。」〔註22〕或者云「潛藏其中的由地域詩學向文化詩學、未來詩學的演變，使新南方寫作在世界時空中獲得了新的意義。」〔註23〕曾攀認為，新南方寫作「儘管發軔於地方性書寫，卻具備一種跨區域、跨文化意義上的世界品格」〔註24〕楊慶祥在南方精神的發掘中提出反離散論的問題，「南方的主體在哪裏？它為什麼需要被確認？具體到文學寫作的層面，它是要依附於某種主義或者風格嗎？如果南方主動拒絕這種依附性，那就需要一個新的

〔註18〕朱山坡：《新南方寫作是一種異樣的景觀》，《南方文壇》2021年3期。

〔註19〕參見王德威《文學東北與中國現代性——「東北學」研究芻議》（《小說評論》2021年1期）、《寫在南方之南：潮汐、板塊、走廊、風土》（《南方文壇》2023年1期）及《現代歷史 西北文學》（《大西北文學與文化》2020年第1期）。

〔註20〕行超：《黃平：讓我們破「牆」而出——「新東北文學」現象及其期待》，《文藝報》2023年6月26日第3版。

〔註21〕黃平：《從東北到宇宙，最後回到情感》，《南方文壇》2020年3期。

〔註22〕陳培浩：《「新南方寫作」及其可能性》，《韓山師範學院學報》2020年4期。

〔註23〕盧楨：《行走的詩學與新南方寫作的域外生成》，《南方文壇》2023年6期。

〔註24〕曾攀：《新南方寫作：經驗、問題與文本》，《廣州文藝》2022年1期。

南方的主體。」〔註25〕

與某些地方文學倡導者的「自戀」式地方彰顯有異，「新東北」與「新南方」的論述者都在跳出自設主題的束縛，在更大的框架中建構對中國文學的整體認知，也不無反省，例如黃平就曾以「新東北寫作」為參照，對照性地來討論「新南方寫作」。他認為兩者創作表現的差異有五：第一點是邊界，「新東北寫作」的地域邊界很清晰，但「新南方」指的是哪個「南方」，邊界還不夠清晰，不僅僅是地理意義上的邊界，同一個區域內部也不夠清晰，所以楊慶祥等評論家還在繼續區別「在南方寫作」和「新南方寫作」；第二點是題材，「新東北寫作」普遍以下崗為重要背景，但「新南方寫作」並不共享相近的題材；第三點是形式，「新東北寫作」往往採用「子一代」與「父一代」雙線敘事的結構展開，以此承載兩個時代的對話，但「新南方寫作」在敘述形式上更為繁複多樣；第四點是語言，「新東北寫作」的語言立足於東北話，但「新南方寫作」內部包含著多種甚至彼此無法交流的方言，比如兩廣粵語與福建方言的差異，而且多位作家的寫作沒有任何方言色彩；第五點是傳播，「新東北寫作」依賴於市場出版、新聞報導、社交媒體、短視頻以及影視改編，「新南方寫作」整體上還不夠「破圈」。故而，在思潮的意義上，「新東北寫作」比較清晰，「新南方寫作」還有些模糊〔註26〕。

這樣的反省無疑將推動中國文學地方意識的發展。

三

從 1990 年代中國文學研究地方視野的系統展現到今天文學批評中南北話題的深化發展，我們可以見出中國文學創作地方意識的興起和自覺，也可以梳理出學術思想日趨成熟的一種態勢。不過，嚴格說來，學術發展和文學創作一樣，歸根結底並不是一種進化式的躍遷，而是在不同的歷史時期盡力表達最獨特感受，或者努力解決這一階段的思想文化問題。它們最終的價值取決於感受的不可替代性或提出問題、解釋問題的深度。在這個意義上，今天我們面對中國文學地方性問題的學術態度又不能與古代中國的「地理志」簡單類比，無法因為數十年前區域研究的簡易而滿懷自信，譯介自西方的各種「空間」理論好

〔註25〕楊慶祥：《新南方寫作：主體、版圖與漢語書寫的主權》，《南方文壇》2021 年 3 期。

〔註26〕行超：《黃平：讓我們破「牆」而出——「新東北文學」現象及其期待》，《文藝報》2023 年 6 月 26 日第 3 版。

像更不能回答我們自己的問題，歸根到底，今天的地方性討論和未來的其他文學討論一樣，都還得通過本時代我們批評的有效性來加以檢驗。

於是，透過當前中國文學批評對「南北」問題的關注，我們都有責任來繼續探討和提高理論的效力。我覺得，這種理論的效力至少還可以體現在兩個方面，一是它捕捉文學現象獨特性的能力，即相關的概念和闡釋是不是切中了相關文學現象的核心和根本，可否在於相似現象的區隔中透視其中最獨有的精神秘密；二是它參與思想文化建設的能力，也就是通過文學批評的理論問題，能否昇華出一種更大的思想文化的啟示。

當代文學的「南北」命名及討論顯然是對文學創作的一種有價值的捕捉和發現。例如「新東北文學」由「下崗」主題而重述文學的「階級」主題，進而引發關於「復興現實主義」的猜想，「新南方寫作」由「一路向南」的版圖的擴展而生出「重構華文文學世界」的可能，即打破長久以來的漢語寫作的國境線，甚至挑戰「華語語系文學」所暗含的文化牴牾……這都是一些令人激動的文學批評的未來前景。不過，平心而論，這樣的前景在目前尚不是觸手可及，我們依然必須面對更為複雜的創作現實：寫作的活力總是體現為不斷變化，這些「狡黠」的媒介時代的精靈並不願意乖乖就範，事實上，「新東北」的幾位作家本來就置身在比過去紙質出版時代更為複雜的傳播環境之中，他們並不甘於受制於某一「古典」的程序，語言和行動上脫離「被定義」，在逃逸批評家指稱的道路上自由而行，同樣是這個時代文學「思潮」的重要特點。正如有評論指出：「這樣立意宏大的批評路徑似乎並未和小說家的自我指認之間達成順滑的對接，在闡釋者一方試圖將「新東北作家群」的寫作圈定在預設的階級話語框架，從而完成對其文學價值的確認之際，創作者一方卻往往不甘於被外界給定的標籤所束縛，不斷尋找著「逃逸」的出口。」〔註27〕在命名的爭論當中，也有以「新東北作家群」人數有限，不足以匹敵歷史上有過的「東北作家群」而頗多質疑，其實，對於一個新興的文學現象，關鍵的問題還不在人數的多寡，而在於它所包含的問題的不可代替性。如果「新東北作家群」揭示的創作問題前所未有，數個作家也值得認真考察。這裡可以深入探究的東西其實不少——無論他們對弱勢群體命運的披露是不是可以歸結為「左翼思想」，也無論「現實主義」的概括還是否恰當，我們都不能否認其中所存在的深刻的左翼

〔註27〕常青：《「新東北作家群」：多元視野中的文學個案新探》，《華夏文化論壇》第二十八輯。

思想背景，還有那種曾經沉淪了的現實批判的追求，當然，就像新時代的中國不會再現 1930 年代的左翼文學與批判現實主義一樣，一種綜合性的全新的底層關懷混雜於新媒介文化的形態正在蓬勃生長，可能是我們既有的文學思潮難以概括的，也亟待我們的批評家認真勘察，準確命名，我們不僅需要流派的命名，也需要藝術形態的命名，一種跨越左／右、主流／邊緣、雅／俗的融媒介式的藝術概括？

「新南方」的跨境向南是鼓舞人心的學術前景。當林森、陳崇正、朱山坡與張貴興、李永平、吳明益、夏曼‧藍波安、董啟章、黃碧雲與黃錦樹都被置放在「南方」的大背景上予以呈現，我們當可以洞悉多少新鮮的景致！不過，在這裡，迫切需要我們思索的可能還在於，當大陸中國的寫作者真的不再「回望」北方，一意南行之時，這種勇往直前的豪邁是否可以類同那些「下南洋」的華人？而黃錦樹回望魯迅的《傷逝》，又有怎樣的心態的距離？林森的《海裏岸上》寫卸甲歸田的一代船長老蘇，「他已經很久沒有機會到海上去了」「一九五〇年之後，老蘇剛剛上船不久，那時基本不去南沙，而隨著船在西沙和中沙捕撈作業。二十多年以後，響應國家戰略的需要，他踏上了前往南沙的征途」，所過之地，木牌上寫下大紅油漆文字：「中國領土不可侵犯。」字裏行間，更傳達了激昂的民族情懷：「我們一個小漁村，這些年就有多少人葬身在這片海裏？我們從這片海裏找吃食，也把那麼多人還給了這片海，那麼多祖宗的魂兒，都游蕩在水裏，這片海不是我們的，是誰的？」〔註28〕在這裡，個人的情感深深地滲透了我們源遠流長的家國意識，一路向南的行旅中清晰迴蕩著來自「北方」的責任和囑託，它和其他的「南方情懷」是否已經消弭了界線？我想，「新南方寫作」的邊界劃定，還可以有更多的追問。

文學的「南北」之論從來都超出了文學批評本身，指向一種更大的思想文化目標。一百年前的 20 世紀之初，中國知識界也有過一次影響深遠的「南北論」，其代表人物包括梁啟超、章太炎、劉師培、王國維等等，他們各具風采的論述開啟了現代中國從南北地理視野入手解釋中國文學、語言及文化的理論時代。梁啟超《中國地理大勢論》、王國維《屈子文學之精神》、章太炎《方言》及劉師培《南北文學不同論》，就是當時傳誦一時的名篇。《中國地理大勢論》從政治、文學、風俗與兵事四個方面入手，論述中國南北文化的差異與互動關係，其目標在於探究歷史上「調和南北之功」，從文化融合的方向上推動

〔註28〕林森：《海裏岸上》，《人民文學》2018 年第 9 期。

社會的發展，他對現代文明的讚賞即導源於此「今日輪船鐵路之力，且將使東西五洲合一爐而共冶之矣，而更何區區南北之足云也」。〔註29〕而南北之「合」則是與民族之「合」相契合，所謂「合漢合滿合蒙、合回合苗合藏，組成一大民族，提全球三分有一之人類，以高掌遠跖於五大陸之上」。〔註30〕一句話，南北文化之合與民族文化之合是中國的歷史大趨勢，是中國走向強盛的必由之路。在《屈子文學之精神》中，王國維將情感、想像等西學文學概念引入對中國南北文學的評述，建立了一種嶄新的以情感表達為中心的現代意義的文學觀念。章太炎與劉師培各種劃分南北的標準並不相同，對南北的推崇也剛好相反，但是卻都將他們所崇尚的南北文化當作復興民族生氣的根基。「對於章太炎和劉師培，『南北論』都不是純粹知識性的理論構想，而是在舊學新知中不斷調試以回應時代變局的積極嘗試。如何在現代民族國家的敘事結構內重新凝聚起中華文化的根脈，是章、劉最關鍵的問題意識。」〔註31〕總之，一百年前的文學「南北論」，具有宏大的問題意識和文化理想，其意義遠遠超出了對具體文學現象的是非優劣的辨析，最後都昇華為一種社會文化重建的目標。

世易時移，今天的文學問題當然不可能是清末民初的重複，然而，在一個傳播手段和交流策略逐漸凌駕於內容之上的時期，在許多貌似顯赫的聲浪都可能流於暫時的「話術」的氛圍中，我們也有必要維持一定的理性的堅持，否則就可能如人們的擔憂：「『新南方寫作』作為一種建構意義大於實際影響力的文學現象，它未來的命運是被短暫地討論後就如秋風掃落葉般被人遺忘，還是承擔起豐富當下文學實踐現場這一使命？」〔註32〕而「新東北文學」的前景也可能在戲謔的玩笑中被後人所調侃：「2035 年，80 後東北作家群體將成為我國文學批評界的重要研究對象，相關學者教授層出不窮，成績斐然。與此同時，瀋陽被聯合國教科文組織命名為文學之都，東北振興，從文學開始。」〔註33〕

文學的地方性追求歸根到底並不真正指向地方，而是人自己。漢學家王德

〔註29〕梁啟超：《中國地理大勢論》，《飲冰室合集》第四冊（文集之十），中華書局 2015 年第 945 頁。

〔註30〕梁啟超：《政治學大家伯倫知理之學說》，《飲冰室合集》第五冊（文集之十三），中華書局 2015 年第 1194 頁。

〔註31〕吳寒：《空間與秩序——章太炎、劉師培「南北論」之比較》，《文學評論》2023 年 2 期。

〔註32〕何心爽：《地方性、媒介屬性、實感經驗——理解新南方寫作的三條路徑》，《創作評譚》2022 年 5 期。

〔註33〕班宇：《未來文學預言》，張悅然主編：《鯉・時間膠囊》，九州出版社 2018 年。

威來到西安，面對原本與他無甚關係的大西北，也不禁發出了這樣的感歎：

> 當我們行走在土地之上，千百年的歷史就在我們的腳下，只能
> 體會自己的渺小卑微。當土地上的人在思想、信仰、利益之間你爭
> 我奪，土地之下的一切提醒我們生而有涯，蒼茫深邃的大地承載著
> 看不見的一切。這是海德格爾式的思考。如此無限無垠的大地，它
> 名叫「西北」。我們對於西北文學、歷史的理解和深切反省，從這裡
> 開始。」〔註34〕

這其實應該就是一切地方性話題的開始。

〔註34〕王德威：《現代歷史　西北文學》，《大西北文學與文化》2020 年第 1 期。

目次

上編　文學

第一章　文學現象論

第一節　當代城市文學的現代性敘述概述

一、政治與經濟中心性與城市形態的消失

　　進入當代階段，城市文學的起點與發展和現代階段很不相同。首先，伴隨著國家工業化與激進的全球化進程，城市形態趨向一元性，城市邏輯的自由、多元狀態也開始消失；同時，由於 1950～1970 年代國家生活當中普遍的對城市文化的敵視，也使城市題材文學不可能以城市內在文化為起點，而分別明顯地呈現出外在的政治的與市場的意識形態特性。在 1950～1970 年代，城市題材文學表現出明顯的城市形態的缺失狀況。對城市屬性的分析與重新認定，導致表現城市中國家工業化「廠礦題材」的大量衍發，並構成了 1950～1960 年代城市題材文學的主體。由於城市作為國家大工業發展的核心，這一描寫成了「嚴格窄化的所謂『工業題材』創作」〔註1〕。如艾蕪的《百鍊成鋼》、周立波的《鐵水奔流》、草明的《乘風破浪》以及胡萬春、唐克新、萬國儒等人的作品。同時，當時作品一面表達對城市的厭惡性想像性。一面又強調新城市與舊城市的不同。這種不同被作了兩種處理：一是舊的口岸城市是資產階級罪惡地，工人階級是新城市主人。此屬階級鬥爭的革命表述；二是舊城市是帝國主義統治，此屬民族主義表述。因此，民族國家的非殖民化以反對西方現代性入手，帶上了後發國家現代化特徵，即經濟上的工業化，文化上的東方化。當代

〔註 1〕洪子誠：《中國當代文學史》，北京大學出版社 1999 年版，第 131 頁。

城市被抽走了日常經驗生活，如消費性、個體性，只留下有關國家政治與工業化的問題。這種情形，使得此期中國社會根本沒有多樣的城市形態，所以，文學當然也就不能建立於城市生活經驗之上，屬於國家政治表述，而非城市表述。因此，城市題材文學完全不被人看做是形態意義上的城市文學，自然也不被當作城市文學進行研究。當然，這正是本書所要進行的研究工作。

　　1970 年代末與 1980 年代，中國的城市化現象逐漸突出。但是相對於 1990 年代高速的全球化、城市化進程，1980 年代初的中國城市依然延續著 1950～1960 年代的城市政治邏輯。處於主流文學狀態的城市題材，首先是所謂「改革文學」。蔣子龍發表於 1979 年的短篇《喬廠長上任記》被看作「改革文學」的開風氣之作。另外一些被視為「改革文學」的作品，還有張潔《沉重的翅膀》、李國文的《花園街五號》以及話劇《血，總是熱的》等等。「改革文學」雖然已經不再使用路線鬥爭等政治性的敘述，也企圖使用某種城市意識（包括價值觀念，思維方式、行為方式等等）表現城市生活的某種特質、情感流向與價值多元〔註2〕。但問題的關鍵在於，作品對社會採用單一的「現代」與「保守」的衡量尺度，而表現出它簡化城市文化的一面。其以「改革」與「保守」為線索，而將人與生活分為兩類的二元模式並未消除。事實上，「改革文學」用以判斷的也並非城市文化的多重含義，而是以改革與改革者的政治、經濟的「先進性」作為城市生活的核心。因此，它仍然將城市複雜的形態簡約化為簡單的經濟邏輯，仍不免 1950～1970 年代「廠礦文學」的影響，不過是加入了 1980 年代的中國國家的中心任務罷了。蔣子龍筆下的喬廠長也好、車蓬寬（《開拓者》）也好，都在這種模式中被作了單向度的處理。

　　從 1950～1970 年代到 1980 年代初，不管是描述城市的政治屬性與人的政治屬性，還是描述城市大工業邏輯與人的經濟、生產屬性，都是以取消或漠視城市多元化形態為前提的。其中，城市的日常性首當其衝。瓦特曾提出，近代小說興起與「個人具體的生活」也即「私性」成為中心有關。這是一種日常生活的「有限價值」，建立於城市日常生活形態之上。事實上，中國當代文壇從批判蕭也牧《我們夫婦之間》開始，便將城市日常生活歸之於社會「公共性」意義的敵人，城市日常生活就已經退出了文學。應當說，1930～1940 年代的城市文學，不管是海派還是老舍小說，都建立於城市日常形態之上。既使是以

〔註 2〕比如，《赤橙黃綠青藍紫》等中的解淨與劉思佳都帶有某種城市青年文化痕跡。劉思佳賣煎餅一段，也饒有都市風情。

茅盾為首的「左翼」城市文學,在某種程度上也建立於上海等口岸城市的消費性特徵之上。而一旦取消了城市日常性,事實上也就使城市文化無所附麗,城市文化也因之喪失了城市特性。

從另一種事實我們也可以得出同樣的認識。在現代階段的城市文學中,表現口岸城市特別是上海的文學,與表現北京等傳統文化形態的城市是完全不同的,其原因仍在於城市文化的不同。而 1950～1970 年代文學,甚至 1980 年代的「改革文學」,由於將城市僅僅理解為政治屬性上的政權特性以及經濟屬性,從而漠視了城市之間的文化差別。這也是城市文學在城市形態上缺失的一個表現。

二、城市史邏輯與群體意義

真正具有文化意味的城市文學,始於新時期的「市井小說」。1980 年代市井文學的出現,和主流文學觀念漸漸淡漠與對地域、風俗的興趣有關,和「尋根文學」有某種同樣的基礎。在這方面,表現北京地域的鄧友梅、劉心武,表現天津市井的馮驥才與表現蘇州水鄉的陸文夫是其中的代表。這類作品的共同特點是將城市生活與某種東方城市史邏輯連接起來,寫出了中國城市傳統在當代的遺留。比如馮驥才的《三寸金蓮》,便探究了纏腳這一惡習在歷史狀態下如何轉化為一種審美的過程。但是,由於傳統城市形態在當代的大量遺失,所謂傳統形態已經成為「被尋、難尋之根」,很難成為當代市民生活的主體內容了。因此,作者都將描寫對象圍於特定的時期(如清末民初)、特定的空間(傳統城市或城市某一傳統區域)與特定的人群中(即所謂小眾、小群)。馮驥才的「津門小說」自不必說,鄧友梅的京味小說也大體在舊日八旗子弟、文人、工匠之間展開。歷史狀態常常被作為「靜止」狀態,它在當代的遺留與變異狀態是看不到的。正因此,作品中的靜態的民俗、民情、禮儀、典章、風物,常常構成城市文化的主體,或成為市井文化的標誌。傳統城市文化形態在經歷了 1950～1960 年代、「文革」之後的變異,便不在表現視野之中了。

力圖克服這一傾向的,是北京方面的劉心武、陳建功與上海的俞天白。在劉心武的《鍾鼓樓》中,雖然作者採用了橫斷面的總體結構,但同時又以北京的城市傳統作為歷時性線索。舉凡鍾鼓樓的變遷、四合院的興衰、婚嫁風俗的變化,都表明了一種中國式城市史的視野。歷史形態在當代生活中的遞嬗變動,構成了城市日常生活的文化意味。劉心武 1991 年完成的《風過耳》和以

後的《四牌樓》，還有 1996 年出版的《棲鳳樓》，也都遵循同一視角，企圖在當代城市生活中尋找歷史。陳建功的《轆轤把胡同 9 號》與《找樂》，都在某些日常形態中描摹城市某一人群恒定的精神世界，以及精神世界中的傳統根基，其中透出老城市的新世情以及新世情中的城市老傳統。俞天白的《大上海沉沒》是這一時期描寫上海文化的出色作品，它的成功之處在於，作者一方面在當代躁動的經濟社會生活中尋找到「阿拉文化」的舊上海文化延續，同時也注意到「阿拉文化」在解放後特別是在當代的變異。正是由於後者的存在，使俞天白成為兼顧「新舊上海」文化的作家。這其間有何茂源骨子裏的舊上海流氓作風，也有沙培民這種作為進駐上海的幹部怎樣不自覺地被「阿拉文化」同化，也有符錫九等人感受到的「阿拉文化」這種曾經雄心勃勃而今卻保守落後的上海文化的當代性。

在 1980 年代，劉心武與俞天白的北京、上海題材的小說，達到了當代城市文學的高度。但是，相對於 1990 年代而言，1980 年代的中國城市化程度基本上沒有「溢出」近現代時期的中國城市。不用說劉心武等人的小說，即連俞天白長篇系列《大上海縱橫》（《大上海沉沒》為第一部），也基本上是在商品經濟初立未立之間尋找「舊上海」經濟狂動的影子。事實上，劉心武、俞天白是在分別延續老舍、茅盾人對北京與上海的表現。俞天白的小說，其摹仿《子夜》之痕跡更是清晰可變。其以經濟變動為核心全景地展示上海商業文化的特質，使其成為《子夜》、《上海的早晨》式的作品，其寫作模式沒有溢出茅盾、周而復。就時代性而言，不過加入了 1980 年代「改革文學」的某種因子而已。

1980 年代末，「市井小說」由「新寫實小說」衍發，呈現出某種新質。與俞天白等人作品的不同在於，「新寫實小說」並不忽視商品經濟對城市，特別是底層市民的影響，但它並不以此為核心。它尋找的是城市街巷與市井當中普通人在日常生活裏表現出的而且正在延續的日常邏輯，也即城市的民間基礎。相比鄧友梅小說建立於滿清貴冑及後裔的貴族文化基礎，與俞天白傾心於上海經濟較外在化的形態，「新寫實小說」更注意中國城市尚存的精神的基礎部分。事實上，「新寫實小說」雖然並不以城市文化為標榜，但它所強調的生活狀態本身的細碎、世俗、平庸，倒是為人們認識城市傳統的另一面打開了一扇窗口。池莉坦言說：「我自稱小市民，絲毫沒有自嘲的意思，更沒有自貶的意思，今天這個『小市民』之流不是以前概念中的『市井小民』之流，而是普通一市民，就像我許多小說中的人物一樣。」雖然有學者指出，池莉筆下的「小

市民」似乎並不具備「市民」的文化構成，仍屬於市井小民〔註3〕，但它畢竟提供了城市底層的生活日常邏輯。而正是這種基本邏輯，構成了中國城市精神的恒久性。

由「新寫實小說」引發的，是被稱為「城市民謠」體的小說。如范小青的《城市民謠》、蘇童的《城北地帶》以及彭見明《玩古》、王小鷹《丹青引》等作品，背景大都為南方城市底層的小群社會或者小市小鎮，類似池莉小說中的「沔水鎮」。這一類作品雖然不能不涉及 1980～1990 年代之交經濟變革的社會主流形態，但由於堅執民間立場，從而與城市社會現代化、商品經濟保持了某種距離，並以此捍衛城市的舊有傳統。范小青《城市民謠》涉及了下崗、炒股、經商等時代躁動的氣氛，但女主人公錢梅子身上的江南風韻，如同小說中的長街、小河與橋上石獅子一樣，構成了城市的靈魂。其下崗後的不悲與新事業開始後的不喜，都來自於中國城市精神的最深處。而小說中所指涉的所謂時代氣氛，反倒變得可有可無了。

市井小說或「城市民謠」注重城市史在古典文化譜系中的歷史狀態，這種歷史狀態由於少量的存留於民間，因而構成了小群文化的一種，一定程度上被限定於古典主義傳統的想像當中。它之所以未能成為 1990 年代以後中國城市文學的主流，在於古典形態的中國城市文化在 1990 年代已不存在，原有的小型社區（包括小城鎮）與群體的特定文化，都遭到以個體為主的 1990 年代中國城市的拋棄。事實上，由於中國城市變動的急劇，類似市井與「城市民謠」一類小說，在剛剛獲得敘述的可能性後，又失去了發言空間。也許，這一類文學在以後依然會延續下去，但注定是一聲哀婉的歎息，恰如懷舊所呈現的古典城市幻象一樣。

三、欲望、成長：城市外在物質場景與個體經驗

與以往年代作家醉心於政治經濟的公共空間與群體文化不同的是，1990 年代的主流城市文學分明具有某種個體性。這也許來自於 1990 年代後中國城市大變動而造成的文化認同感漸趨淡漠的原因。當舊的「公共空間」與群體文化都面臨消失或重組的時候，城市往往只是人們自己的。

始於 1980 年代的所謂「現代派」小說，從精神上可以看作 1990 年代城市文學的濫觴。有人認為「現代派」文學「講述的現代人的敘事，而不是表達現

〔註 3〕黃發有：《準個體時代的寫作》，上海三聯書店 2002 年版，第 159 頁。

代城市的故事」〔註4〕，這恰恰說明了新的城市敘事不是延續過去的城市史，而是講述「溢出」舊的城市時空的新的城市故事。劉索拉的《你別無選擇》曾被稱為「中國第一篇真正的現代派小說」，包括她的《藍天綠海》、《尋找歌王》，都給予文壇極大振動。從主題形態來說，《你別無選擇》所傳達出的城市青年的混亂與空虛，接近西方現代主義主題。對個性的認同與對城市的逃避，構成了這一類小說的基礎。在當時，類似徐星《無主題變奏》中城市青年考上了大學反而退學的行為，成為反抗城市的一種文學模式。現代派小說至少在兩個方面確定了 1990 年代城市文學的基礎：一個是將屬於城市世俗景象的城市形態直接作為描寫對象，成為當時初步表達城市經驗的符號，諸如酒吧、美容院、搖滾樂等。城市消費享樂場景在中斷近四十年之後首次恢復；其二，類似徐星小說主人公的生活方式，其實已成為 1990 年代城市青年的一種個體存在方式，不過是借了城市時尚去展現而已。現代派文學在精神上啟迪了後來的城市文學作家。比如丁天甚至認為如果沒有《無主題變奏》，他就不可能中斷學業而從事創作。這個時期，最初的城市意識居然是反叛城市，這似乎是中國當代城市文化的一個特異，但細想之下兩者並無悖離。正是由於有了 1980 年代末青年文化對當時城市的疏離與反叛，才會有 1990 年代青年對新的城市的感知。在後來的一些小說中，比如劉毅然的《搖滾青年》與《流浪爵士鼓》，一方面是反叛城市、急於尋找自我個性認同，另一面是城市形態中欲望化的消費場景。由街頭青年的廣場行為、流浪與閒逛而帶來的城市躁動與變遷，在 1990 年代消費高潮中獲得了新的城市特性。不過是，由消費而帶來的對 1980 年代體制化城市時空的反叛，到 1990 年代變為了由消費而帶來的對城市欲望消費認同。

王朔的小說不僅提供了大量新興城市形態中的消費文化符碼，如歌廳、舞廳、飯店等等，更重要的是，他還提供了一套認同城市另類文化的話語以及價值立場。這種情況使他成為城市文化在當代的一個重要衝擊力量。通過邊緣人的敘述，他擺脫了對城市普遍化的價值認可。他筆下的「痞子」，這個最早利用鬆動的城市控制力而出現的人群，將此前的城市中心意識形態給予了顛覆。這可能是當代中國新時期以來最早出現的城市意識之一，儘管在當時看來不免邪惡。王朔提供的城市經驗完全是個體的。那種由原始欲求而引發的，並在自由衝動中隨意發出的混亂行為，都為當時的城市文化所不容，也不能對以後

的城市成熟的文化形態有足夠的建樹。因此，不像有些人認為的，王朔小說中已經開始表現「市民社會」（別說在當時，即便是今天，市民社會也沒有確立）。正像真正商品社會的中堅力量是商人而非初級的「個體戶」一樣，王朔表現的城市混亂狀態，只能構成城市形態和城市意識的過渡階段。他的反抗特性，並無助於對在 1990 年代中後期市場原則確立之後的秩序化社會認知。比如，王朔曾說：「我寫小說就是要拿它當敲門磚，要通過它過體面的生活，目的與名利是不可分的。我個人追求體面的社會，追求中產階級的生活方式。」〔註 5〕可是，王朔根本不懂得作為社會中堅分子的中產階級是什麼模樣，中產階級的秩序感與保守完全不是王朔能有感知的。所以，一旦遠離反叛特性而要建構城市文化時，王朔就只能回到他所熟悉的城市形態中的傳統市井邏輯中。一部《渴望》，恰恰說明了王朔其實懷有的是農耕文化的倫理立場。他對於成熟的城市形態並沒有歸依感，甚至還生出幾分恐懼。

　　1990 年代的城市小說就這樣拉開帷幕。一時間，各種城市題材的作品高下不齊，充斥其間。1993 年《上海文學》以所謂「新市民小說」為號召，在《「新市民小說聯展」徵文暨評獎啟事》中說：「城市正在成為九十年代中國最為重要的人文景觀，一個新的有別於計劃體制時代的市民階層隨之悄然崛起，並且開始扮演城市的主要角色……『新市民小說』應著重描述我們所處的時代，探索和表現今天的城市、市民以及生長著的各種價值觀念的內涵。」〔註 6〕應該說，「啟事」中所說的城市成為 1990 年代中國最為重要的景觀倒不為虛言，但所謂「市民階層」、「市民」以及所謂「價值觀念」的說法未免早了一些。因為「市民」與「市民社會」都是特定的概念，是發達成熟的城市商品社會產物，它不大可能在商品社會初期便出現。事實上，1990 年代城市小說在形態表現上傳達出的物慾傾向、享樂主義與非道德，恰恰是農民階層初次接觸城市物質時的狀態，離所謂「市民社會」相距還遠。

　　1990 年代的城市小說恰恰表現出這一特性，物慾特徵與青年人的成長成為最主要的主題形態。這中間，有被稱為「北邱南何」的邱華棟與何頓。何頓似乎更熱衷於市場經濟初期處於原始積累時期社會邊緣游民的「商業黑幕」，一種新的城市形態秩序未建立之前的混亂狀態。赤裸的欲望與法紀的鬆弛成為最為刺目的城市寫照。諸如《只要你過得比我好》、《我們像葵花》、《生活無

〔註 5〕王朔：《王朔訪談錄》，載《聯合報》1993 年 5 月 30 日。
〔註 6〕《「新市民小說聯展」徵文暨評獎啟事》，載《上海文學》1995 年第 1 期。

罪》、《無所謂》中的小商人、小老闆，信守著「錢玩錢，人玩人」的信條，金錢欲望與違紀犯法成了生活的全部內容。邱華棟筆下的城市更接近於「冒險家的樂園」。它被視為一個陌生的地方，而人物則是冒險者，一群突然闖入的人。這種情形決定了邱華棟小說極度的外在化傾向。正如他所說：「1995 年，整整一年，我是一個酒吧裏的作家。那一年我在酒吧裏寫了十四個短篇小說。我成一個酒吧寫作者。」〔註7〕應該說，呆在酒吧裏看世界是止於表象的。他的城市，不外乎酒店、商場、劇場、高級公寓、地鐵站等等。關於北京城市的想像，在他筆下成為城市建築與享樂設施的輔排，如他所說：「以我的作品保留下 90 年代城市青年文化的一些標誌性符碼。」〔註8〕邱華棟小說「巡禮」式的都市物象羅列，可以看出當代某些作家對於城市的想像：城市只是物質的構成與基於物質的個體經驗。它們總是追求城市，特別市北京城市「國際性」的「域外」效果，而避免對真正東方城市形態與城市史的深究。在新的城市「國際化」傳奇的敘述中，將中國城市的歷史邏輯與記憶統統被排除在外。這樣的城市敘事是淺露的，僅僅呈現時尚化了的當下物象的「瞬間」。邱華棟小說中的各色人物，基本上也被定性為缺少城市縱深感與穩定感的城市人符號，如職業作家、製片人、公關人、時裝人、持證人、推銷人，滿足於一種普泛的外在化所謂「國際風格」。人與城市社會維繫著當下的淺層的表面聯繫，而非歷史的關係。

對於「溢出」傳統城市文化的外在物象與人物屬性的表現，使 1990 年代城市小說獲得了前所未有的敏銳，但缺少對城市文化形態深處的探究，終究使其不能進入現代文學中張愛玲、施蟄存等人的高度。一個沒有文化認同的新城市的人群，一個沒有任何文化延續的城市文化形態，終始不能獲得成熟。所以，類似「邱華棟小說面向城市白領」的說法一致遭到質疑。因為作為城市恒定狀態的白領中產階級的保守、規避風險與穩定，恰恰與邱華棟作品精神是相反的。張欣的所謂「白領小說」其實也一樣。城市深度文化的缺乏使新生代小說家的作品極容易變成自傳體小說，它們是關於自己的敘事，而不是關於城市的敘事。關於成長類的作品更是如此。從邱華棟、丁天、李大衛、殷慧芬到衛慧、棉棉，都是如此。個體經驗加上城市外在場景的敘事，仍然是城市文學成熟期之前的過渡狀態。

〔註 7〕邱華棟：《私人筆記本》，載《青年文學》1999 年第 1 期。

〔註 8〕劉心武、邱華棟：《在多元文學格局中尋找定位》，載《上海文學》1995 年第 8 期。

第二節　1949～1976 年文學的城市現代性：補上應有的一頁

　　本書在緒論中已經談到，在以往對於中國城市文學的闡釋中，根本沒有自解放到「文革」結束之間城市題材文學的位置。其原因在於，多數人認為，這一時期的中國城市不僅沒有城市生活形態，也沒有城市現代性，自然，也就沒有城市文學了。前文已經指出，1949～1976 年間，中國城市是較為缺乏多樣的城市形態的，但這並不說明，當時的中國就沒有城市現代性。只是人們沒有認識到這一時期的城市具有何種現代性而已。應該說，這一時期的城市現代性，並不是缺乏，有的時候還非常強烈。只是，其現代性特徵與此前與此後都不同。

　　在整個 1950～1960 年代，城市文化由原來的現代性的複雜狀態而逐漸變成單一現代性的表意符號，其間的原因在於意識形態的作用。城市被排除掉了它的多重功能，而被簡約為國家大工業的引領與政治領導的功用，而後者尤甚。莫里斯・梅斯納曾評述說：「對於那些農民幹部來說，城市是完全不熟悉的陌生地方……此外，伴隨著不熟悉的是不信任。以集合農村革命力量去包圍並且壓倒不革命的城市這種做法為基礎的革命戰略，自然滋生並且增強了排斥城市的強烈感情。在 1949 年以前，那些革命家把城市看做是保守主義的堡壘，是國民黨的要塞，是外國帝國主義勢力的中心，是滋生社會不平等、思想墮落和道德敗壞的地方。」〔註9〕對城市的道德厭惡，更加劇了對城市作為政治中心與大工業國家經濟核心的認知。其結果是，一方面強調城市的國家工業化發展，另一方面則是企圖以戰爭時期的農耕倫理文明取代舊的城市文化，並以此構成城市政治的核心。

　　1950～1960 年代主流的城市題材文學，其出發點是對於城市的道德恐懼乃至厭惡。蕭也牧發表於 1950 年的小說《我們夫婦之間》，由於對城市日常生活方式表明了某種曖昧不明的態度而遭致批判。此後，城市的消費、娛樂甚至於日常特徵成為表現禁區。在 1964 年文化部舉行優秀話劇創作與演出受獎作品中，《霓虹燈下的哨兵》、《千萬不要忘記》與《年青的一代》將這種對城市的厭惡與恐懼推向高峰。在小說中，有胡萬春《家庭問題》等等。在作品中，城市中的階級政治鬥爭，依然構成了城市生活主體。但不同於 1930 年代「左

〔註 9〕〔美〕莫里斯・梅斯納：《毛澤東的中國及其發展——中華人民共和國史》，社會科學文獻出版社 1992 年版，第 96～97 頁。

翼」城市文學的是,「左翼」文學將經濟鬥爭作為城市政治主線,而此期作品倒是以倫理道德作為階級爭奪的核心,其處理比之「左翼」顯得更加偏狹。作品將舊有的城市生活作為資產階級欲望、享樂的符號,並涉及一切城市日常層面,諸如貪戀城市、追求工作環境、以及物質享用等等。

在消除城市日常性的同時,是突出城市作為政治與經濟的社會主義屬性。應當說,這兩者是相對應的。同時,由於中國城市,特別是上海,都是由近代社會「拖泥帶水」而來,因此,如何斬絕城市與「舊中國」的血緣聯繫成為文學中的一項政治任務。在有關上海題材的文學中,切斷城市歷史的「斷裂論」與尋找城市無產階級歷史的「血統論」是極突出的。在徐昌霖、羽山的《春風化雨》、趙自的《照片引起的回憶》以及話劇《霓虹燈下的哨兵》、《戰上海》等一大批作品中,無產階級的財富創造與對於資產階級的政治反抗成了城市史的主體。這才是真正的上海的「血統」。伴隨著血統分析,「新上海」與「舊上海」的區別也因之確定,即上海「由國際花花公子變生了中國的工人老大哥」〔註10〕。在小說作品中,凡出現舊中國城市題材的,基本上都有血統辯析與對城市的斷裂理解。

對城市屬性的分析與重新認定,導致表現城市裏國家工業化的「廠礦題材」大量衍發,並構成了1950~1960年代城市題材主體。由於城市作為國家大工業發展的核心,這一描寫成了「嚴格窄化的所謂『工業題材』創作」〔註11〕。如艾蕪的《百鍊成鋼》、周立波的《鐵水奔流》、草明的《乘風破浪》以及胡萬春、唐克新、萬國儒等人的作品。應該說,這批作品並非完全如某些研究者所說的遵循「路線鬥爭」的結構模式,而是表現了基於大工業邏輯而帶來的公共空間擴張對城市多元生活的剪除。城市生活與城市人被取消了日常性,變成一架不停運轉的生產機器。人的屬性除了政治屬性之外,其作為生產的屬性(諸如技術革新)等也被無限誇大。這在上海題材的文學中尤為嚴重,因之這一時期的城市題材常常被稱為「廠礦文學」或「工業文學」、「工廠文學」。這一時期文學的背景,是世界主義原則中的民族國家現代性被強調,而其他現代性則被抑制。而在文學中,民族國家概念下的國民性問題等也被忽略,而代之以另一種革命的現代性敘述。它要完成的也不是1930年代「左翼」有關國家的表述,而是新中國城市的社會組織方式,城市日常性當然被排除。《我們

〔註10〕曠新年:《另一種上海摩登》、載《中國現代文學研究叢刊》2004年第1期。
〔註11〕洪子誠:《中國當代文學史》,北京大學出版社1999年版,第131頁。

夫婦之間》的被批判可看做一個重要的文化現象。這篇小說的問題並不在對幹部進城腐化（即城市意識）的憂慮，也不在城市鄉村文化的衝突，而在於它居然容忍了市民合理的日常性生活。張同志被改造成城市性格，這種寫法在當時是非常危險的。這一事件表明，日常性是不能表述國家大問題的，否則，就構成了問題。當時作品對城市的想像性厭惡，導致對於「新城市」與「舊城市」的不同的強調。這種不同被作了兩種處理：一是舊城市是資產階級罪惡地，工人階級是新城市主人，屬階級鬥爭的革命主題表述；二是舊城市是由帝國主義統治，屬民族主義的主題表述。因此，民族國家的非殖民化以反對西方的現代性，帶上了後發國家現代化特徵，即經濟上的工業化，文化上的東方化。城市被抽走了日常經驗生活，如消費性、個體性，只留下有關國家政治的問題。而這又以工業化和社會「公共性」的方式出現。

此期的城市題材文學，其具有的幾個藝術上的特徵，可視為對工業化造成的現代性的強調。一是特別強調城市的工業化背景。當時的小說、戲劇，大都以展示上海外灘大樓、高大廠房、集體宿舍、建設工地為開頭（如話劇中，對工廠背景通常都有很詳細地介紹）；二是強調社會性的「公共性」空間，如工廠、辦公室、工地、住宅的客廳等等；三是將「技術革新」情節作為社會進步的意義表述；四是以城市產業工人為先進代表；五是強調產業工人身上的現代生產屬性，即技術創造、技術革新等。在社會組織方式方面，一、突出由大工業造成的社會「公共性」，排斥私人日常性（如工業加班），鄙視城市的消費與享樂，社會衝突以公與私矛盾出現。二、突出人物的前現代倫理意義，即具有鄉村背景的老工人的教育職責（《千萬不要忘記》）、（《海港》）。兩者又隱含了政治上的隱性心理，即「私性」體現了帝國主義與剝削階級特性，表明了在革命的現代性中的非世界主義原則，並含融了前現代性的中國特色。兩種寫作模式突出了對城市日常性中消費性與個體性的消滅，出現了教育（對青工進行道德說教）與出走（青年到農村去）兩種情節模式。

因此，總的來說，1949～1976 年間的城市題材文學，其對於城市的現代性表達，主要在於對國家工業化和社會「公共性」的表現，同時又極端蔑視城市其他的社會形態。因此，其與自晚清以來中國城市文學不同，也與「新時期」以來的城市文學更有著巨大差異。

第三節　消費時代：日常性、物化與全球化表達──論 90 年代城市文學

　　90 年代，城市化進程迅猛推進，各種城市現代性事物開始出現。隨著消費時代的來臨，經濟關係成為城市日常生活的主導關係。城市發展所帶來的新的社會機構和組織、人群的流動與分工、文本的生產與接受、新型消費觀與人生觀以及對時空的體驗感等，都不同於以往的社會與情感經驗。50～70 年代的文學社會公共性意義上的解放敍事、80 年代的啟蒙敍事，在 90 年代，漸漸讓位於經濟全球化之後的私人性、消費性表達，提供了百年來城市文學的另一種狀況。

一、個體的日常性邏輯

　　90 年代的城市文學中，表現市民私人領域的日常生活佔據了主要地位，社會主義中國時期城市單一的公共性想像開始出現變化。

　　伴隨著「文化大革命」的落幕，以及隨後一系列帶有解凍性質的改革措施，〔註12〕文學在 80 年代開始了啟蒙立場的回歸。80 年代從政治的宏大敍事走向了思想的宏大敍事，五四時期的「改造國民性」話題又被重新拾起，知識分子對主體性、人的解放、人性等啟蒙「元敍事」重新投以極大熱情。80 年代初的傷痕文學、反思文學、改革文學，仍舊是一種在主流意識形態給定範圍內創作出的「大敍事」。雖然與「十七年」文學題材不同，但都屬國家意義上的公共性主題表達。除「啟蒙」「反思」文學之外，80 年代尋根文學意欲回到古老中國的傳統中尋求民族文化之根，其文本大多具備一種集體文化意味。先鋒小說著迷於形而上的精神性的文本組織方式，也是一種位於日常經驗之外的敍事。可以說，整個 80 年代，文學中個人層面的日常性還沒有進入敍述系統。

　　自 90 年代開始，市場經濟的多元化消解了以往的社會同質性，容納了不同的經濟成分、政治因素、文化取向。隨著國家和啟蒙大敍述的退潮，日常性作為一種城市現代性開始受到關注，並主要表現在城市敍述中作為日常性個體的確立。

〔註12〕如：1978 年關於真理標準的討論、1979 年十一屆三中全會提出的「解放思想、實事求是」、第四次文代會上鄧小平提出的「不橫加干涉」「不發號施令」以及《人民日報》「文藝為人民服務，為社會主義服務」的倡導。

　　一種情況是，創作者作為日常性個體的身份。五四時期，創作者是附著在啟蒙話語上的。知識分子作為精英群體掌握著對民族國家構想的權力，居於啟蒙者地位。因此，在五四時期的啟蒙敘述中，「知識分子與大眾」是文學中普遍存在的敘述視角。到了 30 年代，創作主體又附著在左翼政治話語中，並隨著革命的推進，成為階級邏輯的代言人，作家在寫作時要進行身份轉換，從工農兵的角度出發闡述歷史事件。90 年代，作家身份的集體性開始淡化。葛紅兵認為「90 年的中國存在著一個文化上的轉型，即由群體本位文化向個體文化的轉型。」〔註13〕這一部分來源於對「機關作家制」的調整。建國後作家大都具有「單位」身份，從事專業寫作，「自上而下的國家行政權力控制著每一個單位，又通過單位控制著每一個個人」〔註14〕。而自 90 年代開始，隨著市場經濟的發展，個人開始從單位脫離，直接面對市場需求。自由撰稿人重新出現，並且範圍廣大。宏大敘事難以在以個體為本位的社會發生效用，不少秉持個人性立場的知識分子開始把目光轉向民間，試圖在民間建構新的話語空間，消解藝術與日常生活之間的界限。王朔、王小波、潘軍、韓東、朱文、余華等人都在 90 年代辭去工作加入自由撰稿人群體。面向市場的個人寫作不免要受到大眾審美的約束，作家身份在多大程度上被認可，取決於其作品受大眾讀者和市場接納的程度如何。90 年代的大眾讀者對精英意識強烈的作品無甚興趣，他們更關心個人致富，社會彌漫著功利與享樂主義。因此，走下民間的文學和活在當下的市民共謀，使得 90 年代城市文學向個體日常性開始回歸。王朔作為典型的「作家個體戶」，是 90 年代市場化寫作的代表。他全面接受文學的市場化規則，自詡寫作就是為了賺錢，肯定商業機制為作家帶來的自由空間和個人利益，貶低作家創作時的精英立場。在其 80 年代作品中，他就極力嘲諷知識分子，《頑主》、《橡皮人》、《千萬別把我當人》等作品中的人物具都有強烈的解構崇高的意味。他們沒有固定職業，抗拒社會主體中心力量，對信仰、理想等終極命題不屑一顧，嘲弄他人也嘲弄自我。90 年代，王朔強烈的反秩序衝動雖然有所減弱，但反英雄敘事仍承續下來。《動物兇猛》、《看起來很美》仍舊是基於個體生命經歷的回憶，「文革」這一極具政治意味的場景不再充當民族劫難的背景，對它的回憶也不是充滿血淚與傷痕記憶的哭訴，而只是成長中的少年們朦朧的青春記憶。

〔註13〕葛紅兵：《個體文化時代的文學批評》，《鍾山》，1998 年第 1 期。
〔註14〕路風：《單位：一種特殊的社會組織形式》，《中國社會科學》，1989 年第 1 期。

　　另一方面是，文學創作也開始遵循個體的日常性邏輯。90 年代城市文學對日常性的關注，可以追溯到 80 年代末的新寫實小說。80 年代末，宏大敘事日漸失效、形式探索也裹足不前，一些文學開始傾向於表現個人日常化的瑣碎故事。此前個人所內含的集體意志、文化體認、共同精神等公共性特徵都淡出主體。新寫實小說作家普遍放棄對人物進行典型化的處理，回到雞零狗碎的原生態日常生活中。池莉《煩惱人生》講述印家厚這一普通工人平淡無奇的日常生活：洗衣做飯、洗臉刷牙、擠公交上下班、送孩子上學、為父親籌備壽禮、為獎金煩惱……人物不再擔負任何歷史任務和文化意味，只是日復一日的糾纏於家庭和工作的無聊煩惱中。劉震雲的《一地雞毛》中，小林夫婦是受過高等教育的知識分子，但也苦惱於日常物質生活的拮据。他們蝸居在逼仄的住所，為日常開支煩憂。作者在平庸的日常中寫出了一種世俗化的生活狀態和心態。在這裡，人物只代表自身，不代表群體，只活在當下純粹的現實流動中，不再指向某一歷史發展的邏輯。作家在寫作時也不再進行價值判斷，普遍呈現為一種客觀冷靜的態度。90 年代新寫實小說的創作延續了這種對日常的關注。池莉的《冷也好熱也好活著就好》以一個普通的炎熱夏天裏爆掉的溫度計為導火索，寫平凡生活中人們百無聊賴的狀態。無論是貓子與鄰居隨意的聊天，或是與女友燕華平淡的愛情，都是生活中簡單而細小的樂趣，是人們當下此時真實的狀態。《你以為你是誰》寫陸建橋稠密的家務事。他在外是成功的老闆，在內是家庭的長子，然而不幸的婚姻、紛雜的家事卻讓他喘不過氣，周旋在生活的煩惱中以致最後崩潰，看不到希望。這種無比真實的無力感是基於作者對人情世故的樸素認知。劉恒《貧嘴張大民的幸福生活》，面對苦難，作者不是以精英立場批判大眾對低俗滿足的麻木，而是採用詼諧幽默的方式化解煩惱，認同生活的真實邏輯，使生活回到其所發生的語境中——即城市中無數的張大民們組成單調、重複卻真實的平民世界裏。

　　如果說新寫實小說人物還在日常生活中行走，那麼 90 年代的女性小說則徹底走向了私人角落。她們「採取的是一種斷裂式的方式（至少在姿態上），宣告了和傳統文學公共秩序的決裂，而走向了個人性話語的敘事。」〔註15〕以陳染《私人生活》、林白《一個人的戰爭》為代表的女性文本都具有強烈的女性意識，講述絕對自我的故事，展示了女性從外部環境到個人身體的凝視。《私人生

〔註15〕陳小碧：《面向「1990 年代」——重讀「新寫實」小說兼論九十年代文學的轉型》，《文藝爭鳴》，2010 年第 7 期。

活》講述倪拗拗孤獨的精神成長，她和她身邊的女人母親、禾寡婦、奶奶組成了一個孤獨的女性世界。她們喜歡獨居、封閉的生活，遠離人群，彼此互憐互愛，對男性世界的高度懷疑使得最終回歸女性自身，回歸個體的「私人生活」。《一個人的戰爭》講述多米在父權缺席的背景下個人的自生成長。男性世界的欺騙、利用、背叛使她四面楚歌，並最終退回女性世界，通過自身來滿足一切欲望。倪拗拗和多米都是純粹的女性，她們從破碎的童年出發，其成長具有極強的封閉性，並試圖切割自我與外界的聯繫保持個人的獨立性和完整性。

除此之外，90 年代城市文學中的底層敘事作品也呈現日常性特徵。建國以來，工人階級，其個體附著於其階級身份，工人描寫是作為階級敘述的一部分。90 年代，市場經濟的推行鼓勵企業之間的兼併收購，一部分工人開始向城市貧民下滑。文學中，階級敘述成為了底層個體的敘述。「在社會主義『單位制』（生老病死有依靠，而絕無失業之虞）下成長起來的一代人，確乎完全缺乏應對類似變遷的心理機制。」〔註16〕面對突如其來的變化，不少工人都難以適應。如談歌的《大廠》中所說：「您知道，現在連工人階級都不叫了，叫什麼？叫工薪階層。廠長不叫廠長，叫老闆。真是操他媽的，都成了打工的……」〔註17〕。90 年代被命名為「現實主義衝擊波」的工人題材作品，大都涉及到了工人這種尷尬窘迫的生存狀態。如關仁山的《破產》中，在軋鋼廠工作的齊豔夫婦兒子生病，卻只能靠變賣房屋甚至賣血，以及工友當舞女掙錢的幫助來給兒子看病。張宏森的《車間主任》中小鼻涕的父親因工傷摔成神經病，卻反而遭受醫生的嘲笑和冷遇，是他們口中「一看就知道你是值不了幾毛錢的破工人」。談歌的《大廠》中老模範工人章榮生病卻堅持不治，只怕給廠裏添負擔。工人小魏的女兒也是如此，對他們來說，去一趟醫院就面臨著傾家蕩產的危機。這些人物不僅沒有「十七年」時期工人階級的出身光環，也不再有 80 年代喬光樸那種「高大全」的披荊斬棘的英雄氣息，只是在貧乏生活中艱難生存、充滿庸常感的世俗小人物。

二、消費、後現代與物化傾向

90 年代中國社會最重要的變化，就是大規模的城市發展和消費文化的成形。

〔註16〕戴錦華：《隱形書寫：90 年代中國文化研究》，江蘇人民出版社，1999 年，第276 頁。

〔註17〕談歌：《大廠》，百花文藝出版社，1997 年，第 100 頁。

　　詹明信把資本主義的發展劃分為三個階段：市場資本主義、壟斷資本主義和晚期資本主義。它們分別對應著三種文化：現實主義、現代主義和後現代主義。晚期資本主義出現在「二戰」之後，而與它相對的後現代主義文化則在20世紀50到60年代產生，它的出現使「我們的文化發生了某種徹底的改變、劇變」〔註18〕，即與現代主義文化的徹底決裂，也即利奧塔說的後現代就是「對元敘事的懷疑」〔註19〕。

　　後現代主義的思想源頭可以追溯到尼采。尼采的「上帝死了」打碎了資本主義的理性和進步神話，敞開了偶然性和無理性的大門。尼采認為，人對永恆的希望最終會使人走向虛無並異化為一種道德的奴隸。福柯的「人之死」命題是在尼采「上帝之死」的基礎上進一步對認知主體的解構。福柯認為那種抽象的、獨立自主的普遍形式的主體根本不存在，相反，主體是在無所不在的權力之網的規訓和支配中建立起來的。自此，支撐資本主義理性王國的哲學根基被顛覆，後現代主義閥門拉開。一種以反本質主義、反意義、反中心、多元化、反真理、消遣性、零度情感、語言遊戲為特徵的社會文化思潮開始出現。後現代主義的這一系列特徵使它不可避免和消費文化聯繫在一起。費瑟斯通認為「對後現代主義的理解，就必須置於消費文化的成長，從事符號產品生產與流通的專家和媒介人人數增加之長時段過程的背景中。」〔註20〕鮑德里亞認為，現代社會與後現代社會的不同之處在於，由於工業化程度擴大，現代社會聚焦於「生產」，即生產各種實際的現實商品，並根據這些商品的實際功用獲得利益。而後現代社會則聚焦於「模擬」，價值的來源不再是它的實際功用，而是它在一個封閉的符號系統裏的地位。他把當代社會描述為一種符號，所有人都在交換和消費符號。

　　如果說90年代之前的中國社會，還處在一種現代性文化的宏大敘事中，那麼自90年代市場經濟制度確立和消費文化的出現，文化進入了一種類似後現代主義的敘事語境。一方面，消費文化在90年代的不斷蔓延和滲透，為後現代話語的生成提供了物質性基礎，另一方面，作為對此前宏大敘事的挑戰，

〔註18〕〔美〕詹明信：《晚期資本主義的文化邏輯》，張旭東編，陳清僑等譯，生活·讀書·新知三聯書店，1997年，第421頁。
〔註19〕〔法〕讓·弗朗索瓦·利奧塔爾：《後現代狀態：關於知識的報告》，車槿山譯，生活·讀書·新知三聯書店，1997年，「引言」第2頁。
〔註20〕〔英〕邁克·費瑟斯通：《消費文化與後現代主義》，劉精明譯，譯林出版社，2000年，第182頁。

後現代主義為消費文化提供了理論性支撐。

　　消費主義文化之所以在中國大陸散播，主要有以下幾點原因：首先，是國家公共性話語對消費主義的認可。「在 1990 年代的歷史情景中，中國的消費主義文化的興起並不僅僅是一個經濟事件，而且是一個政治性的事件，因為這種消費主義的文化對公眾日常生活的滲透實際上完成了一個統治意識形態的再造過程。」〔註21〕90 年代，國家意識形態開始轉向經濟現代性的權力話語建構，由建國後重公平到重效率，重集體生產到通過市場法則來規劃社會生活，個人物質欲望得到承認。其次，城市化進程的加劇為消費文化營造出繁華的物質景觀。90 年代，城市第一次在戰略位置上超越鄉村，城市數量和城市人口的激增使得城鄉差異日益加大。城市意味著一種新型文化場域的生成，包括新的傳播形式、社會話語詞彙、生活方式、精神體驗等等。在這種情況下，消費文化獲得了發展的沃土。最後是大眾傳媒消費意識形態的普及。大眾傳媒興起的時代是消費主義作為新的神話被締造的時代，尤其是廣告的出現加速了這種文化氛圍的普及。在最極端的情況下，廣告自身成為消費對象，消費品需要根據廣告的整體性系統所創造出來的文化幻想來出售自身。90 年代城市文學就是在這一背景下回到日常，進入到無中心、無深度、欲望化的後現代話語範式的轉換。

　　經濟利益在個人生活中佔據支配性地位，消費就成為控制生活的新宗教，馬克思用「商品拜物教」來概括它，盧卡奇將這一理念發展為他的「物化」觀。在盧卡奇看來，物化是資本主義社會發展中出現的一個普遍現象。商品本是人類勞動的產品，但在交換過程中，交換價值以物與物的等價關係將凝聚在這一商品上的人的勞動行為遮蔽了，也就是說，物與物之間非社會關係替代了人與人之間的社會關係，從而使這種關係被徹底物化了，作為生產的人反而被其所生產的產品支配。盧卡奇認為，隨著消費文化的擴展，不僅生產勞動被物化，人類的整個存在方式和生活方式也被物化了。人活在一個被物包圍的世界，並面對著物的世界對人的直接壓抑。「他們面對的現實不再是生動的歷史過程，而是物的巨大累積」〔註22〕。90 年代晚生代作家的創作是典型代表。陳曉明在論及晚生代作家的特徵時說道：「晚生代是一批徹底的個人寫作者，他們在

〔註21〕汪暉：《去政治化的政治：短 20 世紀的終結與 90 年代》，生活・讀書・新知三聯書店，2008 年，第 84 頁。

〔註22〕羅鋼、王中忱主編：《消費文化讀本》，中國社會科學出版社，2003 年，第 15 頁。

商業社會中遊刃有餘，因而他們標誌著完全依附於官方體制的純文學歷史已經終結。」〔註23〕對物質的渴望乃至迷信是晚生代作家寫作的重要內容，甚至物質有時直接成為作品的內容和表達方式。何頓在作品中頻繁地表達對金錢的崇拜，如「世界上錢字最大，錢可以買人格買自尊買卑賤買笑臉，還可以買殺人。」（《生活無罪》）、「讀大學是陰陽人的事……男人就是賺錢。」（《弟弟你好》）、「現在這個社會只談論兩件事，談錢玩錢，人玩人。」（《只要你過得比我好中》）、賺錢的目的是「賺了錢就玩。沒錢了又想些方法去賺錢，賺了錢又玩。」（《太陽很好》）〔註24〕朱文的《我愛美元》中更加直白裸露地宣洩這種對物慾的渴望：「我們都要向錢學習，向浪漫的美元學習，向堅挺的日元學習，向心平氣和的瑞士法郎學習，學習他們那種不虛偽的實實在在的品質。」〔註25〕韓東的《美元硬過人民幣》中，一個男人正因為擁有「一張面值一百的美元」，所以「下面堅硬如鐵」。在後現代主義的邏輯裏，由於理性價值觀的缺乏，個人始終游蕩在世俗平面上，人失去了把握意義和本質的興趣，人能把握的唯一東西就是物質，並通過對物質的佔有和欲望的滿足來對抗不斷碎片化的內心。

這種物化也蔓延到男女兩性關係之間。愛情的浪漫與美好被徹底顛覆了，追求瞬間體驗和感官刺激才是 90 年代「新人類」的兩性內容。邱華棟的一系列作品，《手上的星光》、《哭泣的遊戲》、《城市戰車》等講述了一個個畸形的愛情故事，在這些故事中，愛情只是一場欲望遊戲，是手段而不是目的，「愛人」只是宣洩欲望的容器，彼此用身體來收割利益。《哭泣的遊戲》中「我」設計了一場欲望遊戲，即幫助黃紅梅在城市實現夢想，「我」最後愛上了黃紅梅，然而她卻在欲望中沉淪，不再相信愛情，「愛情這種字眼在今天已經過時了，欲望才是最根本的。」〔註26〕朱文的小說更甚，在朱文創作的故事裏，愛情和色情幾乎沒有什麼區別。《我愛美元》中我帶著父親在城市找弟弟之行，實際上也是我對父親的性啟蒙之行。《弟弟的演奏》中講工科大學男生宿舍青春期的性騷動，性飢餓成為青年生存的首要問題，文中的「我」沉迷於性幻想，

〔註23〕陳曉明：《表意的焦慮》，中央編譯出版社，2002 年，第 142 頁。

〔註24〕分別引自何頓《生活無罪》，華藝出版社，1995 年，第 120 頁、282 頁；何頓《只要你過得比我好》，光明日報出版社，1997 年，第 28 頁；何頓《太陽很好》，中國華僑出版社，1996 年，第 125 頁。

〔註25〕朱文：《我愛美元》，作家出版社，1995 年，第 382 頁。

〔註26〕邱華棟：《邱華棟小說精品集·上》，華文出版社，2001 年，第 148 頁。

和一個色情狂幾乎沒有區別。甚至在《什麼是垃圾什麼是愛》中，愛已經與垃圾並置。韓東更是直言：「我寫性，就是寫那種心理上的下流，性的心理過程中的曲折、卑劣、折磨、負荷以及無意義的狀態。」〔註27〕在他的《障礙》中，女性徹底淪為男性宣洩欲望的工具。這些物化的性關係，既顛覆了傳統既定的道德倫理，又拆除了生活的權威意義。後現代主義的反本質主義敘事在這裡找到了沃土，性走向物化的本體形態，欲望成為人發展的基本動力。

　　90 年代由出版社策劃推出的 70 年代「美女作家」也加入了文學的欲望化敘事中。以「美女作家」的旗號登場這一行為本身就不無消費性質，女性身體作為一個消費賣點，充分迎合了市場獵奇和窺探的消費心理。「啟蒙時代曾高喊『我是屬於我自己的』的身體，革命時代『勞動和犧牲』著的身體，被『消費的身體』所取代」。〔註28〕也就是說，身體在這裡不指向智慧和勞動，在消費主義時代，身體就是欲望的物質呈現。消費解放了欲望，欲望又進一步增進了消費。以衛慧的《上海寶貝》、棉棉的《糖》為代表的作品，是這種消費時代身體欲望的極端表達。主人公長期出入在酒吧、派對、迪廳、咖啡室等場所，享受著七星香煙、馬丁尼酒、三得利汽水、ck 香水等商品，沉迷於搖滾、電子樂、大麻、性等快感享受，活在一種西式叛逆的擬像世界中，而欲望是這個世界的完全掌控者。在後現代文明由物象堆積所創造的「時裝化」表象世界中，人本身即是一種時尚之物，身體徹底淪為一種消費符號，它只具備生理性的功能。男女關係則是一種赤裸裸的性表演。《上海寶貝》中各種奇觀式的性幻想，將上海的都市欲望與頹廢主義進行了妖魔化的復活。這樣一來，一些事物都商品化了。在消費市場中，沒有什麼不可以被定價的，也就沒有什麼不可以被售賣的。在這個過程中，人喪失了批判的能力，得到一種補償性的快樂。消費文化通過拜物的形式向人們應許幸福和美好的假象，以維持和壓制其內生的矛盾和危機。

三、本地性與全球化表達中的焦慮

　　傳統的鄉土社會是地域文化占支配性地位的社會。吉登斯將傳統社會的特徵概括為「本地生活在場的有效性」，即時間和空間通過地點互相關聯，密切聯繫，地域界限清晰分明。吉登斯看來，傳統社會是一個基於信任而建立起

〔註27〕林舟：《韓東——清醒的文學夢》，見林舟著《生命的擺渡——中國當代作家訪談錄》，海天出版社，1998 年，第 59 頁。
〔註28〕葛紅兵：《身體寫作——啟蒙敘事、革命敘事之後：「身體」的當下處境》，《當代文壇》，2005 年第 3 期。

來的地緣共同體社會，這種信任來自親緣關係、地緣性社區、宗教宇宙觀和傳統性。信任構成了「本體性安全」的基礎，即「大多數人對其自我認同之連續性以及對他們行動的社會和物質環境之恒常性所具有的信心」〔註29〕。在中國，費孝通使用「鄉土中國」來概括傳統基層社會的特點。鄉土中國是熟人社會，同一地域生活的人們因血緣和地緣的重合強化了地域共同體的關係。相對封閉性和穩定性的環境，使居於鄉村的人對地緣文化擁有強烈的歸屬感和認同感。

現代社會，在吉登斯看來，地域共同體正面臨著解體並開始向「脫域」（disebed-ing）轉變。這種轉變來源於城市化、市場化和大眾傳媒的發展。在這個過程中，原本基於血緣建立起來的社會關係按照新的原則重新分配。此外，現代市場中充斥的「符號標誌」和「專家系統」〔註30〕，使得人們通過一種抽象的、非接觸的、超越集群的手段進行交往，造成了時間和空間的脫域以及社會中更大規模的協作的可能性。大眾傳媒的發展加速了地域共同體的解體，電子媒介的快捷性、擴散性及複製能力使得原本遙遠的陌生地區產生的地域文化得以進入每個人的經驗領域中。於是，封閉的地域性開始被打破，地域文化的界限變得模糊，地域文化的「本地生活在場的有效性」逐漸失效，「這就使地域文化開始解除與特定地域共同體的固有的聯結，而可能從中游離出來成為不具有『在場有效性』的其他主體的文化消費品」。〔註31〕人們真正進入全球化共同經驗中，原本民族內部的個人—血親關係被世界性的社會—國家共同體替代。

90年代是中國市場經濟的發生發展時期，全球化對中國的影響不僅限於技術—經濟層面，也滲透到文化—精神層面。在經歷了建國後幾十年的政治宏大敘事後，90年代的中國也捲入了一種世界主義的「全球化」、「世界化」的設計方案中，且主要發生於大城市中。對「世界居民」的身份想像和對自我東方性的身份認同，在這個過程中此消彼長。城市作為現代化的集中成就，尤為典型的表現了這種「自我/他者」，「東方/西方」二元對立的矛盾狀態。反映

〔註29〕〔英〕安東尼·吉登斯：《現代性的後果》，田禾譯，譯文出版社，2004年，第80頁。
〔註30〕〔英〕安東尼·吉登斯：《現代性與自我認同》，趙旭東、方文譯，王銘銘校，生活·讀書·新知三聯書店，1998年，第20頁。
〔註31〕陳立旭：《當代文化的一種走向：地域性的消融》，《社會科學》，2004年第3期。

在 90 年代的城市文學作品中，一方面是抹殺特定城市地域性，渴望進入世界和西方接軌的現代訴求；一方面是回歸傳統，找尋本土文化生命力和城市記憶的意願。在 90 年代的北京書寫和上海書寫中，這種心態尤為明顯。

　　90 年代，中國的城市化進程開始加速。老城面臨改建，新城不斷浮現。高層建築、豪華酒店、購物商場、寫字樓、娛樂中心、環城高速……不斷擠壓著「老北京」、「老上海」的空間。隨著都市空間不斷蔓延，那種攜帶了個人記憶和地域文化標識的舊有空間，被充滿生機的、無名化的世界性大都市阻斷了其歷史綿延。對「新北京」、「新上海」物質空間的羅列在京滬兩地城市文學創作中都有大量表現。如邱華棟作品中密集拼貼的北京城市街景：國際飯店、工人體育館、建國門、中糧廣場、東單、國際貿易中心、希爾頓大酒店等等。上海文學中也有類似情況，如衛慧、棉棉、唐穎等對機場、名車、豪華會所、酒吧、舞廳、購物廣場、大飯店等消費性空間的表現，這種現代化大都市的物質景觀，和任何一座其他國際大都市相比併沒有什麼區別。大量城市符號的運用使得城市的辨識度日益模糊，現代建築符號的堆積掩蓋了城市各自專屬的文化記憶，城市只成為一個填補欲望和追求刺激的冒險空間。並且，在這種現代化邏輯中，京滬的城市經驗都不約而同的和歐美城市經驗相通。如邱華棟：「你會疑心自己這一刻置身於美國底特律、休斯敦或紐約的某個局部地區，從而在一陣驚歎中暫時忘卻了自己。」〔註 32〕（《手上的星光》），衛慧的「棉花餐館位於淮海路路口，這個地段相當於紐約的第五大道或者巴黎的香榭里舍大街。」〔註 33〕（《上海寶貝》）在這裡，30 年代新感覺派的「中國—西方」想像模式在 90 年代城市文學中重現。京滬兩地沒有作為中國城市的常識，而是放在了與西方城市的身份比較和認同中。

　　顯而易見，異國情調賦予了作家對通向世界，走上國際化的想像，暗含了對融入全球化的迫切嚮往，而城市所具有的地域性或中國性卻喪失了。詹明信認為：「第三世界的文本，甚至那些看起來好像是關於個人和利比多趨力的文本，總是以民族寓言的形式來投射一種政治：關於個人命運的故事包含著第三世界的大眾文化和社會受到衝擊的寓言」〔註 34〕。90 年代，在對全球化、世

〔註 32〕邱華棟：《手上的星光》，周介人、陳保平主編《新市民文叢》，生活·讀書·新知三聯書店，1996 年，第 56 頁。
〔註 33〕衛慧：《上海寶貝》，春風文藝出版社，1999 年，第 9 頁。
〔註 34〕〔美〕詹明信：《晚期資本主義的文化邏輯》，張旭東編，陳清僑等譯，生活·讀書·新知三聯書店，1997 年，第 523 頁。

界化的想像中，城市文學中這些具備現代感物質空間成為西方現代性的表徵符號。生活在這個空間中的新人類，「與其說他們消費的是商品，毋寧說消費的是自我想像——西方身份帶來的沉溺和快感」，這些「使得看似國際化的文本表述中不時顯露出『第三世界性』的印記」。〔註35〕

不過，全球化身份的企圖與自我本地性意義，構成了一種表達的焦慮。以貿易殖民為手段建立起來歐洲—被殖民國的世界體系，也喚起了獨立自主的民族主義運動，被殖民民族以或模仿或抵抗的方式對西方現代化力量作出回應。在重新確立民族國家的建設方案時，後發國家在參與全球化和保持自身本土性上存在著極其矛盾的心理。在 90 年代，一方面是城市在現代化道路上飛奔，另一方面是城市生活對情感空間的嚴重擠壓。吉登斯認為，現代社會中人的「本體性安全」，即自我認同的連續性，在逐步喪失。它會引發一種「存在性焦慮」，這種焦慮表現為：人對缺乏自我連續性的焦慮、對外在可能風險的焦慮以及信任關係的中斷的焦慮。〔註36〕在長久以來一直以鄉土為生的中國人身上，這種焦慮感尤為明顯。城市中鋼筋水泥的堆積使人愈發感到記憶中家園、故鄉的消失。而長期的城市生活，在西美爾看來，又會「使人們分辨力鈍化，知覺不到對象的意義和不同價值」，從而導致一種「暗含厭惡情緒的自我隱退」〔註37〕。正是在這種情況下，懷舊作為一種文化需求，成為必需的想像與撫慰的心理空間。90 年代城市文學中興起的這股懷舊浪潮，「它試圖提供的不僅是在日漸多元、酷烈的現實面前的規避與想像的庇護空間，而且更重要的是一種建構……建構一套福柯所謂的『歷史主義』的歷史敘事……」。〔註38〕

這種情況，在以「懷舊」為題材的作品中尤其突出，「懷舊」成為一種抵抗敘事。以北京為對象的懷舊題材關注「老北京」的個人文化記憶，這個「老北京」，不僅是明清、民國的，也包括 50～79 年代的北京。王朔的《動物兇猛》記錄「文革」時期生活在軍區大院中的少年青春記憶。他把「文革」記憶做了個人化處理。故事的開頭「我羨慕那些來自鄉村的人，在他們的記憶裏總有一

〔註35〕張鴻聲：《文學中的上海想像》，人民出版社，2011 年，第 151 頁。
〔註36〕〔英〕安東尼·吉登斯：《現代性與自我認同》，趙旭東、方文譯，王銘銘校，生活·讀書·新知三聯書店，1998 年，第 59 頁。
〔註37〕〔德〕西美爾：《大都市與精神生活》，見汪民安等主編《城市文化讀本》，北京大學出版社，2008 年，第 135 頁。
〔註38〕戴錦華：《隱形書寫：90 年代中國文化研究》，江蘇人民出版社，1999 年，第 112 頁。

個回味無窮的故鄉……」，而「我」身處在一個嶄新的、變化著的、時髦的大城市，在這裡「一切都被剝奪得乾乾淨淨」〔註39〕。「文革」作為當代一個重要的政治事件，那種80年代對血統論的創傷性反思已經不復存在，歷史大敘述在這裡被少年們的青春往事替代，「與北京形成緊密關係的政治因素不再被作為調侃和戲謔的對象，而成為懷舊視野中個人生命記憶與城市形象的構成成分」。〔註40〕以個人視角追憶「老北京」民間形態，在90年代陳建功、鐵凝等人的作品中也有所表現。陳建功《放生》、《耍叉》寫執著於老北京生活方式的老爺子們在社會轉型期間的心理嬗變。他們身上那種老北京人氣質的過時，暗示了北京地域文化傳統的在當代逐漸走向沒落的命運。鐵凝的《永遠有多遠》中，白大省是一個身上還帶著「四合院老房子裏那常年被雨水泗黃的頂棚的氣息」的女人，一個生活在北京胡同裏，真正代表了北京精神的女人。而作者眷戀的就是這個「老北京」，是在「兩級邊緣破損的青石臺階」、「老舊卻並不拮据的屋簷」發現的北京。只有在這裡，才能辨認出曾經對於這個城市的文化記憶。

　　「懷舊」作為全球化與本地性的交叉敘述，在上海題材中更加複雜。上海從開埠以來就被賦予了各種現代性意義。進入現代，左翼視角的社會主義工業化城市和海派視角的消費性國際大都市成為作家想像上海的兩股博弈力量。解放後的上海延續了革命的階級邏輯，上海成為「工人階級老大哥」。到了90年代，上海這個不斷在不同層面上被轉喻意義的城市最終在全球化現代性中重新獲得意義。不同於北京的是，對上海而言，「上海懷舊」更意味著向某種曾經屬於世界的過往歷史的回歸，既是全球化的意義表達，也是地方經驗的陳述。90年代上海的懷舊題材文學作品大都以舊上海中等階級的生活與精神遺存為基礎，在敘事策略上與40年代張愛玲創作的上海文學小傳統接壤。在這裡，上海的無名化大都市樣貌被作家個人記憶中的上海經驗所取代，王安憶的「弄堂裏」、程乃珊的「藍屋」、王曉玉的「永安里」都表現了處在日常狀態中的上海精神。上海懷舊書寫中，王安憶的《長恨歌》是一個典型文本。近半個世紀的抗日戰爭、解放戰爭等一系列政治事件只是主人公王琦瑤的生活遠景，這個上海故事是從遠離霓虹燈的弄堂開始的。弄堂生活著上海相對穩定的市民群體，一定程度上代表了上海日常性的文化內涵。王琦瑤是舊上海世俗生活

〔註39〕王朔：《動物兇猛》，北京十月文藝出版社，2015年，第1頁。
〔註40〕賀桂梅：《九十年代小說中的北京記憶》，《讀書》，2004年第1期。

的代表人，她本身即構成了上海懷舊的歷史材料。從弄堂女孩到上海小姐再到普通百姓，王琦瑤始終沒有走出恒常的日常生活之流。作者拒絕革命話語對日常生活的入侵，因為在王安憶看來，「歷史的面目不是由若干重大事件構成的，歷史是日復一日、點點滴滴的生活演變。」〔註41〕陳丹燕在90年代相繼出版了《上海的風花雪月》、《上海的金枝玉葉》、《上海的紅顏遺事》等作品，試圖尋找個體經驗中的老上海遺存。這個遺存指向的是舊上海中產階級的生活碎片，既是那個時代的「全球化」，也是基於日常的地方存在。這股城市書寫中的懷舊風潮，因多從個體生命經驗出發感知城市歷史脈搏，故而「這種書寫，較大程度上克服了關於上海在國家意義與現代化意義想像上所造成的本地特性的缺乏」。〔註42〕

然而，在這股懷舊浪潮中，我們仍可以感受到地域性與全球化撞擊時的矛盾。《長恨歌》中的王琦瑤，對殖民時期上海「十里洋場」的時尚生活還是有著本能的嚮往，她對愛情的選擇也可見出她對躋身上流社會的憧憬。而《上海的風花雪月》中，對上海殖民時期的空間想像，如外灘舊大樓、和平飯店、法國城、張愛玲的公寓等，也不難見到作者試圖重構當代上海精緻的中產階級消費文化精神的意圖。對世界性身份的追逐和對老上海日常生活的認同在文本中不斷拉扯，這使我們不得不重新審視這一懷舊的深層意味。李歐梵認為：「所謂懷舊並不是真的對過去有興趣，而是想模擬表現現代人的某種心態，因而採用了懷舊的方式來滿足這種心態。換言之，懷舊也是一種商品。」〔註43〕戴錦華認為懷舊「它更多地是一種時尚」，「是一脈不無優雅的市聲」，背後則「隱含著一份頗為自得、喜氣洋洋的喜悅」──「中國人忽然擁有了一份懷舊的閒情，其本身似乎便印證了『進步』的碩果」〔註44〕。在這一層面上，城市文學不論是追憶過去或是憧憬未來，似乎都是在表達著城市的「世界性」寓言，城市複雜多元的本地意義如何抗衡清晰的公共性世界意義，在90年代城市文學中，再次成為作家們的書寫難題。

〔註41〕王安憶：《我眼中的歷史是日常的》，見王安憶《王安憶說》，湖南文藝出版社，2003年，第155頁。

〔註42〕張鴻聲：《文學中的上海想像》，人民出版社，2011年，第261頁。

〔註43〕李歐梵：《當代中國文化的現代性和後現代性》，見李歐梵著，季進編《中國現代文學與現代性十講》，復旦大學出版社，2002年，第93頁。

〔註44〕戴錦華：《隱形書寫：90年代中國文化研究》，江蘇人民出版社，1999年，第107頁。

四、小結

90 年代的城市敘述，在近百年的城市文學的發展歷程中，具有極其獨特的意義。

在中國，具有現代性意義表達的城市文學作品，可以追溯到清末民初。上海作為中國的首個現代性城市，其商業文化的發達與技術力量的支持促成了通俗小說的繁榮，呈現了「現代中國」起步時期的城市樣貌。其中，對於未來國家的政治設計的公共性敘述與消費、日常市民倫理的私性敘述，都已經出現雛形，並為此後的城市文學發展植入伏筆。五四之後，公共性表達成為城市文學的大傳統。隨著不同時期時代主題的形成，城市文學也經歷了「啟蒙」「革命」形態的交互與變遷。30 年代，左翼作家城市知識的構成來源於對城市反殖民主義和反資本主義性質的認識，作品強調以階級立場為出發點去表現城市的階級與民族鬥爭。而新感覺派則上接晚清的消費性描寫，更多的注入對城市現代消費生活的體驗，強調城市所內含的物質與西方性。不過，其囿於上海一域，並非全國性現象。進入當代，中國文學的主體形態是「（革命）解放」敘事，城市文學以城市資本主義的消亡和社會主義公共性政治話語為主要內容，個人的日常、消費等私性敘述讓位於社會公共性表達。80 年代，城市文學仍然堅執著公共性表達，不過是革命敘述重新被「五四」傳統的啟蒙敘述替代。

從城市文學發展歷程來看，90 年代的城市文學顯得相當獨特。由於市場經濟快速而至，消費性原則也隨之建立。另外，初步的全球化浪潮也推波助瀾。由此，雖然城市私性、消費等日常邏輯敘述在此前並非沒有，但如此大規模的出現，是一種前所未有的新狀態。從文學敘述的邏輯來說，一方面是百年來城市文學的某種承繼，另一方面，也是 90 年代，乃至 21 世紀之後城市文學風貌的開啟。從階段論的角度來說，其轉型的作用是顯而易見的。

第四節　地方學與城市研究

20 世紀 80 年代以來，中國現代文學研究開始出現由過去偏重「文學」研究和「內部」研究向「史學」與「外部」研究轉移的傾向，即從傳統上側重於單純的作家作品研究轉向綜合諸如黨史、城市史和思想史等在內的關於文學周邊的考察。

　　事實上，由於「新文學」本身即是在各種爭議與挑戰中誕生，這就注定了它將面臨被不斷重述的命運。而 20 世紀末海外漢學界關於中國學的一系列研究成果，尤其是對中國近代區域研究和知識分子的考察，也為中國現代文學研究提供了有益的鏡鑒。研究者不僅從空間上分析了整體與局部、沿海與內地的關係，也從社會結構上將視角由知識分子和精英研究轉向民間大眾。特別是空間研究取向，對於彌補以往整體性宏大敘事的空疏大有裨益。於是現代文學史敘述由原來偏重整體與中心區的講述逐漸轉向注重局部和地方的觀照，不僅從時間層面進行深入拓展，也在空間範圍內將視野進一步擴展。在這種背景下，海外華人文學、少數民族文學、巴蜀文學、嶺南文學等皆在重新描繪區域文學的圖景中探索進一步豐富文學發生發展歷史面貌的可能。

　　此外，中外學界集合歷史學、地理學、人類學、政治學、經濟學等方面跨學科研究的成果證明：文學既然是社會文化與政治經濟等各方面影響的產物，就需要內部的探究與外部的綜合考察。正如施堅雅在總結其學術經驗時坦陳，這種兼及各門社會科學長處的跨界研究在美國漢學界已蔚為風氣。在對中國近代城市研究中，他不僅致力於推動跨學科研究，而且從團隊上也展示出跨國合作的氣象。這種特別的格局所帶來的學術效應也是非同凡響的。20 世紀 90 年代以來，杜贊奇、黃宗智、馬若孟等人的研究論著陸續傳入中國，引起了國內學界的關注與回應。中國學者在對北京、上海和西安等城市的研究中，兼及了城市歷史與文化想像的雙向考察，綜合了建築學、歷史學、政治學、文化學的多重視野。正是在這種中外學術的互動與鏡鑒中，中國文學研究的歷史圖景也更加豐富多姿。

　　然而也必須看到，以往的地方文學史，相當部分依然以行政區劃為主，文學發生、發展的社會文化以及區域特有的歷史與社會層面和文學之間的深層關係還留下不少探究空間。因此在強調區域的差異性和注重內部研究的同時，依然不可忽略內在的同一性，依然需要注意內部研究必須與外部研究結合、局部研究與整體研究的兼顧，並深入考察區域內部、區域之間的互動關係。

　　21 世紀以來，地域文學史視野上的局限和新文學發生學過於偏重時間考察帶來的質疑，召喚出一種更全面的研究範式——文學的地方發生學研究。這裡所指的地方，與傳統意義上的地域、區域的概念既有聯繫又有區別：它既包括地域文學的歷史文化特徵與人地關係和區域文學的行政區劃的內涵，又不

局限於二者的單位特性與地域個性，是一種偏重於人文地理學意義的具有內部的趨同性和外部的流動性、開放性等特徵的廣義的空間。而地方的劃分，應遵循地域特征和歷史文化等方面的內在邏輯統一等原則。

文學從來不獨立於世界而存在，其與外部世界關係的建構往往是通過空間各種要素來實現。與西方文學相比，中國新文學的發生恰恰處於近代中國社會風雲突變的轉型期，這期間，地方的政治文化因素以及空間的流動等都表現得特別活躍，其對於文學與歷史發展的影響都不可低估。

從中國現代文學的研究史來看，以往相當長時間內，學界都是在時間框架中展開對其發生發展的想像與敘述。90 年代以來，各種地域文學史的書寫開始興起，現代文學發生發展的地域條件、地域個性等也陸續進入研究者的視野。在對作家與中國現代文學的發生研究中，研究者大多關注地方文化對於新文學發生的重要作用。而這種從空間起源角度對文學的研究可視為將新文學重新納入時間與空間層面進行考察的一種努力。研究者關注這類區域，固然受海外漢學研究的啟發，但也展現出對中國古典文論和現代文學研究傳統的一種承續與創新。

然而，我們也須明確，儘管美國「中國學」研究的區域取向包括「沿海—內陸」等模式不失為一種獨特的研究視角，但這種帶有後現代和結構主義色彩的研究範式，在突出區域的獨立性和異質性的同時，對於區域與整體之間、區域與區域之間、區域內部系統之間內在聯繫的觀照是很不夠的，因此所述也未必都符合史實。

為此，從時間與地方層面重構現代文學的研究框架，就必須理性對待西方學術資源，也理應打破以往以行政區劃和族群認同作為空間劃分的標準，而真正以具有文化板塊特徵的人文空間為標準。這也決定了它必然是對以往文學史書寫的過於「地方化」的一種超越，也與近年來興起的文學地理學有著明顯的差異。它既是一種板塊研究，也是一種系統性考察；它既強調空間的獨立性，也重視空間的流動性與開放性。它是對於客觀存在的空間內部之間、空間與空間之間、局部與整體、中心與周邊的互動關係的探究，既強調整體性和同一性，更強調差異性和多元性；既關注文學自身發生裂變的內在邏輯，也重視文學與非文學的複雜瓜葛。它是一種綜合了文學、政治、經濟、地理、軍事等各方面的綜合考察。一言以蔽之，對現代文學研究的重構，應該是一種在社會整體和歷史演進過程中的全面審視。

　　總之，21 世紀以來，中國現代文學研究從「純文學」研究到「文學—史學—地學」的轉換與結合，既體現了學界對傳統的尊重，也表現出一種開放的現代研究視野。它不僅是現代文學面對外部壓力的一次「突圍」，也必然是一次新的征程。在時間維度和空間維度的統一過程中，在文學與史學、文學與地學和其他學科的不斷結合中，重構中國文學研究的認識體系與知識體系，文學研究範式的更新所帶來的學術風景值得我們共同期待。

第二章 作家作品論

　　自延安文藝以來，由於文藝界主導文藝思想對傳統文化和外來文化的拒斥態度，新中國以來的當代文學可供借鑒的思想資源非常有限，這在一定程度上影響了當代文學的創作面貌。又由於新中國對城市生產意義的強調，消費意義的警惕，城市單純地成為了政治、工業中心。這一時期城市最主要的功能是國家大工業，對城市屬性的這種認定，導致了表現城市中國家工業化的「廠礦題材」的文學作品的井噴局面。

　　在這樣的文學生態中，城市的家園意義，城市與傳統文化的聯繫，民族國家概念下的城市人的「國民性」問題，由於其並不從屬於城市的政治、工業邏輯，也由於其內涵的複雜，基本上是處於被遮蔽狀態的。這樣的文學敘述是被邊緣化的，其敘事的合法性也是被質疑的。但在「十七年」文學創作中，依然存在著對城市及城市歷史的書寫的「異類」，主要有老舍的《正紅旗下》、李劼人的《大波》、歐陽山的《三家巷》以及陸文夫以蘇州為敘事空間的一系列作品等。這些作品更注重城市的民族文化史邏輯，作家在講述城市的革命史時，更多地把筆觸深入到市井細民的生活中，更多地注重城市作為市民精神空間的象徵，承續了中國古典文學中綿長的市井傳統，更承續了新文學中老舍、張愛玲等開拓的市井傳統。《正紅旗下》是老舍未竟的長篇，在作者生前未能面世；李劼人在解放後花費數年時間重寫《大波》，一百四十餘萬言的長篇巨著，面世後幾乎無人問津；歐陽山以《三家巷》為代表的多卷本《一代風流》，為作家帶來聲譽的同時招致的更多的是批評與質疑。這些作品的遭際，都在昭示著這些作品的「非主流」的「異質」性。

第一節　李劼人的成都

一、傳統建築空間中的近代成都

我們先來看李劼人《大波》中這樣一段描寫：

> 所以孫雅唐一到樓上，便情不自禁地循著走廊，向四下眺望起來。南面被皇城門樓擋住，看不出去，僅能從門樓的右側，窺見陝西街的教堂鐘樓。西面是滿城，呀！好一片鬱鬱蒼蒼的樹林！滿城外面的人家也不太多。東面恰恰相反，一眼望去，萬瓦鱗鱗，房屋非常之密，只稀稀落落有些大樹，像碩大無朋的綠傘撐向天空。北面有兩處高地，遠一點的，是有名古蹟五擔山，近在跟前的，是從前鑄製錢的寶川局（從辛亥前一年、即宣統二年起，已改為了勸業道衙門）的煤渣堆積起來，為人稱道的煤山；除這兩處光禿禿的名實太不相稱的所謂山外，還有兩座相當高的建築，正北是皇城厚載門洞上破破爛爛、久已失修的門樓，偏東的，便是建築在一個頗似城門洞上的、尚未十分頹敗、也算得是成都古蹟之一的鼓樓。可惜天色陰沉，密雲四合，東南的龍泉山、北面的天彭山、西面的玉壘山，連一點影子都沒有。而且時候也晚了，城內說不上有暮靄，但薄霧迷蒙，准定是數萬人家的炊煙了。（這時，成都人家燒煤的非常少，絕大多數都燒的是木柴，因此，發出的煙，不濃而淡，不聚而散，很似霧。）

如果不瞭解這段文字的語境，初讀這段文字的話，一定會以為是哪位文人逸興滿懷在登高望遠。殊不知，此刻的成都已亂成一鍋粥，巡防軍、邊防軍、陸軍陸續「嘩變」，軍政府的藩庫、鹽庫，成都城內的銀行、票號、銀號、捐號，十多條繁華街道上的商家幾乎無一幸免，慘遭搶劫。聽到消息後剛剛成立十二天的軍政府的師爺們想離開皇城而不得，孫雅唐於是想到明遠樓找軍官吳鳳梧問個究竟。誰知這位孫師爺在登上明遠樓之後竟然還有雅興登高望遠，眺望成都的全景。顯然，敘述者是在借人物的眼睛帶領讀者在明遠樓上放眼老成都的全景。作者在很多時候不惜破壞文本的敘事節奏來細細描繪老成都的歷史古蹟、官紳宅院、街頭巷尾、茶館酒肆，顯示了作者對老成都城市空間的執著。這應該源於歷史事件、社會變革、民風遷移，均在紛繁的城市空間中呈現，也就是說，城市空間的嬗變與政治、經濟、文化的變革具有某種同構性。

就在這段對老成都全景的描繪中，近代成都的各種社會力量的此消彼長已經清晰可辨。作為西方文化符號的「教堂鐘樓」已赫然屹立在皇城的南面，成為老成都最高的建築；作為中國傳統文化隱喻的「鼓樓」和「門樓」，一個是「尚未十分頹敗」、另一個則是「破破爛爛、年久失修」。這樣的城市空間分明把晚清以降，古老、閉塞的四川在西方現代文明入侵之際，中國古典性城市已岌岌可危、衰朽墮落的情景展現於讀者面前。而滿城只見鬱鬱蒼蒼的樹木而人家卻不多，則說明了旗人大勢已去、旗人的統治也已日薄西山。

在傳統公共建築空間方面，《大波》中還有對青羊宮、武侯祠、文昌祠、少城公園、新式學堂、道臺衙門等的精心呈現，以及對茶館酒肆、戲院餐館、街頭巷尾的細緻描繪。在這些傳統建築空間中，近代成都的社會變遷同樣清晰可辨。少城公園是成都近代公共空間的代表，其中既有頗具中國傳統園林建築風格的像水榭又像長廊的養心軒，也有樓頂有桅杆、煙箭，樓房正面懸了一塊小匾額、綠底粉字、題著「長風萬里」，模仿外國火輪船建造的船樓。青年學生對待這個不中不西的樓船的態度是：「好惡俗的東西，真殺風景！我每回看見，總不免要打幾個噁心。」還有的說：「為啥不模仿中國的樓船，偏要模仿洋船？又不像。我看見過洋船照片，樓頂是平的，還有鐵欄杆，怎麼會是兩披水的人字頂，而且還蓋上了瓦！」中國傳統文化中並沒有現代意義上的公園，只有所謂的私人園林和皇家園林。這個在成都滿城修建的少城公園本是現代文明的產物，但建築風格卻是中國古典式的，中間卻又雜有了不中不西的樓船。青年學子對這個怪物的本能厭惡顯示出了普通民眾對西方文明一種自發的抵制。同時青年學子認為這個不倫不類的建築是「胸無點墨的滿巴兒」的「手筆」，則顯示出滿清的統治已岌岌可危、幾近土崩瓦解。成都星羅棋佈的大街小巷也是李劼人重點表現的老成都的城市空間。如，繁華的西御街、東大街，貧窮的陝西街、三聖巷，陰暗的下蓮池、雜亂的北門草市街、集中娼妓的新化街等等。青石橋販賣各類小吃的鋪面，四城門冒著熱氣的「十二象」露天攤子，清晨，城門洞裏擁擠著挑大糞，買小菜的人流；中午，機器局的放工哨音響徹雲霄，大街上穿梭來往的轎子，從轎子的樣式和轎夫的吆喝聲中，便不難猜出坐轎人的身份；入夜，主要街道的菜油街燈抖動著微弱的火光等等。即使在這些具有濃鬱市井氣息的城市空間裏，西方物質文明也已落地生根，賣洋貨的章洪源、正大裕、馬裕隆、慶協泰等大洋廣雜貨店生意興隆，這些店裏的洋綢汗衣、東洋珠穿的鬢花、西洋景、洋囡囡為官紳太太小姐所鍾愛，小市攤

上的洋火、洋布、洋葛巾、洋針、西洋假珍珠等則誘惑著市井細民。

　　類似於這樣的城市空間描敘，《大波》中還有許多。同時，私人空間也是李劼人所呈現的成都城市空間的重要部分。這方面的代表要數官紳的公館，比如黃瀾生的黃公館、郝達三的郝公館、葛寰中的葛公館、李湛陽的李公館等等。作者筆下的這些公館大多古色古香，修建的十分講究，但同時也呈現出受西方物質文明影響的特點。比如黃公館，靠北是一排五開間、明一柱的上房；迎面是小客廳，客房和遊廊；小客廳對面是一座藤蘿苔蘚覆蓋的假山，假山有孔、有穴、還有洞，從洞裏沿著石階還可到達山頂，假山下是金魚池；靠南是過廳背後的花格子門窗。單從庭院中考究的假山就可以看出主人對生活的講究，主人還吹噓這是「江南大名士顧子遠的手筆」，頗有些中國傳統文人附庸風雅的遺風。不過，就連古雅如此的黃公館，西方物質文明已悄悄入侵，地道的外國牙籤、洋燈等西方器物已登堂入室。郝公館更是如此，郝家人對西方的新玩意兒的接納更早、更多。在李湛陽公館，中國式的木炕桌椅之間，「居然擺了幾件由上海運來的彈簧軟椅和沙發之類的家具」。在這些傳統建築空間中，作者為我們呈現出了近代成都的面貌。在西方文明的入侵下，近代成都已是新舊雜陳、面目駁雜。

二、川味兒與巴蜀風情

　　在《大波》中，當作者把筆觸深入到市井里巷、茶館餐樓、街面小鋪和官紳公館中之時，也就意味著作者不僅講述重大歷史事件，也關注日常生活場景和民風民俗場景。這樣的城市敘述基本上延續了李劼人之前的《死水微瀾》、《暴風雨前》所注重描繪民俗風情畫的傳統，從而使作品具有濃鬱的「川味兒」和巴蜀文化特質。四川既偏安一隅、交通不便、閉塞不通，但又富饒豐足的地理環境和氣候條件，使其在歷史上長期以來較少受到儒家文化的羈絆，久之，便形成了崇享樂、尚實際的民風，而成都作為四川的中心城市則呈現出鮮明的消費性、享樂性的文化特徵。李劼人一生的大部分時間，除了29歲時到法國留學四年十個月之外，都在這裡度過，深深地浸染在巴蜀文化之中。他的小說創作均以發生在四川的歷史事件為題材，並以成都和川西為主要敘事空間，有著顯著的「成都情結」。這種「成都情結」有些類似於老舍的「北平情結」。但李劼人不同於老舍的地方在於，老舍是以悲劇的意識和含淚的幽默來寫北平的，而李劼人在寫成都時卻多了一份從容與冷靜。他的這份從容和冷靜是也

以成都為中心的崇尚實際的巴蜀文化浸染的結果。

《大波》的川味兒和巴蜀風情，首先表現在對川人生命欲望的呈現上。四川地處西南，使它兼有了南方文化的絢爛多情和西部文化的雄強堅韌；作為盆地，它既闊大又封閉，封閉使它保守、自足，和其他地域文化交流少，盆地的闊大和沃野又賦予它勃勃的生機。這些都造就了川人融蠻性與野性於一體的生命欲求。這種生命欲求在被稱為「川辣子」的四川女性身上體現得尤為充分。黃瀾生太太就是「川辣子」的典型代表，她是李劼人為中國文壇貢獻的以蔡大嫂（《死水微瀾》）、伍大嫂（《暴風雨前》）為代表的獨特女性人物序列中的一員。黃太太不僅「精明強幹」、而且「人材貌美、性情溫柔、言談有趣、體態風流」，渾身充滿了魅惑力。黃瀾生這個半官半紳比太太大十幾歲的人，也被管制得服服帖帖，是有名的怕老婆，連楚用都開表叔的玩笑「為啥表叔不聽表嬸的話呢」，「豈不是反了常了」。郝又三在黃家做客時見到黃太太，他那「含著微笑的眼光」，「很像兩枝可以射穿七軋的利箭一樣」，讓黃太太覺得「沒有一瞬時不透進自己的肌膚」。這種表述充分顯露出黃太太所具有的女性的強烈的魅惑力。小說文本中的黃太太也是一個愛趕時髦的女子，她梳「新式的愛斯髮髻」，穿「文明鞋」，裝扮有時「濃妝豔抹」有時「淡雅疏朗」。黃太太身上最能體現巴蜀風情的是她對男女關係和性的態度，她較少受儒家禮教的束縛，沒有強烈的貞操觀念。她不僅善於運用女性的手腕來滿足自己的情慾，而且沒有道德上的歉疚感和倫理上的不安感。她愛自己的丈夫，不願捨棄自己幸福的家庭和自己官太太的身份地位，又為小自己八歲的表侄楚用能對已經是兩個孩子的母親的她產生愛慕之情暗暗得意，並且還想把他緊緊地纂在自己手裏。她最後選了一個萬全之策，一方面讓楚用回家與父母給他物色的未婚妻結婚，另一方面讓楚用不能忘了她，婚後要迅速回成都。這樣，楚用就不會威脅到她的生活，又在她的控制之下。與現代文學史上表現已婚女子私情的文學作品不同，李劼人並沒有展現黃太太內心的掙扎與掙脫情慾的努力，讀者感受到的只是一個成熟女性在感情上的手段和對情慾的放縱。這也正是川辣子的核心特質之一。

貫穿《暴風雨前》和《大波》的人物伍大嫂也是一位道地的川辣子。還是姑娘時她就敢於反抗父親，婚後也大張旗鼓地和婆婆較量，最終也是婆婆敗下陣來。她同樣沒有貞操觀念，迫於生計和多個「男朋友」交往，更甚的是，男朋友無力供養她的時候還給她找來有錢的郝又三，並且她還能讓這些人和他

的丈夫友好相處。這樣的倫理人情當然與成都特有的自然、地理環境以及長期形成的各種社會關係、風俗人情、生活規範有著密不可分的關係。在這樣的環境的浸染下，成都的女性大多潑辣頑強、敢於鬥爭、敢於衝破世俗成規。不過，伍大嫂的生活方式也是生活重壓之下的無奈選擇。不過，近代以來男女平等的時代風氣也是川辣子行為開放的原因之一。西方現代性的擴張使川人的思想逐漸開化，女性的社會地位提高後，其行為也有了反男人三妻四妾之道而行之的可能性。

相對於具有強烈生命活力和生命欲望的「川辣子」，四川男子更多的表現出重實際、明哲保身的特徵。黃瀾生有一兒一女，兒子調皮淘氣女兒活潑可愛，黃太太漂亮潑辣，黃瀾生親切地稱自己的女兒為「我的噪三雀兒」，一家人生活得有聲有色、其樂融融。時代的變遷和社會的變革也在影響著這一家人的生活，黃瀾生也支持保路運動和社會革命，但他的支持只限於對時事的關注和議論。他對投身保路運動的王文炳讚賞有加，卻不希望自己的表侄楚用身陷其中。他更看重的是生活的安穩和家庭的和睦，巴蜀文化中重實際、明哲保身、順應時勢的特點在他身上就表現的很明顯。重實際、明哲保身的民風使成都少有真正的仁人志士和英雄。楚用因為貪戀和表嬸的私情，推掉了同志會分派給他的回新津去發動同志協會，並洽商他的堂外公侯保齋出山領頭號召的任務。後來參加同志軍也是在事先不知情的情況下，隨同同學汪子宜到了新場不得已之下加入的，還稀裏糊塗打了一場硬仗，受了傷，作了一回英雄。等再回到成都，他已對革命不再有激情。事實上，《大波》中的官、紳、學、兵各個階層在保路運動和四川反正中的各種表現都是出於各自不同的利益，真正為民為公的並不多。

《大河》中的川味兒和巴蜀風情還表現在川人重美食、重享樂上。楚用到黃公館去住宿是為了「消夜」，結果由於「鹵牛肚死鹹，鹵牛筋幫硬」，燒鴨子和白斬雞也不可口，頗不樂意，導致覺都沒睡好。黃瀾生邀請人吃飯特意請了有名氣的廚師小王到黃公館作魚翅便飯。關於做飯，黃瀾生還有一番高論：能夠用心思做好飯就會當官，因為歷史上的伊尹就是因為會弄飲食，湯王才會重用他。吳鳳梧因為早飯「下飯」的只有豆腐乳，便對妻兒大發雷霆，能到伍平家裏飽餐一頓有肉的飯，便無比滿足。他什麼苦都可以吃，就是不能忍受餓肚子之苦，無論到了哪裏他最惦念最在意的就是吃。作者還描寫了舊成都著名的餐館聚豐園、枕江樓，以及名目繁多、色香味俱全的小吃等等。尤其是四川大

漢軍政府成立後把都督府定在了貢院皇城，皇城隨之對各界市民開放，皇城大
壩簡直成了一個成都小吃的海洋：

> 人來得多，自然而然把皇城變成一個會場。會場便有會場的成
> 例。要是沒有涼粉擔子、莜麵擔子、抄手擔子、蒸蒸糕擔子、豆腐酪
> 擔子、雞絲油花擔子、馬蹄糕擔子、素面甜水面擔子（這些擔子，還
> 不只是一根兩根，而是相當多的）；要是沒有茶湯攤子、雞酒攤子、
> 油茶攤子、燒臘鹵菜攤子、蒜羊血攤子、蝦羹湯攤子、雞絲豆花攤子、
> 牛舌酥鍋攤子（這些攤子，限於條件，雖然數量不如擔子之多，但排
> 場不小，佔地也大；每個攤子，幾乎都豎有一把碩大無朋的大油紙
> 傘）；要是沒有更多活動的、在人叢中串來串去的賣瓜子花生的籃子、
> 賣糖酥核桃的籃子、賣橘子青果的籃子、賣糖炒板栗的籃子、賣黃豆
> 米酥芝麻糕的籃子、賣白糖燕馍的籃子、賣三河場薑糖的籃子、賣紅
> 柿子和柿餅的籃子、賣熟油辣子大頭菜和紅油萵筍片的籃子；尤其重
> 要的是，要是沒有散佈在各個角落的裝水煙的簡州娃，和一些帶賭博
> 性質的糖餅攤子，以及用三顆骰子擲糖人、糖獅、糖象的攤子，那就
> 不合乎成例，也便不成其為會場。而且沒有這一片又嘈雜，又煩囂，
> 刺得人耳疼的叫賣聲音，又怎麼顯得出會場的熱鬧來呢？

娛樂、消遣在川人的生活中也佔有著不可或缺的地位。打紙牌、麻雀牌，
抽煙、吸食鴉片，到戲院聽戲，甚至於嫖，都是川人生活中的重要部分。蜀通
輪船作為四川最先進的現代交通工具，地方雖小，卻有客人專門打麻雀牌的地
方。華陽知縣史九龍正與姨太太打麻將，手裏一副好牌，不巧一個親信小跟班
進來報稱：管監獄的高老爺便衣稟見。史九龍聽了典獄官高老爺細說詳情後很
是氣憤，因為好牌被攪。四川人愛抽煙，無論男女。一般人抽水煙袋或者紙煙，
水煙袋最好的煙絲是福建煙絲，紙煙普通人抽麻雀牌的，有錢人抽雙刀牌的。
大部分人家都備有給客人用的水煙袋、煙絲或者紙煙。在紳士、地主家的客廳
裏或者在茶館裏，一夥人一邊抽煙，一邊擺龍門陣，談論時政大事。萬春茶園、
悅來茶園、可園等戲院對成都人來講都是耳熟能詳的。各種戲種、唱段、名角
兒也是川人共享的話題：燈影戲、川班、京班，燈影戲的名角有唱花臉的賈培
之、唱旦角的李少文登，川班的名角名段有劉文玉、周名超的柴市節，李翠香
的三巧掛畫，鄧少懷、康子林的放裝，蔣玉堂的飛龍寺，還有游澤芳的癡兒配，
小群芳的花仙劍等等。

對服飾的關注也是李劼人對成都民俗的呈現之一，葛寰中的便裝是一件玉色接綢衫，外罩一件裹圓的深藍實地沙袍子，繫著玉扣絲板帶，上身還罩了元青鐵線紗馬褂，腳穿薄粉底雙梁青緞宮靴，手上拿的是一柄檀香殼子摺扇。如果是行裝的話，頭上要戴纓帽翎頂，腰上要有忠孝帶、檳榔荷包、眼鏡盒、表褡褳、扇插子等全套行裝。黃太太見客的服裝也是非常的講究，還有青年學生的裝束，社會底層人的裝束，作者都進行了詳細的描述。《大波》多次寫到黃太太的服裝，特別是黃太太的鮑魚篡篡的髮式，還有「血灌腸內」的裝束：「只在水紅綢汗衣上嫁了件長緊及膝，並無滾邊的白紗衫子，襯著裏邊的淺紅顏色，是當時有名的打扮，叫著血灌腸內。」細節之精準，令人吃驚！這些飲食、服飾文化不僅具有民俗學的價值，還具有審美價值。

此外，李劼人小說的語言具有濃鬱的巴蜀韻味，最突出的特點是選用了不少充滿活力與生趣的四川方言。從方言本身的類別來分，主要有兩種：一是哥老會術語，其中有些已經進入日常話語，如「對識」（介紹）、「撒豪」（恃強仗勢、胡亂行為）、「搭手」（幫助）、「水漲了」（風聲緊急或是什麼危險臨頭）、「戳到鍋鏟上」（碰上硬東西，不但搶不到手，反而有後患）；二是四川通用的成語、俗語，如「油大」（葷腥菜肴）、「伸抖」（丰姿出眾）、「蘇氣」（稱道一個人態度大方、打扮漂亮，與土氣、苕氣、土頭土腦相反）、「苕果兒」（土氣）、「煮屎」（說臭話，背地道人是非）、「巴適」（適合，合適，適應）、「扁毛兒」（毛病）、「打捶」（打架）、「角逆」（相爭、相罵、鬥毆）、「散談子」（開玩笑）、「整倒注」（整得徹底）、「燙毛子」（以非遊戲規則把別人的銀錢弄光，又叫整豬，與剝狗皮、被人拔了蘿蔔纓同義）、「裝蟒吃象」（假裝糊塗）、「不撒火」（不畏懼、不怯懦）、「開紅山」（見人就殺）、「地皮風」（聳人聽聞、使人茫然奔避的謠言）、「袍皮老兒」（成都人以前稱呼袍哥的名稱，含有鄙薄之意）、「默道」（暗想）、「門限漢兒」（只在家裏對自己人稱好漢，卻不敢對外人稱豪傑）、「瓜瓜」（老實人）、「言子」（方言、土語、諺語、歇後語、某一些術語都叫做言子）、「衝殼子與衝天殼子」（說大話、誇海口，無中生有），「癩疙疤躲端午躲得過初五躲不過十五」等等。在四川的歷史上，民間的哥老會組織頗多，袍哥勢力強大，甚至在一定程度上可以左右官府，小說文本中大量的哥老會語言的存在正說明了這一點。此外，四川通用的俗語和成語又有一種蠻勁和野勁，正是川人野性和蠻性特質的體現。所以，這些方言是巴蜀文化重要的一部分，是巴蜀文化特質在語言上的顯現。

三、風俗描寫的複雜性

　　《大波》第一部的前半部分對民風民俗的敘寫較之後半部分和後幾部要多。對此，作者在《〈大波〉第二部書後》這樣說道：「有些不該描繪之處，描繪了，有些該形象化之處，又沒有形象化。例如在上半部，尚不慌不忙，反映了一些當時的社會生活，多些了一些細節。（也有朋友批評細節寫的過多，不免有點自然主義的臭味。）但是到了下半部……只用了很少筆墨，寫到會場以外的社會生活。……以致乾巴巴地湊成一副骨頭架子，而缺乏生人氣。」〔註1〕作者認為只寫歷史事件，不寫「社會生活」是「乾巴巴」的「骨頭架子」「缺乏生人氣」，由此我們可以看出李劼人對描寫以民風風俗為中心的地域文化的重視。吳福輝先生說：「中國的地域文化迄今為止還是鄉土文化」，「鄉土文化的民間性質，它所處的滯後位置，使得它呈現出許多文化殘存體，所以特別具有歷史文化品格。」〔註2〕地域文化是空間意義上的，更是時間意義上的。它是一個特定的區域在漫長的歷史過程中形成的相對穩定的文化特質。現代性的歷史是變革與斷裂的歷史，地域文化的鄉土性質則決定了它的某種保守性與歷史連續性，所以二者之間必然會存在矛盾和衝突。

　　以成都為中心的巴蜀文化，歷史上長期與正統儒家文化的隔膜，使其能夠重視人的感性慾望的合理性，所以四川雖然閉塞，但重實際、重享樂的巴蜀文化卻具有一定程度的開放性和包容性。因此，在中國現代性進程伊始，成都的變革並沒有在文化層面造成傳統與現代的激烈衝突。在現代性和歷史變革的挾裹下，成都的民風民俗所發生的變化也顯得自然而順理成章。譬如成婚的儀式，在成都，傳統的成婚儀式非常複雜，從婚期前兩天的過禮、回禮，到婚日頭一晚男家熱鬧的花宵，再到迎娶之日的花轎迎親、拜堂、撒帳、揭蓋頭、老長親傳授性知識、謝客、婚宴、鬧房等等。到了辛亥年間，這些繁瑣的儀式發生了變化。《大波》中周宏道與龍么妹的婚禮，為了安慰龍老太太，除了新娘子坐了花轎，花轎前後打著飛鳳旗、飛龍旗、紅日照與黑油掌扇之外，其他全是新式：介紹人演說、來賓致辭、新郎演說等等，免去了那些繁文縟節，一派新氣象。而且法政學堂監督在婚禮上則帶來了人們關注的時政消息，人們的話題很快從私人空間轉向了社會生活，顯示了社會變革對日常生活的激蕩。另一方面，民風民俗在吸取、包

〔註1〕李劼人：《「大波」第二部書後》，《李劼人選集》第二卷下冊。四川人民出版社
　　　1980年版，第952頁。
〔註2〕吳福輝：《地域文化視角》，載《天津社會科學》1995年底3期。

容社會新思潮、歷史變革的同時，也在一定程度上消解著現代性。比如開明紳士郝又三之所以關心新津的戰況，更多的是因為掛念自己的舊相好伍大嫂；黃瀾生關注時政，是為了明哲保身、保全自己的家庭；吳鳳梧熱心同志會，一部分原因是洩私憤，是趙爾豐讓他丟了差事，還有一部分原因是為了一份差事養家糊口；黃太太、顧太太穿上了文明鞋是為了不落伍、時髦、漂亮。

有論者對作者在敘寫歷史的同時花費大量的筆墨描寫成都的市井風情和社會民俗這樣評論：「市民文化趣味是李劼人史詩追求的阻礙，主要體現為『三部曲』中藝術處理上的不平衡，及民族精神的表現與民俗風情畫之間不平衡，歷史主潮人物的刻畫與中間人物的反映之間的不平衡，悲壯的歷史主調與平庸的雜音之間的不平衡。」〔註3〕事實上，正是作者追求歷史真實的精神和把握時代全貌的努力，才使《大河》呈現出了現代性變革伊始，中國社會的複雜性和現代性變革的艱難性。正是作者在展現歷史場景的同時，又不忘展現社會風俗場景和四川地域文化特性，才使得他的歷史敘述，不是歷史的理念的形象化，而具有了歷史敘事的多義性、豐富性，中國現代性的途程因而得到了多側面的表現。

第二節　老舍的北京

一、《正紅旗下》與旗人文化

在當代文壇中，既不表達城市的「紅色」血統，也不以「新、舊」的城市轉變為主題，而直接以傳統城市形態為表現對象的作品，似乎只有老舍的《正紅旗下》。應當說，這部長篇小說承接的是《老張的哲學》、《離婚》、《四世同堂》等老舍早期作品的脈絡，採用的是以個人習察之特定城市社區的日常性生活敘事的策略。由於沒有受到新中國現代性國家集體想像的時代主題限制，作者採用了完全的個人性視角，幾乎不表達時代主題。從思想淵源上說，雖然承續的是「國民性批判」的創作形態，但幾乎完全不契合當代的主流文學潮流。這可能反而使作者獲得了創作上的輕鬆感。它最終沒有完成，在作者生前也沒有發表，〔註4〕屬於陳思和先生所說的「潛在寫作」狀態的作品。〔註5〕我們

〔註3〕李傑：《論李劼人長篇歷史小說的內在矛盾》，《李劼人小說的史詩追求》，成都市文聯、成都市文化局編，成都出版社1992年版。
〔註4〕小說只完成了11章，初刊於《人民文學》1979年第4、5期。
〔註5〕陳思和：《中國當代文學史教程》，復旦大學出版社1999年版，第12頁。

可以設想，這可能是這部作品最好的結局。因為，這篇小說即使發表，在題材、主題、人物和體式各方面，也都不能得到主流意識形態的認可。

《正紅旗下》所寫的，是滿清末年旗人處於風燭殘年的時期，傳統城市底層文化。其寫作樣態，也完全遵循著自 1920 年代以來對於老北京城市文化形態的表現。小說所涉及的北京城，除卻對於晚清時代的旗人社會愚頑之風的批判，基本上是在舊有傳統形態上進行表現的。作品上接兩百年前旗人入關的歷史淵源，以此作為城市脈流的源頭，表現出的是城市自身原有邏輯的延續和些許轉變。雖然滿清以馬步騎射的武力征服中原，但入關以後，早先八旗制度的軍事職能迅速消退，軍事優長被代之以文化享樂，成為旗人最大的文化特徵。《正紅旗下》中的大姐夫的父親，是驍騎校（騎兵軍官），可是不會騎馬；大姐夫是佐領（步軍軍官），可是不會射箭。他們「到時候就領銀子，終年都有老米吃……生活的藝術，在他們看來，就是每天玩耍，玩的細緻，考究，入迷……」，「他們老爺兒們都有聰明、能力、細心，但都用在小微不足道的事物中得到享受與刺激。他們在蛐蛐罐子、鴿鈴、乾炸丸子……等等上提高了文化，可是對天下大事一無所知。他們的一生像作著一個細巧的，明白而有點糊塗的夢。」

在旗人與漢民族二百多年的融合中，把漢民族文化變成自己文化中最有特色的部分。比如「禮儀」，旗人使禮儀具有了審美功能，在社交場合，「連笑聲的高低與請安的深淺，都要恰到好處，有板眼，有分寸」，「咳嗽與發笑都含有高度的藝術性」。林語堂就曾在《生活的藝術》中談及旗人的「打扡」禮和發怒、吐痰的藝術。《正紅旗下》中的福海，他的請安動作已經不是一般意義上的禮節，而是具備了氣質美和動作美的形體藝術。但旗人生活的藝術，不僅在於對士大夫漢文化的學習，他們的獨到之處，還在於「俗」與「雅」的結合。在那些被傳統士大夫鄙棄的民間藝術，如京戲、大鼓、相聲等曲藝形式，與鴿哨、鬥雞、遛鳥等娛樂方式中，也揉進了相當的心血。比如唱戲，向為漢人士大夫所不齒，只有在元代，由於文人斷絕了科舉仕途才肯下海。但在旗人之間：「有的王爺會唱鬚生，有的貝勒會唱《金錢豹》，有的滿清官員由票友而變成京劇名演員，戲曲和曲藝成為滿人生活中不可缺少的東西，他們不但愛聽，而且喜歡自己粉墨登場。他們也創作，大量的創作岔曲、快書、鼓詞等等。」胡潔青曾回憶說：「老舍小時候，滿旗人中還有很多人會吹拉彈唱，不少人家中有三弦，八角鼓這類簡單的樂器，友人相聚，高興了就自彈自唱起來，青年人

也往往以能唱若干大鼓或單弦而自傲。」〔註6〕在旗人中,稍有條件的旗人還可以自己組織票社,在親友們有壽喜筵宴的時候,自己出資唱上幾天幾夜。《正紅旗下》的親家爹,雖無力組織票社,但可以加入別人的票社,隨時去消遣。對於花鳥魚蟲,旗人們更是玩的精到。小說裏的姑夫「無論冬夏,他總提著兩個鳥籠子,裏面是兩隻紅胅,兩隻藍靛胅。」玩鳥的經驗,「甚至值得寫本書,不要說紅、藍胅兒們怎麼養,怎麼溜,怎麼『押』,在換羽毛的季節怎麼加意飼養,就是那四個鳥籠子是製造方法,也夠將半天的。不要說鳥籠子,就連籠裏的小磁食盆、小磁水池,以及清除鳥糞的小竹鏟,都是那麼考究……」

　　禮儀之雅更是旗人文化中極具特色的。《正紅旗下》所寫的旗人,大體居住在以血緣為範圍的傳統社區,人際群體大多是親屬、外戚為主的血緣集體和近鄰,其人際交往,也屬於社會學家所說的「原始接觸」。在傳統文化中,「中庸」被視為人格道德美學理想的極致。在儒學中,「中庸」和「中和」同義,其功能在於「致中和」,即將存有差異而不相安和的人際關係統一在和諧有序的禮教秩序之下,而人際和諧又常常以「禮」來衡量,所謂「禮之用,和為貴」。此處所謂「禮」,並不簡單是一種表示敬意的禮節,其含義要複雜得多。由於傳統社會以血緣倫理為基礎,所以根本上說,「禮」的本質是追求血緣關係中的人際和諧。按費孝通先生的說法:「禮字本是從豐從示,豐是一種祭器,示是一種儀式」。加之旗人入主中原之後,倡導孔孟儒學和綱常禮教,「禮」作為「社會公認合適的行為規範」。〔註7〕因此,禮儀是旗人文化中重要的審美形態之一。二百年積下的歷史塵垢,使一般的旗人既忘了自遣,也忘了自勵。他們創造了一種獨具一格的生活方式:「有錢的真講究,沒錢的窮講究。」遇有婚喪大事,遠親近鄰都要來賀喜,「不去給親友們行禮等於自絕於親友,沒臉再活下去,死了也欠光榮」。而且,「禮」到人不到還不行,來賀者必須在衣飾、風度上作夠「官派」,於是,鞋襪衣裳、禮金禮品、車輛品第,都要有一番講究,親屬間的交往往往成為禮儀的「表演比賽大會」。「至於婚喪大典,那就更須表演得特別精彩,連笑聲的高低,與請安的深淺,都要恰到好處,有板眼,有分寸」。即使是窮困人家,也會拿出所有的文化去對付一桌醃疙瘩櫻兒、蠶豆辣醬和摻水的酒,禮儀之雅與審美之趣絲毫不因此而減少。也許,只有這樣,才能將衣食之虞化為人生之樂。且看大姐周旋於親友們間的禮儀修養:

〔註6〕胡潔清:《老舍與曲藝》,載《曲藝》1979年第2期。
〔註7〕費孝通:《鄉土中國》,生活、讀書、新知三聯書店1985年版,第52頁。

　　她在長輩面前，一站就是幾個鐘頭。而且笑容始終不懈地擺在臉上，同時，她要眼觀四路，看著每個茶碗，隨時補充熱茶；看著水煙袋與旱煙袋，及時地過去裝煙，吹火紙撚兒。她的雙手遞送煙袋的姿態夠多麼美麗得體，她的嘴唇微動，一下兒便把火紙吹燃，有多麼輕巧美觀……在長輩面前，她不敢多說話，又不能老在那兒呆若木雞地侍立，她須精心選擇最簡單而恰當的字眼，在最合適的間隙，像舞臺上的鑼鼓點似的那麼準確，說那麼一兩小句，使老太太們高興，從而談得更加活躍……

　　在男性旗人中間，也不失禮儀風致。小說曾描述福海給人請安的動作：「他請安請得最好看，先看準了人，而後俯著急行兩步，到了人家身前，雙手扶膝前腿實後腿虛，一趨一停，畢恭畢敬。安到話到，親切誠懇地叫起來：『二嬸兒，您好。』而後，從容收腿，挺胸斂胸，雙臂垂直，兩手向後稍攏，兩腳並起『打橫兒』」。

　　禮儀之美體現較多的，還有老北京的商人與他們的舊時經營方式。老北京的經營講求人情與傳統禮儀，必須將商業契約與經營中的實利原則掩藏於東方的宗法人倫之中。老字號的經營者，多是一些有著傳統中庸人格的道德君子，如徐珂所說：「雖為賈者，咸近士風。」〔註8〕正紅旗下》曾講述一段商業經營上的習俗：「許多許多旗籍哥們兒愛聞鼻煙，客人進了煙鋪，把煙壺兒遞出去，店夥比先將一小撮鼻煙倒在櫃檯上，以便客人一邊聞著，一邊等著往壺裏裝煙。這叫做規矩，是呀，在北京做買賣得有規矩，不准野腔無調。」

　　滿清末年，原屬統治者的旗人與漢人接觸已經較為頻繁，加之民元以後，沒落的旗人失去衣食保障，開始改為漢姓並散居民間。曾為貴族階層所享有的生活的藝術，也進入了小街里巷，被普通老百姓接受。《正紅旗下》的王掌櫃是來自山東的小商人，「在他剛一入京的時候，對於旗人的服裝打扮，規矩禮數，以及說話的腔調，他都看不慣，聽不慣，甚至有些反感。他也看不上他們的逢節按令挑著樣兒吃，賒著也吃的講究與作風，更看不上他們的提籠架鳥、飄飄欲仙地搖來晃去的神氣與姿態。可是，到了三十歲，他自己也碗上了百靈，而且和他們一交換養鳥的經驗，就能談半天，越談越深刻，也越親熱」。

　　但是，在19世紀末，在早已改變的世界格局中，《正紅旗下》中的旗人們完全沒有任何意識上的改變。從其表現出的世界觀來說，由於旗人的皇城意識

────────────

〔註8〕徐珂：《清稗類鈔》，中華書局2003年版。

極為發達，對世界的感知也仍然以北京為本位。對外來文明，旗人們仍然以傳統的認知方式來看待世界，強制性地將外來事物納入既有思維之中。對他們來說，認識世界，只是認識北京的附加成分。發生認識論的鼻祖皮亞傑認為，人們對外部客體的認識過程，存在著兩種對立並依存的機制。一是外部客體與認識主體的概念、術語、範疇相一致，從而被主體的認識結構順利吸收。從被稱為同化機制，表現為不必要改變、調整認知結構便能認識客體的特製；二是當新事物作用於主體思維時，主體的認知結構無法再以原有的概念、術語、範疇予以接受，就必須調整、改變主體認知結構，去認識客體。此被稱為順化機制。但是，當出現新事物時，如果不能調整、改變認知結構，仍然採用同化機制，也就是說，「當同化勝過順化時，就會出現自我中心主義的思想」。〔註9〕對傳統中國人來說，對華夏文明圈內的東方農業國家的認識，可以遵循著舊有的「華夷大防」的秩序，而無須改變自我的認知結構。但對於西方資本主義新興國家，只有改變、調整「華夷之辯」的思維，才能達到真正認識的目的。但《正紅旗下》中的旗人們，仍然固守著原有的語言概念，對西方文明的特徵，用一種既有的概念去表述。比如，在親家爹看來，西方列強只是中華文明周邊的撮爾小邦，甚至「不知道英國是緊鄰著美國呢，還是離雲南不遠。」所以，面對洋人，多甫總是拍著胸脯，說：「洋人算老幾呢？……大清國是天朝上國，所有的外國都該進貢稱臣。」闊綽的定大爺與洋人牛牧師鬥法，其秘密武器卻是：「叫他走後門！那，頭一招，他就算輸給咱們了。」同時還請來了兩個翰林、兩個喇嘛，一僧、一道，以各種繁縟禮數使洋人難堪。所以，旗人們「生活的藝術」已經成為他們逃避沒落現實的手段。正像作品說的大姐公公：「藝術的薰陶使他在痛苦中也能夠找出自慰的方法，所以他快活」。定大爺始終生活於老派旗人的氛圍中「只要有人肯叫『大爺』，他就肯賞銀子」，「自幼兒就拿金銀錁子與珍珠瑪瑙作玩具，所以不知道它們是貴重物品。因此不少和尚與道士都說他有仙根，海闊天空，悠然自得。他一看到別人為生活發急，便以為必是心田狹隘，不善解脫。……他渺茫地感覺到自己是一種史無前例的特種人物，既記得幾個滿洲字，又會一兩句漢文詩，而且一使勁便可以成聖成佛。」他們多有一幅啊Q相，到了手中一無所有，身上一無所能，也還自詡「吃喝玩樂，天下第一」。久之，他們會對一切社會、國家政治麻木不仁，如老舍說的：「當一個文化熟到稀爛的時候，人們會麻木不仁地將驚心動魄的事情與刺

〔註9〕《西方心理學家文選》，人民教育出版社1983年版，第32頁。

激放在一旁，而專注意到吃喝拉撒的小節目上去。」〔註10〕對旗人文化，老舍
曾在《四世同堂》中作過沉痛的檢討：

> 在滿清的末幾十年，旗人的生活好像除了吃漢人所供給的米，
> 和花漢人供獻的銀子而外，整天整年的都消磨在生活的藝術中。上
> 至王侯，下至旗兵，他們都會唱二簧、單弦、大鼓虞時調。他們會
> 養魚、養鳥、養狗、種花和鬥蟋蟀。他們之中，甚至也有的寫一筆
> 頂好的字，或畫點山水，或作點詩詞——至不濟也會諏幾套相當幽
> 默的悅耳的鼓兒詞。他們的消遣變成了生活的藝術。他們沒有力氣
> 保衛和穩定政權，可是他們使雞鳥魚蟲都與文化發生了最密切的
> 關係……就是從我們現在還能在北平看到的一些小玩藝中，像鴿
> 鈴、風箏、鼻煙壺兒、蟋蟀罐子、鳥兒籠子、兔兒爺，我們若是細
> 心的去看，就還能看出一點點旗人怎樣在最細小的地方花費了最
> 多的心血。

二、「新北京」的傳統邏輯

從外在的主題形態來說，老舍對北京的表現也明顯地呈現出「斷裂論」
特徵，也即表現「新」「舊」北京天翻地覆地「變化」，這幾乎成為所有研究
者公持的觀點。我們並不否認老舍所要傳達出的主題，只是說，即使是表現
「新北京」，在老舍理解中，儘管承載的城市社會內容與「舊北京」不同，但
承載的形式沒有大的變化，城市的邏輯也沒有改變。也就是說，「新北京」之
「新」，與「老北京」之「老」，其遵循的都是一樣的原則，那就是，北京仍
然是由傳統社區尤其是底層社區構成的，包括空間、人際、人物和語言，不
過是在這些原有社區的形態與內容上具有了某些新質而已。因此，它仍舊是
建立於與「舊」北京相同的城市邏輯之上的。從這方面說，老舍《茶館》所
用的結構方法，即「主要人物由壯到老，貫穿全劇」，「次要人物父子相承」
〔註11〕，應當就是對於這種城市理解的一種寫作技術的實踐。在這一點上，
老舍以北京為題的作品，表現出與表現上海城市文學的巨大不同。比如，「十
七年」和「文革」時期文學中的上海，基本上已經不再表現里弄這樣的社區

〔註10〕老舍：《四世同堂》，《老舍文集》第4卷，人民文學出版社1980年版，第302
　　　　頁。
〔註11〕老舍：《答覆有關〈茶館〉的幾個問題》，《老舍研究資料》，北京十月文藝出版
　　　　社1985年版，第640頁。

形態，也不表現上海城市特有的具有很強「物質性」的人際關係特徵，更沒有帶有上海本地特徵的人物語言。其所要說明的，是已經完全改變了基本邏輯的城市結構。

我們看到，老舍在解放後的一系列話劇作品，都以具有典型北京傳統形態空間意義的胡同、小院、戲院等空間單位為剖析「新北京」的基本尺度。在《茶館》中，老舍見到的是「老北京」的生活：「這裡買簡單的點心與飯菜。玩鳥的人們，每天在溜夠了畫眉、黃鳥之後，要到這裡歇歇腿，喝喝茶，並使鳥兒表演歌唱。商議事情的，說媒拉纖的，也到這裡來。那年月，時常有打群架的，但是總會有朋友出頭給雙方調解；三五十口子大手，經調解人東說西說，便都喝碗茶、吃碗爛肉麵（大茶館特殊的食品，價錢便宜，做起來快當），就可以化干戈為玉帛了。總之，這是當日非常重要的地方，有事無事都可以坐半天」。在談到《龍鬚溝》的主題表現時，老舍明確地表示，其要尋找的是承載主題所必須遵循的「老北京」式的原則：

> 在寫這本戲之前，我閱讀了修建龍鬚溝的一些文件，……大致地明白了龍鬚溝是怎麼一回事之後，我開始想怎樣去寫它。想了半月之久，我想不出一點辦法來。可是，在這苦悶的半月中，時時有一座小雜院呈現在我眼前，那是我到龍鬚溝的時候，看見的一個小雜院——院子很小，屋子很小很低很破，窗前曬著濕漉漉的破衣與破被，有兩三個婦女在院中工作；這些，我都一眼看全，因為院牆已完全塌倒，毫無障礙。〔註12〕

這似乎早已成為老舍思考北京的隱形心理結構，即，像他在創作《離婚》、《月牙兒》時那樣，「求救於北京」。

所以，老舍沒有離開傳統社區去尋找承載城市內容的形式。比如，五幕話劇《方珍珠》將劇本故事放在胡同小院和戲院；《春華秋實》所寫的榮昌廠，雖是工業機構，但其工業宿舍卻仍是好幾個院子，遠處則是天壇的祈年殿。這說明了，廠子坐落在老北京南城的胡同裏面。三幕十三場話劇《女店員》更有意思。雖然所寫是「大躍進」時期街道大辦商業的題材，但劇本不僅將故事放在什剎海（俗稱「後海」）附近的胡同裏，而且所寫的這個區域極具典型的「後海」空間特徵：「一湖春水，岸柳初青，間有野桃三二，放豔春晴。」一切看起來都仍舊是具有鄉野特徵的城市空間與景觀。

〔註12〕老舍：《〈龍鬚溝〉的人物》，載《文藝報》第 3 卷第 9 期，1951 年 2 月 25 日。

　　因為要以傳統社區為表現對象，老舍的作品不可避免地要涉及傳統社區裏的人群和城市組織，即城市社會學意義上的「原始接觸」——由血緣倫理以及外戚、鄰里等構成的人情組織。《女店員》的全數人物幾乎都有親緣關係，故事也以家庭、家族關係出發構成故事。三幕七場話劇《全家福》敘王仁利一家淪陷時妻離子散的故事。王仁利在去張家口之後渺無音訊，其家人以為其死，妻李桂珍改嫁，並丟失一子一女，解放後，在派出所的協助下得以團聚。劇本的主題無疑是「新舊社會兩重天」的老套，但其出發點仍在於關注家庭形態的完整性，像作者所說的作品的寫作是「針對杜勒斯說中國不要家庭的偏見。」在創作《龍鬚溝》時，老舍在確立了以南城大院為表現空間後，就開始考慮傳統社區的人群結構：「我湊夠了小雜院裏的人。除了他們不同的生活而外，我交給他們兩項人物：（一）他們與臭溝的關係。（二）他們彼此間的關係。前者是戲劇的任務，後者是人情的表現。若只有前者，而無後者，此劇便必空洞如八股文。」〔註13〕也正因此，老舍往往在劇本開場，對人物關係作大篇幅的說明。比如《春華秋實》中，幾乎所有人物的性格都與「舊北京」有關，而且還來自於與主要人物丁翼平的關係。如：馮二爺「在廠內打雜兒，與廠主有點親戚關係」，李定國「他從前作過私塾先生，教過丁翼平」，唐子明「生意不大，往往受制於丁」。

　　正因此，循由城市基本邏輯而來的劇本人物，都有著城市邏輯的支撐。我們看《龍鬚溝》裏趙老頭兒這個人物的由來，就有著老北京市井的職業準則：「我還需要一個具有領導才能與身份的人。蹬三輪的，作零活的，都不行；他必須是個真正的工人。龍鬚溝有各行各業的工人，可是我決定用個泥瓦工，因為他時常到各城去幹活，多知多懂，而且可以和挖修臭溝，填蓋廁所，有直接關係。就以形相來說，一般的瓦工都講究乾淨利落（北京俗語：乾淨瓦匠，邋遢木匠。）我需要這麼個人。」〔註14〕劇本中的另一個人物程瘋子，其所暗示的「老北京」的內在性更加具有深意。程瘋子作為藝人，與龍鬚溝附近的天橋遊藝場有著聯繫，因而也就暗示了北京南城一帶的城市性。比如他的講求禮節、長衫打扮，以及悲天憫人的精神高度，都說明他作為南城藝人的底色。並且，因其過去的演出活動，與黑社會、警察等人發生了關聯，暗合著舊北京底層的社會結構和組織。所以，有人說：「程瘋子的數來寶藝人的身份明顯加重

〔註13〕老舍：《〈龍鬚溝〉的人物》，載《文藝報》第 3 卷第 9 期，1951 年 2 月 25 日。
〔註14〕老舍：《〈龍鬚溝〉的人物》，載《文藝報》第 3 卷第 9 期，1951 年 2 月 25 日。

了《龍》劇的地方色彩。」〔註15〕這種情形並非個例,事實上它已成為老舍在寫人物時的一種習慣。我們還常常發現,老舍的劇本,在結構上,通常多採用「新舊對比」的手法。在每個劇本的人物表中,不僅對於人物習性、身份等有詳細的說明,而且,還專意將人物主導性格的來源加以說明。通常,這一性格的形成來自於「舊北京」時期。這也是一種將人物作為城市內在邏輯的敘述方式。如,《生日》中的王寶初貪污,作品專意交代了其性格形成的緣由:因為過去習慣了官場,所以奸商劉老闆在解放後仍然給他送禮,「在機關庶務科作職員(留任),思想改造未能徹底」。其妻郭利芬慫恿丈夫貪污,有享樂惡習,也是淵源有自:「當初娘家闊綽,染了惡習,至今不能盡改」。再比如,話劇《方珍珠》中的方太太,「她娘也是作藝的,看慣了買賣人口,虐待養女,故不知不覺的顯出厲害」;「白花蛇」,「他可善可惡,不過既走江湖,時受壓迫,故無法不常常搗壞」。在《生日》裏面,王立言「以前作過機關裏的小職員,現在是街代表,知道些新社會的情形」;在《紅大院》中,吳老頭「從前作過些勤雜的工作,有點文化」;小唐「從前散漫,整風後表現不錯」;小唐嫂「好花錢,多嬌氣,整風後有了改變」。等等。同時,對於人物語言,老舍也遵循其一向的地域性原則。在談到《方珍珠》的語言時,老舍說:

> 要緊的倒不是我不願意模仿自有話劇以來的大家慣用的「舞臺語」。這種「舞臺語」是作家們特製的語言,裏面包括著藍青官話,歐化的文法,新名詞,都跟外國話翻譯過來的一樣⋯⋯這種話會傳達思想,但是缺乏感情,因為它不是一般人心中所有的。用這種話作成的劇中對話自然顯得生硬,讓人一聽就知道它是臺詞,而不是來自生活中的⋯⋯我避免了舞臺語,而用了我知道的北京話。〔註16〕

這裡,我們觸及到一個悖論:老舍解放後的作品,除了《茶館》、《龍鬚溝》等之外,都被認為是失敗之作,其原因通常被認為是,老舍作品的主題表達都以意念為主,並不來自於實際的經驗。事實上,老舍在這裡表現出與周而復《上海的早晨》等作品同樣的問題,即:敘寫「舊中國」城市或者寫城市的舊文化遺存,多來自於經驗;而寫「新中國」的「新」城市,則基本上來自於理念。其所導致的不成功是顯而易見的。所以,基本上以「老北京」為主要內容

〔註15〕柏右銘:《城市景觀與歷史記憶——關於龍鬚溝》,《北京:都市想像與文化記憶》,陳平原、王德威主編,北京大學出版社 2006 年版,第 417 頁。

〔註16〕老舍:《談〈方珍珠〉劇本》,載《文藝報》第 3 卷第 7 期,1951 年 1 月 25 日。

的作品，往往在表達城市邏輯方面要可信的多，而純粹表達「新北京」主題的，通常是不成功的。作者本人未嘗不知道這樣一點。較典型的是《方珍珠》。內中敘寫鼓詞藝人方珍珠一家解放前後命運的變化。解放前，老方遭受官僚（李將軍）的壓迫，特務（向三元）的追逼，舊文人（孟小樵）的欺負，還有同行（「白花蛇」）的傾軋。劇本前幾幕取材於解放前，其人物與人物關係，都是真實可信的。而後，取材於解放後的幾幕，則完全源於觀念性。其實，老舍對這一點非常清楚。在創作之處，老舍還要求自己從城市生活邏輯出發，「儘量的少用標語口號，而一心一意的把真的生活寫出來。」〔註17〕但是，過於急迫的主題表達意願，使他接受了友人的勸告，把原來計劃的四幕改為五幕，為的是「多寫點解放後的光明。」〔註18〕老舍自己分析說：「此劇前三幕整齊，後三幕散碎。原因是：前三幕抱定一個線索，往下發展，而後二幕所談的問題太多，失去故事發展的線索」，至於原因，老舍自我分析說：「北京還沒有出現一個典型的女藝人……我應當大膽的浪漫，不管實際上北京曲藝界有無典型人物，而硬創出一個。」〔註19〕這裡，老舍似乎是「正話反說」了。老舍表現出的創作處境是很明顯的：一方面，由於北京根本就沒有類似方珍珠這樣的女藝人，老舍也就根本找不出一個可以寫在劇本中的「典型」的形象。換句話說，要寫出「典型」的藝人，就必須「大膽的浪漫」，或者「硬創出」一個，也就是說，必須說瞎話！另一方面，由於作者硬要在後幾幕裏表現出社會主義的「新」主題，因此完全打破了前幾幕來自於經驗的舊藝場的生活經驗，完全理念化了。這時期的老舍，因急於表達對「新北京」的表述，不得不從理念出發。比如，《春華秋實》的創作，按照他的話說，「通過寫政策寫出『五反』的全面意義」，「急切地交代政策，恐怕人家說：這個『老』作家不行啊，不懂政策！」〔註20〕所以，老舍急於在「五反」運動剛剛開始的時候就開始寫作。因為，他「捨不得趁熱打鐵的好機會」，認為，「在運動中寫這一運動，熱情必高於時過境遷的時候」。情形恰如茅盾所說：「頭腦中還沒有成熟的人物，卻先編個故事」，「而後配上人物」。〔註21〕所以，有論者指出，「這兩個劇本（指《龍鬚溝》和《方

〔註17〕老舍：《談〈方珍珠〉劇本》，載《文藝報》第3卷第7期，1951年1月25日。
〔註18〕老舍：《〈方珍珠〉的弱點》，載《新民報》1951年1月11日。
〔註19〕老舍：《談〈方珍珠〉劇本》，載《文藝報》第3卷第7期，1951年1月25日。
〔註20〕老舍：《我怎麼寫〈春華秋實〉劇本》，載《文藝報》第3卷第7期，1951年1月25日。
〔註21〕茅盾：《在中、長篇小說座談會上的講話》《茅盾文選》，四川人民出版社1985年版，第680～681頁。

珍珠》——引者）由於都採用了『今（新）昔（舊）對比』的框架結構，因此，它們均顯得前半部『戲』足，能夠通過人物的行動和命運來映像現實；而後半部則由於影響人物的基本矛盾已經不復存在，因而只注重大擺新人新事新風氣，這就使作品顯得『議論性』過剩，而『戲劇性』不夠，致使人物也隨之呈現出蒼白乏力狀態。」〔註22〕其實，早在 1950 年，趙樹理就以「北京人寫什麼」為題，討論過這個問題。趙樹理的看法是：「北京解放以來，十多個月的時間是有不少的變化的，這種變化有時不是老解放區的人所能瞭解的，因此北京人能寫出來的東西，往往不是老解放區的人們能寫出來的。我以為北京人寫東西倒不必非寫解放區和農村不可。人是社會的動物，是有社會性的，北京人脫離不開北京這個圈子」。他又說：「只要你的立場和觀點正確，這些材料寫出來都有助於革命，在未熟悉工農生活之前，不一定非寫工農不可」。那麼，要寫北京，又如何寫呢？他舉例說：

> 北京解放後，領導上指示我們：要把這一個消費城市變成生產城市，這一點就是為勞苦大眾著想的，如果你不站在大眾的立場，你就不明白為什麼要把消費城市變為生產城市。
>
> ……
>
> 北京解放後，十多個月的變化很大，外來的人對這個變化觀察不大清楚，北京人可是一樁樁一件件都很清楚，那麼只要換一個立場——不為少數老爺們打算，而為勞苦大眾打算，那麼各個階級在這個變化中的材料，都是很豐富的。比方拿舞場或商店來說吧，舞場生意不不好了，首飾店洋貨店紛紛轉業了，旅館也蕭條了，尋找他的原因就是好材料。這還不過是本人浮淺的觀察，如果老北京從你熟悉的人中加以細心觀察，什麼人進步，哪些人沒有進步，像以前大家庭的人，或籍著國民黨的人情而做事的人，現在有的進了南下工作團，或是參加生產工作，有的卻還在出賣自己家中的古玩、字畫、皮貨，賣掉了改買落花生、白薯，可是漸漸地也會走上生產的。再如算卦的，沒人去問禍福也會轉業的，都是環境使得他們不得不改變過去的消費生活，而投入生產部門（王爺、老爺轉入生產的也不少），反正這些人誰是主動的，誰就是覺悟的，有便宜的；被

〔註22〕劉增傑、關愛和：《中國近現代文學思潮史》（下卷），上海文藝出版社 2008 年版，第 238 頁。

　　動的就是落後的，吃虧的，你身邊周圍有這麼多的模型例子，假如
　　去仔細問一下，就能得到不少轉變過程的材料。〔註23〕

這裡，趙樹理實際上闡明了一個道理，也即，認識「新北京」其實也就是認識
「老北京」的過程。因為，「新北京」城市的邏輯仍然在「老北京」之中。所
謂從「消費城市」變成「生產城市」的形態改變，也仍然建立在「老爺」、「王
爺」、「姑奶奶」與「老媽子」、「廚子」這些人的生活的改變之上，並不是憑空
出現一些「生產性」的人物。可惜這一點，並沒有如趙樹理所希望的那樣，即
使是老舍這樣較為遵循城市傳統的作家，也往往忽視這一點。

第三節　歐陽山的廣州

　　由於自古以來四川就交通不便，更加上巴蜀長期以來形成的盆地文明，辛
亥革命前後的成都儘管有了西方現代文明的浸染，依然因襲著川西舊有的傳
統和文明。北京作為帝都，因襲著中國傳統文化，又受到「五四」新文化運動
的洗禮，隨之又經歷了文化、政治中心的南移，因此呈現出複雜的城市文化形
態。處於嶺南的廣州卻不同，作為港口城市，歷史上經濟、貿易就較為發達，
從「五四」時期到大革命時期它又經歷了革命及西方文明的洗禮，成為了其時
現代性的中心城市之一。

　　歐陽山的《三家巷》雖是革命知識分子題材，屬於「十七年」歷史文學的
正宗形態，但對於周炳生活的舊廣州城市，通常認為其「並不具備革命者成長
要素的『典型環境』」〔註24〕。原因是，周炳所處的多元複雜的社會關係，來
自於城市具體的家族、鄰里的特定傳統社區形態。三家巷中的周、陳、何三家，
分別屬於手工業勞動者、由小商人起家的買辦資產階級和官僚地主。作品在三
家的「五重親」中展開，即表親、姻親、換帖兄弟、鄰居、同學五重關係。尤
其是小說前半部，就像某些章節的題目「盟誓」、「換帖」一樣，基本上圍繞著
傳統的多重關係展開。陳思和認為：「現代歷史題材的敘事模式，在『五四』
新文學是實踐中已經被確立了，並對五六十年代的現代歷史題材創作產生了
影響。這一類創作歸納起來大致有三種敘事模式：茅盾的《子夜》模式、李劼
人的《死水微瀾》模式和路翎的《財主的兒女們》模式」，「《死水微瀾》模式，

〔註23〕趙樹理：《北京人寫什麼》，《把北京文藝工作推進一步》，北京文藝社編，新華
　　　　書店發行，1950 年版。
〔註24〕陳思和主編：《中國當代文學史教程》，復旦大學出版社 1999 年版，第 81 頁。

是一種以多元視角鳥瞰社會變遷為特徵的敘事模式，突出了民間社會的生活場景與歷史意識……這種透過民間生活場景來展示歷史的敘事模式，在當代文學創作中雖然不能完全體現，但局部的民間生活場景還是能起到重要的作用。」〔註25〕應該說，《三家巷》，特別是前半部，就是一種民間城市形態的敘事。由於作者要表現的是屬於已經消失的「舊中國」的城市形態，這反而使作家獲得了某種創作的自由，也使得城市的形態呈現出較為生動的表現。

《三家巷》以廣州西關官塘街三家巷為中心，勾連起了整個廣州的面貌。小說文本中敘述者起初對三家巷歷史變革的講述頗有些天下大事分久必合、合久必分的循環時間觀，可當講到周炳和他父輩這一代人的時候，已呈現出矢線性的現代時間觀念。這種現代性時間觀念也體現在敘述者對三家巷空間的呈現上。三家巷位於廣州城的西北角上，大約有十丈長、兩丈來寬，住著何、陳、周三姓人家。何家是門面最寬敞，三邊過、三進深，後面帶花園的一幢舊式建築物。水墨青磚高牆，學士門口，黑漆大門，酸枝「趟櫳」，紅木雕花矮門，白石門框臺階；牆頭近屋簷的地方，畫著二十四孝圖，圖畫前面掛著燈籠、鐵馬。陳家是一座雙開間，純粹外國風格的三層樓的洋房。紅磚矮圍牆和綠油通花矮鐵門圍著一個小小的、曲尺形的花圃。混凝土走道從矮鐵門直通到住宅的大門。門廊的意大利批蕩的臺階之上，有兩根石米的圓柱子支起弧形的門拱。客廳有一排高大通明的窗子。二樓、三樓的每一層房子的正面，都有南北兩個陽臺，上面陳設著精緻的籐椅、藤幾之類的家私。而周家則是一幢破爛的、竹筒式的平房。從這三家的居住空間來看，陳家是典型的封建官僚地主階級，何家是新興的買辦資產階級，周家是典型的手工業工人。中國半殖民地半封建社會城市中的三大階級就這樣被作者安置在廣州城市的一隅。周、陳、何三家之間複雜的血緣、姻親關係以及三家子輩之間的分和與對抗，清晰地表明了廣州這座城市的未來與走向。作者正是通過這種帶有鮮明階級性的空間呈現，把三家巷從傳統的城市空間導向了革命的現代性的城市空間。正是有了現代文明的強大影響，三家巷由三家變六家再變三家的因緣際會式的循環時間觀被打破，矢線式時間觀被奠定。

廣州地處嶺南，很早就是嶺南地區的政治、經濟中心。古代廣州就是中國對外貿易的重要港口。漢代時已經和海外一些國家有了貿易往來。唐代，廣州成為世界著名的港口，對外貿易範圍擴大到南太平洋和印度洋區域諸國。為了

〔註25〕陳思和主編：《中國當代文學史教程》，復旦大學出版社1999年版，第81頁。

加強對外貿易的管理，在這裡設置了中國最早的外貿機構和海關「市舶使」，總管對外貿易。另外還有「蕃坊」，供外國商人居住。外國到廣州的船，帆飄如雲。僑居廣州的外商（主要是阿拉伯人）數以萬計，最盛時達 10 萬以上。從五代到北宋，廣州已成為中國最大的商業城市和通商口岸，對外貿易額占全國 98% 以上。近代以來廣州得時代風氣之先，不但是重要的貿易港口城市，還是革命的策源地。《三家巷》中周、何、陳三家的子輩已深受「五四」啟蒙運動思想的影響，雖顯稚嫩卻積極探索富國強民之路。周炳和區桃、陳文雄和周泉、周榕和陳文娣三對表兄妹之間的自由戀愛並沒有遇到太大的阻礙。當陳萬利企圖阻攔周榕和陳文娣的婚事時，就連厲害的「釘子」陳楊氏也說：「可我有什麼法子？這個世界，人家興自由。」小說中對周泉和陳文雄，何守仁和陳文娣在酒店舉行的豪華的西式婚禮的渲染，也已經使廣州顯露出現代都市消費性的特徵。

和《大波》、《正紅旗下》中的空間描寫相似，《三家巷》的空間描寫也具有強烈的地域指向性，並且通過地域描寫表現城市性格。這一點有別於「十七年」主流城市題材文學中城市空間無明確地域指向，或者即使明確了城市地點也不表現城市性格的特點。《大波》中的東大街、勸業場、大什字、小什字、蜀襪街、總統府、湖廣館街、棉花街、西御街、下蓮池、東丁字街、西丁字街、枕江樓、聚豐園、錦江春、宜春茶樓、懷園茶社，滿城（又稱少城）、少城公園、可園等等，都是成都歷史上真實存在的街道、餐館、茶館和公園，且具有鮮明的成都色彩。《正紅旗下》中出現的皇城、九城、皇宮、護國寺、內務府、廠甸、東單、西四鼓樓、內務府、德勝門城樓、北海的白塔、積水灘，英蘭齋滿漢餑餑鋪、便宜坊、金四把、牛奶鋪，以及黑土飛揚的甬道，都充滿了 19 世紀末 20 世紀初老北京的印記。《三家巷》中的西關、南關、大新公司、亞洲酒店，惠愛路、四牌樓師古巷、維新路、珠光里、風安橋、西來初地、志公巷、三家巷、竇富巷、沙基路、紅花岡，觀音山、白雲山、珠海、五層樓等等，組成了完整的廣州城市空間。這些有著強烈的明確的地域指向性的空間描述，是和敘述者的家園意識、鄉土意識分不開的。家園意識和鄉土意識則又進一步指向了地域文化。

廣州作為嶺南的中心城市也有自己獨特的文化、風俗，對此《三家巷》也有所表現。郭沫若稱李劼人的大河小說是「小說的近代史」，「小說的近代《華

陽國志》」〔註26〕。李劼人也表示自己所想要描寫的，不單是重大的政治事件，而是一個地方變化的「整體性」，「地方色彩極濃，而又不違時代性」〔註27〕。建國後李劼人重寫《大波》時也說「必須盡力寫出時代的全貌，別人也才能由你的筆，瞭解到當時歷史的真實」〔註28〕。所以，作者在描寫社會歷史場景的同時，花費了大量的筆墨描寫社會風俗場景，使作品呈現出濃鬱的川味兒和巴蜀文化特質。歐陽山的《三家巷》寫的是革命起源和英雄成長的故事，為了增加故事的可讀性和吸引力，作者也在革命敍事中加入了大量的日常生活場景和社會風俗場景描寫，使作品也在一定程度上呈現出地域文化色彩。

清代、民國年間，廣東非常重視「乞巧節」，並流傳有許許多多有趣的風習。屈大均《廣東新語》中，即已記載了清初「七娘會」的盛況，民間多稱「拜七姐」。廣州西關一帶，尤為盛行「拜七姐」。活動一般是在少女少婦中進行（男子與老年婦女只能在一旁觀看，並行禮祭拜而已），預先由要好的十數名姐妹組織起來準備「拜七姐」，在六月份便要將一些稻穀、麥粒、綠豆等浸在瓷碗裏，讓它們發芽。臨近七夕就更加忙碌，要湊起一些錢，請家里人幫忙，用竹篾紙紮糊起一座鵲橋並且製作各種各樣的精美手工藝品。到七夕之夜，便在廳堂中擺設八仙桌，繫上刺繡桌裙，擺上各種精彩紛呈的花果製品及女紅巧物，大顯女兒們的巧藝。《三家巷》第三章詳細地描繪了這一風俗。舊曆七月初六區桃特意歇了一天工，精心地準備這個節日。天黑掌燈的時候，她家神廳前面正中的八仙桌上已擺滿了各種細巧供物：「有丁方不到一寸的釘金繡花裙褂，有一粒穀子般大小的各種繡花軟緞高底鞋、平底鞋、木底鞋、拖鞋、涼鞋和五顏六色的襪子，有玲瓏輕飄的羅帳、被單、窗簾、桌圍，有指甲般大小的各種扇子、手帕。還有式樣齊全的梳妝用具，胭脂水粉，真是看得大家眼花繚亂，讚不絕口。」

根據漢代東方朔《占書》記載，農曆新年的首八天為人和不同畜牧作物的生日，依次序為「一雞，二狗，三豬，四羊，五牛，六馬，七人，八穀。」晉朝董勳《答問禮俗說》也有相關記載。現在「人日」節這一風俗國內已基本消

〔註26〕郭沫若《中國左拉之待望》，原載《中國文藝》1937年第一卷第二期，轉引自《李劼人選集》第一卷，四川人民出版社1980年版。

〔註27〕《李劼人致舒新城信》，1935年6月15日，收入李劼人研究學會編《李劼人研究》。四川大學出版社1996年版，第103頁。

〔註28〕李劼人：《「大波」第二部書後》，《客家人選集》（第2卷下冊），四川人民出版社1980年版，第952頁。

亡，新加坡和馬來西亞的華裔人士依然非常重視。每年農曆新年正月初七時，新馬華人都會大肆慶祝，在這天家家戶戶都會以「撈魚生」為主要當天的活動，一群人圍在一起哄襄盛舉，討個好彩頭。1920 年代的廣州，「人日」節依然是很重要的一個節日，小說文本中的年輕人在這一日相約郊遊慶祝「人日」，並且選出了「人日皇后」區桃。此外，小說文本中，除夕這一日少年人在橫街窄巷裏遊逛賣懶，邊走邊唱：「賣懶，賣懶，賣到年三十晚。人懶我不懶！」，人們吃團年飯、逛花市等行為也非常具有地方色彩。小說文本中的這些風俗文化描寫不但烘托了人物，而且具有民俗價值和審美價值，使小說文本在日常生活場景和民風民俗場景的展現中具有了多重意蘊，與同時期的革命歷史小說相比具有了一定的超越性。

第四節　陸文夫的蘇州

　　陸文夫的創作之於蘇州，幾乎是一種底色。這貫穿了陸文夫一生的創作歷程，並不自新時期寫作《美食家》開始。在解放初的城市作家中，陸文夫幾乎是唯一一位專注於城市地域文化與地域性格的作家。雖然周而復、胡萬春等人的作品中點明了確定的城市，但一般並不表達城市形態，更不用說城市的地域性格了。即使是老舍，也有意無意地被過於強烈的政治主題將城市地域感沖淡，甚至完全消失。而陸文夫不是這樣。

　　通常，我們論起陸文夫「十七年」的創作，往往集中在《小巷深處》這篇作品。從外在形態上看，《小巷深處》確也在表達「新舊社會」比較的「翻身」主題：一簡舊時代的煙花女子，居然在新社會獲得了美好的愛情。但是，陸文夫似乎缺少對新舊社會「翻天覆地」改變的興趣。在小說深層的敘述中，社會政治雖然變了，但蘇州城市的一切形態仍然延續。我們看到，長期的風塵生活，使徐文霞的生活很難脫離舊秩序的控制。在與舊日嫖客朱國魂不期而遇時，徐文霞居然「黑話」連篇，「這幾年在哪裏得意呀？」「有什麼裏子翻出來看看」等等，仍然一幅閶門外「四妹」的派頭。其實，張俊對徐文霞起初的懷疑，也是在小巷深處發生的。解放後，雖然張文霞的身份是可以改變的，但生活的邏輯是不變的。徐文霞和張俊的交往空間依然是留園的石峰、小樓、迴廊、滿月形洞門、豆棚瓜架等等，還有石板路的小巷。不僅如此，作者用以衡量人物空間感和時間感的尺度，也依然是老城格局：「到底走多少路，他們並不計較，總是看到北寺塔，看到那巍峨的黑影時便回頭。」我們不妨看一下作品的開頭：

> 蘇州，這古老的城市，現在是熟睡了。它安靜地躺在運河的懷抱
> 裏，像銀色河床中的一朵水蓮。那不太明亮的街燈，照著秋風中的白
> 楊，婆娑的樹影在石子馬路上舞動，使街道也灑上了朦朧的睡意。

人物的活動，儘管是要破除舊秩序的，但仍然被傳統的城市空間所環繞，它所暗示的是沒有改變的城市脈絡，包括精神上的。

作為「十七年」的文學作品，雖然不可避免地出現「先進人物」、「技術革新」等時代主題，但相對於其他作家來說，陸文夫還是能夠同城市形態和城市歷史結合起來。比如，許多故事情節是在評彈（《葛師傅》）、下棋（《棋高一著》）、養花（《健談客》、《龍》）、醫道（《牌坊的故事》）、遊園（《介紹》）等傳統意味的活動中進行的。在空間方面，也較多地出現了「大新橋」（《移風》）、「丁橋巷」（《龍》）、「銀壺巷」（《牌坊的故事》）、「滄浪亭」（《介紹》）等具有實際意義的城市處所，還出現了牌坊、公井等城市傳統紀念性建築。所以，陸文夫的小說大多使整個故事大都在傳統的時間和空間意義中進行。《葛師傅》一篇，寫的是閶門機械廠一位有著極高技藝的老師傅葛增先，有著「巧車大活塞」的傳奇。但整個故事是通過傳統的傳奇故事來講述的。這大大不同於同時期的工業文學。更有意思的是評彈在作品形式上的作用。不僅作品中的人物大都會彈奏《水滸》、《景陽岡武松打虎》、《魯智深拳打鎮關西》一類的評彈，體現出蘇州的地域色彩，而且這種曲藝形式已經體現在日常生活的運轉之中了。葛增先師傅的技術傳奇也是通過評彈這一地方曲藝形式講述的。它一方面體現著城市的地域色彩，一方面將工業生產置於蘇州日常生活的呈現之中。再如發表於「大躍進」時代的《健談客》一篇，敘寫了一位先進工作者，著名的養花專家，但其養花的熱情卻不是出於「生產」的因素。雖然他只是一個普通的勞動者，但其身上仍透著相當的傳統文人情趣，其類似文人的審美屬性遠遠超過了作為先進工作者的「生產性」。在去北京開會的車途中，他小心翼翼地帶了許多的菊花，一路與人交談種花的經驗。對於花，他不是「種」，而是「吟」，是一種略帶詩意的行為，包含著玩賞、養生等士大夫審美氣質。其種花之道，已經溢出了簡單的「公共性」勞動意義。他對同行者說：「別說詩人歡喜吟菊，就是普通的農民，也常在籬笆旁邊種幾叢菊花、它可以玩賞，可以作藥，可以泡茶，吃了可以去濕。」因此，陸文夫的蘇州城市文本，既是工業題材的文學，同時也帶有城市日常性敘事的意味。

除了城市日常性生活經驗的呈現之外，陸文夫「十七年」的蘇州小說往往

有一種超越現實的神秘力量。顯然，「神秘」本身，並不是現實的城市經驗，但又隱含著城市的一種莫名的狀況。一方面，這種力量來自於城市民間，並往往以物化的形式出現；同時，這種力量又對應於人物的命運，甚至決定著人物的命運。既使人物具有傳奇色彩，同時又有著某種宿命感。在上文已談到作品《葛師傅》中，葛師傅的一生被放在評彈的文本形式去體現，似乎人物已經有了超越城市邏輯的神秘力量。但是，在《龍》中，這種力量開始不僅越過了我們慣常見到的人物的「生產」屬性，甚至開始統治了人的命運。《龍》這篇小說的故事，是 1950 年代常見的「技術革命」題材，講敘了老工人范師傅（金工車間主任）、楊仁（車間總支書記）與丁朋（車間副主任）三家進行技術革新，情節也似乎隨著「技術」的進行而展開。可是，小說並不是一般的「工業」敘事。三戶人家的居住環境不是典型的「工業」空間，而是具有農耕色彩的鄉間；其關係也並不呈現出完全的工業「技術」關係，而是屬於傳統的鄰里關係。我們先看其居住空間：在「蘇州丁家橋巷東頭，沿河浜住著三戶人家。一家門前種著大理菊和迎春花；一家門前種著青菜和蘿蔔；還有一家什麼也沒種，只有一張石條凳躺在白楊樹下」。再看人際的關係類型：三家人平時經常聚飲，或在白楊樹下閒話。有時你到我家拔菜，我到你家摘花。這種情形，使人物的「生產」屬性完全消隱在審美屬性之中，三戶人家的關係構成變成了極富於「原始接觸」意味的傳統人際。更有意思的是，小說將「技術革新」的情節展開分別命名為花卉名字：「菊」、「梅」、「迎春」，似乎，城市的生活更像是自然的天時循環。第一部分「菊」，敘寫丁朋熱衷於革新造「龍」（一種新工藝），「丁家門前的大理菊越開越盛，絨球球的，粉團團的，五顏六色，看得人眼睛花。丁朋的妻子丁師母，發覺丈夫的心情就像花一樣的繁華」。第二部分「梅」，丁朋遇到困難灰心不幹了，可是范師傅卻仍在努力。「大理菊都打枯了，秋菜卻長得十分粗壯，蘿蔔長得也變大」。范師傅「他像一株老梅，在風雪中開得挺拔清秀了」。第三部分「迎春」，寫「技術革新」成功，丁朋也認識到自己的弱點。從一般情形說，小說以不同花卉的生長期對應情節主體發展的各個階段，也即從「菊」、「梅」、「迎春」隱喻「技術革新」情節從熱鬧到堅守再到成功的過程。這一簡單的對應手法，隱含著自然屬性對人類行為的約束，不像其他作家文本當中人對於「物」可以具有絕對的支配性力量。似乎，人類的行為不是支配環境，更像是隨著自然季節而起伏。在這裡，城市的邏輯也就不是「工業」或「技術」了，而更像是田園鄉間的自然法則。

　　陸文夫最典型的城市傳奇故事是《牌坊的故事》。小說的情節是一位老中醫謝醫生將祖傳秘方捐獻給國家，其外在主題的表達，按照文本中的官員所說的是：「謝老一家三代行醫，與疾病作鬥爭，對人民的健康作出了巨大的貢獻；現在又把祖傳的秘方獻給人民政府，使祖國的醫藥寶庫又增添了一份財產」。但是，在小說的深層敘事主體中，表達的卻不是這樣的政治主題。一般來說，秘方作為文化傳承的符合，本身就包含了縱向的歷史性。所以，情節將秘方的來歷與謝家的傳奇經歷結合起來，成為「一生不貪利，不求名，只想畢生之力救天下人」的傳統「誠信」、「濟世」醫學倫理的主題，並不構成「斷裂論」式的「新社會」命題。小說中人物的基本屬性，也已經脫離了政治的、生產的層面，而確定在了醫學倫理的層面。由於文本的傳奇色彩很強，使得這個傳統故事始終在極強的神秘氛圍中進行，包裹秘方的「黃布包袱」更加深了它的神秘指向，暗喻了城市久遠的傳統力量，並對城市傳統文化強大的支配性作了強調。作品中出現的謝醫生的形貌，也完全是一副仙風道骨：「穿著一件江西白夏布大褂，一條黑生絲的長褲，一雙鏤空的麻布風涼鞋；忙著向人遞煙倒茶，十分殷勤」。在敘事色調上，小說在敘事中也力圖突出這種神秘氛圍。開頭一段近乎於古典敘事的開場：

> 　　城東有條銀壺巷，巷子頭上有座石牌坊。這牌坊並不高大，卻造得十分精巧；上有二龍戲珠，下有獅子盤球，左右鐫一副對聯：「德先百行，祀永千秋」；橫額四個大字：「飲水思源」。
>
> 　　牌坊下面，有一口三眼井。井欄用整塊的大青石雕成，四周方磚漫地，有搗衣石，有淌水槽。每逢清晨傍晚，巷子裏的百來戶人家，都來井邊洗衣淘米，倒也十分熱鬧。內中有個二好婆，歡喜道古論今，常常說起這口公井與牌坊的來歷，說這都是巷子裏謝醫生的祖父造的。當年，謝醫生的祖父窮得一無所有，住在一座破廟裏，每晚有只癩蛤蟆對著他叫：「挖、挖、挖。」謝醫生的祖父福至心靈，便在癩蛤蟆的身邊向下挖，結果得了一窖金子，發了大財，便造下這座牌坊與公井，修點功德。有人不同意二好婆的講法，說是因為謝醫生的祖父四十無子，到處求神許願，後來果然生下了謝醫生的父親，這牌坊與公井是謝神還願的。
>
> 　　這兩種不同的傳說，在井上爭執了幾十年，一直沒有個結論。好事的二好婆還特地去問過謝醫生。謝醫生只是笑，不吭聲。

　　　　直到前年夏天，謝家發生了一件事情，於是，井上又流傳著另
　　外一段奇聞。
這是一般傳奇故事慣用的開頭。其所出現的「牌坊」、「公井」，都是紀念性的
古典性建築或者設施，其包含的「過去」的意義成分，暗喻著某種古老精神性
的永恆。作品以對牌坊、公井的介紹入手，其含義大大超越了故事的現實感。
就像《健談客》、《龍》中出現的花木一樣，隱含了城市的舊有傳統。

第三章　上海文學地理

第一節　上海展覽館

　　在新中國成立之初，從地理空間上描寫社會主義新上海是不容易的。主要問題就是，上海歷來是以高樓大廈給人們留下深刻印象的，而這些樓房，都是殖民時代留下來的。所以，即使要寫社會主義的新上海，也得從舊上海的洋房寫起。

　　新上海的市委使用了原來的英國滙豐銀行大樓。這是一棟羅馬復興式的古典主義建築，曾被稱為「自蘇伊士運河到白令海峽最美麗的建築」，門前有一對銅獅。蘆芒的詩歌《東方升起玫瑰色的朝霞》寫人們在市委大樓結束會議後的情景：

> 在上海市人委拱形花崗石大門裏，
> 走出聽完傳達報告的人群。
> 挺立的大石柱，
> 烏亮的銅質大門，
> 門旁臥著黑黝黝的一對銅獅……

　　「立柱」、「銅門」和「銅獅」等金屬與石質構件，是要表明其作為社會主義政治建築的莊嚴與不朽。這本來是「永恆」、「不朽」等主題文學慣常使用的手法，西方許多文學也都出現過這樣的情形。但是，由於「立柱」和「銅獅」是這幢建築作為英商滙豐銀行大樓時的遺存物，就可能發生「殖民主義性質」方面的危險。所以，這種寫法相對比較少見。

南京路起先也是被當做「資產階級」的符號去寫的。在話劇《霓虹燈下的哨兵》裏，剛剛入伍的童阿男帶女朋友林媛媛逛南京路，後來又去國際飯店吃飯，結果誤了部隊的任務。連長魯大成批評他，不料童阿男一臉的不屑：「不過是吃吃國際飯店而已」，「為什麼國際飯店去不得？解放了，平等……」。這可把魯大成氣得要發瘋：「什麼，什麼？吃吃國際飯店，還，還而已！」但後來，南京路開始成了社會主義現代化的代表了。詩人公劉的名作《上海夜歌（一）》就選取了城市中心的外灘和南京路：

> 上海關。鐘樓。時針和分針
>
> 像一把巨剪
>
> 一圈，又一圈，
>
> 絞碎了白天。
>
> 夜色從二十四層高樓掛下來，
>
> 如同一幅垂簾；
>
> 上海立刻打開她的百寶箱，
>
> 到處珠光閃閃。
>
> 燈的峽谷，燈的河流，燈的山，
>
> 六百萬人民寫下了壯麗的詩篇
>
> 縱橫的街道是詩行，
>
> 燈是標點。

這裡所說的「二十四層高樓」，就是國際飯店，最初叫四行儲蓄會大樓。這首詩不僅遵循了「夜上海」的寫作傳統，還分別使用了海關大樓和國際飯店作為參照，既高下參差，又縱橫成行。只不過，在詩歌篇尾還是出現了「六百萬人民」的句子，否則的話，不大容易看得出來這是「新上海」。

通常來說，新上海文學的空間描寫熱點仍是外灘與黃浦江一帶，所以，上海海關（原名江海關，舊上海時期即為海關）、市委大樓、外白渡橋、人民廣場（原址為跑馬場，1952 年將跑馬場南部改為廣場，北部建成人民公園）等詞彙出現的頻率極高，而黃浦江兩岸與江中輪船則幾乎成為新上海的指代。例如電影《火紅的年代》：「寬闊的黃浦江正從曉霧中醒來。外灘，灑水車沖洗著寬闊平坦的馬路。」類似這樣的場景描寫數不勝數。那麼，同樣是上海外灘和南京路，地理空間一樣，建築也一樣，怎麼與舊上海相區別呢？新舊上海的空間標誌雖都是外灘大樓，但在舊上海場景體現上，如果是文學作品，通常要寫

到「歐戰和平紀念碑」（位於延安路外灘路口，是為紀念「一戰」時歐洲上海外僑回國參戰而建的），或者是寫上海海關前的「赫德銅像」（赫德是英國人，擔任中國海關總稅務司長達四十餘年。這尊銅像在上海淪陷後為日軍拆毀）；如果是在電影當中，則直接置入歐戰和平紀念碑和赫德銅像的照片。電影《聶耳》在影片開始的時候就出現了「銅人碼頭」場景。

有一種 20 世紀 30 年代新感覺派喜歡使用的手法，也常常被這一時期的作家使用，這就是作品開頭部分大都採用「巡禮」式描寫。這樣做的好處在於，既可以突出上海城市的現代性風貌，也可以避免出現有關建築場景所包含的殖民意義的嫌疑。因此，這一時期的文學，雖大都以高大樓房作為背景出現，但同時又很少將它們放進實寫範圍。《霓虹燈下的哨兵》開頭的場景是「火光中時而看到百老匯大樓的輪廓，時而看到江海關的剪影」，但結尾的時候，空間重點就被轉移到軍民聯歡的公園了。

到後來，中蘇友好大廈開始建造，成了 20 世紀 50 年代以後社會主義新上海的標誌性建築。在中蘇友好的時代，這一類建築在北京、武漢、瀋陽等城市都有，為蘇聯時代的古典主義風格，都是當地最為輝煌的標誌性建築。中蘇關係破裂後，各地此類建築統一改稱「××展覽館」。北京的中蘇友好大廈就在西直門外，現在是北京展覽館。

上海的中蘇友好大廈原址是猶太巨商哈同的私人花園，名為愛儷園，俗稱哈同花園，前文已介紹過。在《上海的早晨》、《不夜城》等眾多的作品中，這棟高大建築由於絕對高度超過了國際飯店，因而構成了新上海的天際線。同時，它不僅在空間上，也在作品結構上佔據了中心位置。中蘇友好大廈通常都是在情節發展到高潮的時候出現，比如在經過了「三反」、「五反」、「公私合營」等劇烈的鬥爭並取得重要勝利之後，又往往和慶祝勝利的重大國家慶典、儀式相關聯，表明了它的神聖感。《不夜城》最後公私合營成功的狂歡，就是在中蘇友好大廈舉行的，還安排了橫幅「上海市各界慶祝社會主義改造勝利聯歡晚會」，以突出中蘇友好大廈體現的社會主義國家的象徵意義。

《上海的早晨》頭幾部，多數寫到的是徐義德等資本家活動的場所。比如，資本家常常聚會的「星二聚餐會」，據有的學者考證，是在法租界思南路路東的一座花園洋房裏。這是一個什麼地方呢？思南路舊稱馬斯南路。由於處於法租界，其路名來自於法國的人名，現在通譯「馬斯涅」。曾樸曾描述過馬斯南路的異域風情：

馬斯南是法國一個現代作曲家的名字，一旦我步入這條街，他的歌劇 Le roi deLahore 和 Werther 就馬上在我心裏響起。黃昏的時候，當我漫步在濃蔭下的人行道，Le cid 和 Horace 的悲劇故事就會在我的左邊，朝著臬乃依路上演。而我的右側，在莫里哀路的方向上，Tartuffe 或 Misanthrope 那嘲諷的笑聲就會傳入我的耳朵。辣斐德路在我的前方展開……法國公園是我的盧森堡公園，霞飛路是我的香榭麗舍大街。我一直願意住在這裡就是因為她們賜我這古怪美好的異域感。（李歐梵《上海摩登——一種新都市文化在中國》）

曾樸是著名的晚清民初小說家，即《孽海花》的作者。可以看到，這條思南路是具有典型法蘭西風格的街道，當然只專屬於資產階級。同時，小說中還大量出現了上海的實際消費性場所，如大世界、永安公司、五層樓、老大房、美琪大戲院、新雅餐廳、華懋大廈、水上飯店、國際飯店、滄州書場，還有榮康酒家、莫有才廚房、弟弟斯咖啡館、沙利文點心店、南京路永興珠寶店等。所有場景，幾乎都是寫實的。即使是像「莫有才廚房」這樣的地方，作者也會詳細介紹：它位於江西中路一座灰色大樓的寫字間當中，是著名的維揚菜館；過去是銀行家們出入的地方，現在是棉紡業老闆們碰頭的密所。

小說結尾，也就是在小說的高潮處，則以中蘇友好大廈為主要描寫空間。中蘇友好大廈對於新上海來說太重要了。在小說裏，人們必須經過一個朝聖的過程，往往是在經過了眾多街區之後，才能到達中蘇友好大廈。這也說明了中蘇友好大廈「聖地」的含義。《上海的早晨》寫到徐義德一家乘坐汽車來到這裡參加公私合營成功慶典時的情形：

汽車裏的指針很快地從 40 指到 60 公里。汽車順著遊行隊伍的側面，迅速地開過去，遠遠望見一顆光彩奪目的紅星在早晨的陽光中閃耀，像是懸在半空中似的。這是中蘇友好大廈屋頂上金黃柱子上端的紅星，直衝雲霄。

離中蘇友好大廈越近，徐義德一家所乘的汽車越是以加速度行駛，呈現出「朝聖」的激動情緒。建築物本身的高大，更是如同海市蜃樓一般，造成了整個上海空間上的制高點，也造成了整部小說的情節高潮。

作品還寫到徐義德的三太太林宛芝來到這裡的感受：

林宛芝從來沒有進過中蘇友好大廈的大門，從前只是路過，看見壯麗堂皇的外觀，沒有見過裏面宏大的規模。當她一跨進大門，走進

大廳，看見當中懸掛著一盞丈把長的大琉璃燈，玲瓏剔透，燈光璀璨。四周蔚藍色的牆壁上，飛舞著金黃的雕飾，頂上閃著點點星光，迎門是一個霓虹燈大「喜」字，使人感到身臨變幻迷離的世界。

　　……

　　過了大廳，是開闊的拱形屋頂的工業大廳，一片光亮使得林宛芝眼花繚亂。她定睛一看，才慢慢分辨清楚，像一串串彩虹掛在雪白屋頂上的是電燈。兩旁騎樓上彷彿飛舞著紅色巨龍的是兩幅巨大標語，紅底金字，一邊寫的是「要把全市公私合營工作做得又快又好」，另外一邊是「為加速徹底完成社會主義改造而奮鬥」。主席臺上排列著數面五星紅旗，當中掛著一幅毛主席油畫畫像，和主席臺遙遙相對的是一個巨大的霓虹燈製成的「喜」字，閃耀著喜氣洋洋的紅色的光芒。把這個莊嚴的會場點綴得歡樂又活潑，洋溢著節日的氣氛。林宛芝看到那情形，她的心和霓虹燈的光芒一樣在歡樂地跳躍。她從來沒有見過這樣莊嚴而又偉大的場面，到處都感到新鮮，看看這邊，又看看那邊，眼睛簡直忙不過來。

　　小說對於林宛芝的心理描繪，一方面，是要說明中蘇友好大廈在人物內心喚起的社會主義政治的崇高性。另一方面，這其實也是一種實寫。林宛芝是徐義德的三姨太，平日裏猶如籠中鳥，疏於社會接觸。上海中蘇友好大廈這一種政治建築給予她的震撼，可能是一種真實存在。可是，為了強化這一震撼，作者在描寫中讓林宛芝完全接受它的政治意義，而沒有任何不安與不適感，這就有些不恰當。畢竟，一個如同籠中鳥一樣的閨中女性，其一旦面對異樣的輝煌宮殿，不可能沒有一個適應過程。

第二節　曹楊新村

　　以什麼樣的住宅形式表現社會主義新上海呢？花園洋房嗎？這完全是屬於資本主義家庭私人屬性的，顯然與社會主義無關，而且還體現了舊時代的殖民性。老式弄堂呢？雖然弄堂住宅佔據了上海住宅建築的絕大多數，但是，弄堂是中西合璧的，也是以家庭、家族形式共居的，仍然無法表現出社會主義新上海的主題。新中國成立之初，曾有許多作家仍以弄堂為表現空間，如茹志鵑的《如願》、《春暖時節》等，寫了弄堂裏的婦女參加生產組。可是，弄堂就是

有生產組，又能有多大規模？對於表現新上海的社會主義工業化情形，這都不夠典型，有的時候甚至還會發生問題。比如電影名作《萬紫千紅總是春》，劇本是由名作家沉浮、瞿白音等人撰寫的。為了硬要表現出社會主義性質，就在劇本中弄出一個廣場來，甚至於還有一個禮堂！這就有些滑稽了。所以，要確切地表現社會主義的住宅空間，必須另找別的地方。

幸好，上海在這個時候開始出現了新的住宅建築，而且還是以產業工人為居住主體的，這就是新中國成立後建設的，並在整個 20 世紀 50 年代至 80 年代文學中大量出現的「工人新村」。至今，在中國各個大中城市，都有叫做「工人新村」的居住區，尤以上海為最多。

「工人新村」是一種什麼樣的住宅建築呢？其實，在上海，「新村」的叫法很早就有。新中國成立前，上海就建有福履新村（1934 年）、上海新村（1939年）、永嘉新村（1947 年），只不過那仍是花園里弄而已，並非工人居住區，性質完全不一樣。1951 年，新的上海市政府成立了上海工人住宅建築委員會，陳毅委託副市長潘漢年負責「工人新村」的籌建。當然，最初的動因是改造過去以棚戶為主的工人生活區。上海

第一次「工人新村」的建設規劃始於 1952 年至 1953 年，首先計劃在老工業區附近的城郊結合部的農業用地上建設九個「工人新村」，如在閘北和楊樹浦，同時拆除了 300 個簡陋的居民點。每個「工人新村」的樓房都是四至五層，可以接納 40 萬名居民。當時，上海總共建造了 2.2 萬套住房，每套住房面積約 30 平方米。到 1973 年，上海已經有了 76 個「工人新村」，成為上海在新中國成立後建設的主要住宅建築，占上海全部居住面積的四分之一。

著名的曹楊新村是新中國建立最早和最大的「工人新村」，位於上海普陀區。在今天，這裡已經是上海的中心城區了，坐地鐵就可以輕鬆抵達。但是原來，這裡還是有著較多河浜的城郊棚戶。其中，有一條類似北京龍鬚溝的臭環浜，蚊蠅飛舞，臭氣薰天。1952 年，曹楊新村開始建設，到 1954 年大致完成。曹楊新村首期建設佔地 200 畝，共有三開間兩層樓 167 棟，可供 1002 戶五口之家入住。到了 1957 年，就有三萬人入住。1958 年，佔地擴大了十幾倍，有五萬人居住在這兒，還設有公交專線，成為滬西最大的工人居住區。這些住宅有時還被稱為「新公房」，不僅水電設備齊全，每戶還有獨立的衛生間，每三戶合用一間廚房。小區中心有大草坪、小學、診療所、合作社、文化館、露天電影場等公用設施。新村在建設的時候，還保留了新村內的小河浜，並植栽樹林，

盡可能地建成公園。所以，依河流與馬路的走向，新村被分割為若干小區域，自然環境也大大改善。據說，這是當時上海除公園之外唯一可以垂釣的地方。

由於政府的安排，「工人新村」不斷出現。1953 年起，上海有計劃地對市區的棚戶區進行連片改造，使之成為新的「新村」。影響較大的有閘北的幡瓜弄，南市的桃源新村、瞿溪新村等。同時，又在市區邊緣地區新闢了控江、鞍山、天山、日暉、宜川等一批新村。從 1958 年開始，上海陸續新建、擴建了五個衛星城鎮和十個市郊工業區。衛星城鎮為閔行、吳涇、松江、嘉定、安亭。市郊工業區為吳淞、蘊藻浜、彭浦、桃浦、北新涇、漕河涇、長橋、周家渡、慶寧寺。衛星城並不按照城市形態建設，主要是在工業區周圍興建。每個衛星城人口大約 30 萬至 40 萬，按照不同的工廠職工家屬劃分居住區。居住區與工廠之間用綠化帶分開。在 1958 年，據說閔行已有十萬人居住，而且，閔行衛星城的人均居住面積約九平方米，是上海最大的。而在舊時代，閔行不過是黃浦江邊的一個小碼頭，只有一條南北街，另加一個灘頭。

據說，20 世紀 50 年代的曹楊新村、60 年代的彭浦新村、70 年代的曲陽新村和 80 年代的田林新村，都屬於工人階級的「花園洋房」，曹楊新村甚至還是上海的涉外旅遊景點。自 1952 年開始，來到上海的外國人，都要到這裡參觀。有的學者甚至認為：「作為革命樣板房，工人新村是新中國的客廳，這使得工人新村的任何部位包括臥室都全面客廳化——甚至衛浴之類的私人空間，要麼被徹底刪除，要麼被公共化。與此相對照的是，合作社、衛生所、銀行、郵局、學校這些公共設施一應俱全，同時還預留文化館、運動場和電影院的建築位置。」（王曉漁《霓虹光圈之外：工人新村的建築政治學》）「工人新村」的公共屬性非常強大，我們以商業為例。1952 年 5 月曹楊新村建成後，6 月就開設了曹楊新村工人消費合作社，1956 年改稱「國營曹楊綜合商店」，有營業人員 49 人。其規模之大，是當時少見的。除此之外，還有小門市部五家，菜場四家，食堂一家，小吃店四家，熟水店一家，理髮店一家，洗染店一家，裁縫店一家，有職工 358 人。文化館內還有小劇場，擁有戲劇、舞蹈、音樂等十幾個演出隊。還有一個劇場，叫做「曹楊劇場」，也叫做「曹楊新村文化館」，既能放電影，還能演出劇目。在曹楊新村的鼎盛時期，據說有近 200 名演員和琴師。

「工人新村」雖多，但住進去卻不容易，因為入住條件極其嚴格。在建設初期，「工人新村」大多被用來解決勞動模範和工人幹部的住房困難，一般的

工人很難輪到。因而，首批入住者往往採用評選方式選出。據唐克新的散文特
寫《曹楊新村的人們》介紹，入住曹楊新村的勞動模範有一兩百人，首批入住
者中有陸阿狗、裔式娟、戴可都、朱法弟等著名勞動模範。文中介紹，兩位退
休的工人兄弟被「評上居住曹楊新村"，「當場把兩把亮光光的新鑰匙交給他
們時，他們簡直目瞪口呆了。他們曾帶著一家老小南上北下地奔波了大半輩
子，可是現在，竟不知道搬家該怎麼搬法！」

唐克新在小說《春雨濛濛》裏，也寫到了一位老女工奚媽媽，在剛剛搬進
新村時，都驚呆了：

> 這是個四層樓的房子，外面是奶油色的，裏面房間是一套一套
> 的：大間、小間、浴間、抽水馬桶、廚房間……奚媽媽走上陽臺，
> 舉目一望，那青磚紅瓦的房子呀，一眼望不到邊，有二層的，有三
> 層的，有四層的……她簡直好像掉在大海裏一樣，覺得自己簡直小
> 得像一粒芝麻那樣。她感動地對兒子說：「我們這都是託了毛主席的
> 福，今後可更要好好幹啊。」

奚媽媽已經六十多歲了，又不識字，可她就是耐不住寂寞，鬧著要幫大夥
做事。1957年「大躍進」的時候，新村動員一批青壯年婦女支持基本建設，奚
媽媽也要參加。組長勸她說：「這種生活，不是你這種年紀的人做的。」奚媽
媽不以為然：「幹活還管年紀大小，我做不動重的，做做輕的也行，我總不能
把時間白白的送走。」於是奚媽媽成了家屬委員會的主任，而且居然在兩年裏
從文盲變成了具有高小水平的人。

此後，對上海住宅空間的描述，就開始以標準化的「工人新村」式住宅形
式代替老上海弄堂石庫門了。這一時期的文學，凡出現對居住形式的介紹時，
多為近郊「工人新村」等非傳統式樣的新式工業化住宅建築，如《鋼鐵世家》、
《鍛鍊》、《家庭問題》等等。在「十七年」和「文革」時期文學中，「工人新
村」更是佔據了絕對主導地位。工人作家周嘉俊在《上工路上》一詩中這樣寫
道：「銀色車隊一長行，／我們飛奔在曹陽路上；／汽車向我們高聲召喚，／
晨風吹來野花的清香。」上海工人詩人鄭成義也用詩歌寫了曹楊新村居民的喜
悅之情，這首題為《曹楊路上的早晨》的詩有六節，全文如下：

> 穿上賣子新結的絨線衫，
> 早晨，我走在曹楊路上，
> 涼風拂過我的臉，

歡樂滲透我的心房！

上工下工的人們來來往往，

秋裝放散出樟腦丸的芳香，

「滴憐鈴」，「滴鈴鈴」，

銀色的車隊一長行。

路旁空地裏，

不知哪天又長出了兩幢樓房，

工地上，一排排大煙由天天增長。

哪來的一對運動健將，

粗胳膊，滿面紅光，

「一二」、「一二」

東方升起了紅太陽。

「吭唷！」「吭唷！」

滿裝著磚頭的榻車要過橋，

搬運工人和行人伸手齊幫忙，

「推呀！」

榻車插上了翅膀。

在這偏僻的曹楊路上，

到處洋溢著幸福和希望。

我加快腳步，

歌唱「在祖國和平的土地上」。

　　工人出身的作家對「工人新村」的熱愛溢於言表。唐克新將曹楊新村喚作「美麗的花園」。他在著名的散文特寫《曹楊新村的人們》中，對曹楊新村的景致有極盡華麗的描寫：

　　　　你下了車，還只五點敲過。太陽還沒有露臉，整個新村還蒙在一層白色的晨霧裏。那一條條寬敞的大道兩邊，整齊地排列著枝葉濃密的梧桐和白楊，好像夾道迎接貴賓的群眾隊伍。那小河的水面上，正冒著白色的霧氣。河岸兩旁向前傾倒著身子的柳樹，好像一夥正在河邊洗髮的姑娘，把她們那萬縷青絲一直垂到水中。在小河後面，那片碧綠的梧桐林子，葉子長得又大又密，一陣風吹來時，它們就一齊搖著頭，齊聲歡樂地歌唱起來……

現在，這裡的景色一下子就把你迷住了。你一眼看去，整個新村都披著綠色的濃妝。那一排排整齊的房屋，都被深深地裹在紅花綠葉叢裏。這裡，家家門前都有個小園子，裏面種著各種各樣的花木。怒放的月季花，一朵朵的遍地都是，花朵又肥又大。一叢叢薔薇花，爬滿了修得整整齊齊的冬青綠籬，簡直使你眼花繚亂。還有，那些石榴花也已經開花了，一朵朵，火紅火紅的，在早晨的陽光下，簡直耀得你睜不開眼。還有那小星星似的海棠花，瀟灑的美人蕉，以及許多我們都叫不出名稱來的花，這一切，都使你感歎不已：曹楊新村太美麗了。

唐克新的著名小說《沙桂英》也以曹楊新村為藍本。小說裏，工段長邵順寶與模範女工沙桂英晚間在新村散步。邵順寶愛著桂英，在工作上不斷地照顧她，卻被桂英看作小心眼。邵順寶一面說著工作上的事情，一面期期艾艾地表達著對桂英的愛戀。這時，小說有一段對新村夜景的描寫：

深深的夜晚，月亮分外明亮，朦朦朧朧地照著一片一眼望不到頭的綠化的工人新村。在他們的前面，橫著一條靜靜的小河，河面波平如鏡，水中星斗閃爍，歷歷可數。河那邊，遠處烏藍的天底下，展現出一片稀稀密密的星火，它們與天上的星星互相映輝，又似乎在頻頻眨眼，互相招呼。忽然，不知從什麼方向，也不知從多遠的地方，飛來了一陣急促的火車奔跑聲，它劃破幽靜的夜空，掠過那無數排整齊的屋面，掠過那泛著銀光的湖面和它旁邊那叢黑幢幢的樹林，又深深地埋入烏藍的夜空。於是，一切又都恢復到原來的寂靜，這時，還可以聽到從老遠老遠的市區傳來的一兩聲輕微的汽車鳴叫聲。

邵順寶被看做是一個平和而中庸的人。他愛沙桂英，不願意讓桂英為了集體去坐「老爺車」，免得丟了勞模的稱號。可是桂英看不起他這種私心，連邵順寶給她的情書都退回去了，這使邵順寶更加惶惑。小說裏新村朦朦朧朧卻又曖昧不明的夜景，也許正是邵順寶的心情寫照。

在周而復的小說《上海的早晨》裏，寫到了湯阿英一家入住曹楊新村（小說中名稱為「漕陽新邨」）的整個過程。其實，住新房，還有搬家，都是一個政治過程。漕陽新邨造好之後，湯阿英所在的滬江紗廠也分到四戶。究竟哪些人具有入住資格，要由廠工會生活委員布置給各個車間，展開討論和評選才能選出來。為了加大宣傳力度，更慎重地選擇出合適人選，廠裏還到處張貼了標

語，「一人住新村，全廠都光榮」。湯阿英因為工作積極，又是住房困難戶，祖孫三代擠在一間草棚裏，被分配了一套。廠工會主席余靜也分了一套，但余靜「將困難留給自己」，放棄了住房。經過再次討論，因為細紗車間工人多，這一套住房被交給細紗間。又經過討論，被分給秦媽媽。在湯阿英搬家的那天，由於余靜到區委開會，委託了工會副主席趙得寶主持搬家。趙得寶特意借來了卡車，組織廠裏一些人，帶著鑼鼓，一路熱熱鬧鬧地幫助搬家。因為湯阿英原來所住的弄堂通道太狹窄，只好由「趙得寶率領大家敲著鑼打著鼓，歡天喜地走進來」。家具裝車之後，依舊是敲鑼打鼓，「卡車裏充滿著歡樂的咚咚鏘的音樂和恣情談笑聲，飛快地向著漕陽新邨駛去。」

湯阿英一家住進了新村之後，余靜等人去看他們。余靜謝絕了湯阿英一家的感謝，開始進行革命傳統教育：「我們有今天這樣好的生活，是無數革命先烈的血汗換來的」，「新中國成立了，工人當家做主了，才蓋這些工人新村來」。湯阿英一家則激動地說：「不是共產黨、毛主席，我們還不是住一輩子草棚棚，誰會給我們蓋這樣的好房子？連電燈都裝好的，想得真周到。」接下去，就是講述鄧中夏、劉華、顧正紅等人的革命事蹟了。到後來，湯阿英由於將自己曾受到地主侮辱的事情交代給組織，特別擔心受到人們的誤解而無法繼續在滬江紗廠做工：「不在滬江紗廠做工，能在漕陽新邨住下去嗎？」看來，曹楊新村的入住或者遷出，都是一種政治。

《上海的早晨》裏的漕陽新邨，基本特徵就是「整齊」。當湯阿英一家入住後，他們的感受主要是新村外觀上的整體「規則」──整齊和開闊：

> 只見一輪落日照紅了半個天空，把房屋後邊的一排柳樹也映得發紫了。和他們房屋平行的，是一排排兩層樓的新房，中間是一條廣闊的走道，對面玻璃窗前也和他們房屋一樣，種著一排柳樹。

「新村」中的道路，約有一般弄堂的五倍。「如茵」的草地極其廣大，湯阿英的女兒巧珠可以飛一般地在草地上奔跑、打滾。

「新村」的公共設施完備。先說學校：

> 經過一片遼闊的空地，巧珠奶奶遠望見一座大建築物，紅牆黑瓦，矮牆後面有一根旗杆矗立在晚霞裏，五星紅旗在空中呼啦啦飄揚。紅旗下面是一片操場，綠色的秋韆架和滑梯，觸目地呈現在人們的眼前。操場後面是一排整整齊齊的平房，紅色的油漆門，雪亮的玻璃窗，閃閃發著落日的光。

再說商店。晚間：

> 暮色四面八方聚攏來，房屋、柳樹和草地什麼的都彷彿要溶解
> 在暮色裏，模模糊糊看不清楚了，只有路邊的河流微微閃著亮晶晶
> 的光芒。幢幢的人影在路上閃來閃去。整個新村，只有合作社那裏
> 的電燈光亮最強，也只有那裏的人聲最高。從那裏，播送出丁是娥
> 唱的滬劇，愉快的音樂飄蕩在天空，激動人們的心扉。

再說「新村」的交通：

> 一眨眼的工夫，新邨的路燈亮了。外邊開進來一輛又一輛的公
> 共汽車，把勞動一天的工人們從工廠送到他們的新居來。像是走進
> 了一個新奇的世界，燈光和暮色把新邨送進迷離變幻的奇境，茫茫
> 一片，看不遠，望不透，使人感到如同走進一座無窮豐富的奇妙的
> 新興城市。

在其他文學作品中，「工人新村」給人的視覺特徵也是「整齊」。比如胡萬春小說《家庭問題》中「四層的新式樓房，整齊地排列在一條街上」。在另一篇小說《年代》中：「只見馬路兩旁整齊地排列著五層樓的三層樓的樓房。七年前，這裡完全是一片田野，現在已是一座衛星城了。整齊的行道樹，街沿旁的花圃，給人一種賞心悅目的感覺。」再如《鋼鐵世家》中的一段描寫文字：「工人新村的環境非常美麗，到處是碧綠蒼翠的樹木，以及鮮豔的花草。住宅周圍，有小河、木橋以及修剪得很好的花園。無數幢兩層、三層、四層的樓房，都是紅瓦黃牆，玻璃窗子閃閃發光。」

這種情形倒不是虛構。曹楊新村的建築格局的確是整齊劃一的。即使是綠化，也有統一的規定。除了五六十畝公共的「共青果園」和「青年林」之外，每一家的門前，都要栽一棵果樹，所有的小河，也要用葡萄棚蓋起來。唐克新的小說《親骨肉》有一段對新村的描寫，雖然沒有說明，但無疑是曹楊新村：「這裡是上海一個最大的工人住宅區，一排一排整齊的房屋，延續好幾里長。有著一條條平坦寬敞的大道，有著靜如明鏡的池塘和小河，高聳的梧桐和白楊尚未完全落葉……這一切，都充滿著生氣。」

工人新村的周圍，往往是新的工廠區。比如胡萬春的話劇《一家人》開頭就點明了劇情發生的地點是「上海市郊某工業衛星城」裏的「工人新村」：「這是在新建五層樓的三樓，透過窗戶可以望見工業新城的面貌。遠處，黃浦江波光閃閃，不時有小火輪遊弋江面。江對岸為造船廠，船塢中停泊著『和平號』

巨輪。」看來，這新村背後的工廠區，才是作品重點要說的。再如話劇《年青的一代》中也寫道：「通過窗口可以看見上海近郊景色和遠處的工廠」。

衣食住行也都與工業生產有關。在從曹楊新村到工廠的班車途中，人們議論的也是工業生產。唐克新的《曹楊新村的人們》記述道，早晨 4 點，頭班公共汽車就開了。「在公共汽車上，你也許會遇到許多有趣的事情。也許坐在你身邊的一個青年人會告訴你，他們廠裏誰創造了新紀錄，誰又上了報；或者懊惱地告訴你，他怎樣因一念之差，而落後於他的對手了，新紀錄終於沒創造成功。這時，你最好別插嘴，以免使對方知道你是門外漢而大失所望。你還會聽到更多有趣的談話和爭論，這些談話和爭論你並不能完全聽懂。但是，這一切都會使你感覺到上海工人的脈搏是怎樣在跳動。」

如此大規模地寫工人新村，而不寫上海的弄堂，幾乎給人這樣一個印象——上海的工人都住在新村。可事實上，絕大部分上海人還是住在弄堂。20 世紀 50 年代，石庫門建築還是佔了上海民居的 80%以上。到了 1973 年，上海共建成了 76 個新村，其面積也僅占上海全部民居的四分之一。即便到了 20 世紀 90 年代，也仍有 52%的上海市民居住在石庫門弄堂中。「工人新村」並不是上海普通工人的主要居住形式，至少，它沒有改變上海工人的基本居住方式。所以，將「工人新村」作為上海工人的主要住宅去寫，是過於誇大了。因此，「十七年」與「文革」文學出現了如此之多的「工人新村」建築，可以視為一種想像，其用意，當然是要突出社會主義新上海的社會性質，但是，這也就忽略了一個真實的上海。

下編　電影

第一章　當代上海電影發展

第一節　上海文學與電影發展概況（1949～1976 年）

一、電影機構與電影期刊

　　1949 年以後，上海解放，新中國成立，中國踏上新的歷史征程，中國電影也發生了深刻的變化。在中國共產黨的領導下，新的電影體系基本確立，建立了新的電影管理體制，制定了新的電影指導思想與方針政策，並對新中國成立前的私營電影公司進行了社會主義改造。

　　1949 年 5 月 27 日，上海解放，中央任命夏衍為上海軍管會文教委員會副主任，分管文藝工作，主要是電影方面的工作；委任于伶、鍾敬之負責接管上海電影方面的工作。於、鍾二人首先接管了國民黨中宣部所屬中央電影企業股份有限公司（簡稱「中電」）總管理處，隨後又相繼接管了中央電影企業股份有限公司第一製片廠、中央電影企業股份有限公司第二製片廠、國民政府軍委會中國電影製片廠、國民黨上海市黨部所屬上海實驗電影工場、中華電影工業製片廠、農業教育電影製片廠、西北電影製片廠、電影發行服務公司、國民政府內政部電影檢查處、遠東製片廠，以及海光大戲院（1950 年撤銷）、文化會堂（今解放劇場）、民光大戲院（今勝利電影院）、國際大戲院（今國際電影院）這四家官僚資本經營的電影院。

　　1949 年 11 月 6 日，上海電影製片廠正式成立，于伶任廠長，鍾敬之任副廠長，徐韜任秘書長。許平任中共上海電影製片廠總支委員會書記，支部委員

有：于伶、鍾敬之、張芳青、張樸、柏李、劉泉。此外，廠裏還設立了藝術委員會，陳白塵任主任；製作委員會，周達明任主任；新聞片組，高維進任組長；翻譯片組，陳敘一任組長；美術片組，特偉任組長；演員組，金焰任組長；音樂組，王雲階任組長。同時，上海電影製片廠還設立了五個攝影場。至此，上海電影製片廠成為一個機構健全、系統完備的大型國營電影製片廠。1957 年，以上海電影製片廠各個組為基礎，上海美術電影製片廠、上海科學教育電影製片廠、上海電影譯製廠和上海電影技術廠成立，並一直延續至今。

1950 年建廠之初，上海電影製片廠拍攝了《農家樂》《大地重光》《團結起來到天明》《勝利重逢》《翠崗紅旗》《上饒集中營》《女司機》《海上風暴》8 部故事片，其中《翠崗紅旗》《上饒集中營》《大地重光》獲得了文化部的優秀影片獎。1951 年，《翠崗紅旗》《上饒集中營》《團結起來到明天》3 部影片在蘇聯舉辦的中國電影周活動中展映。1952 年，影片《翠崗紅旗》榮獲了第七屆卡羅維·發利國際電影節攝影獎。

上海的一些私營電影製片公司存留下來，並繼續生產影片。由於公營電影廠生產的影片有限，私營廠出品的影片占更大的比例，並且推出了不少優秀的作品，因此中央和上海的電影主管部門對在滬的幾家私營電影製片廠進行了扶持。在不危害社會和人民，在不違反政策的前提下，給了私營電影機構很大的自由，並在各個方面給予幫助。在提供劇本方面，主管部門創設了上海電影文學研究所，組織作家編寫劇本，專供私營廠拍攝；建議私營電影公司對文學作品進行改編，增加了劇本的來源。在人力和物力方面，主管部門也盡力為私營電影公司提供幫助。

1951 年，對私營崑崙影業公司出品的《武訓傳》的批判，推動了私營電影公司的國有化。1951 年 5 月 20 日，《人民日報》頭版刊登了毛澤東親自撰寫的社論《應當重視電影〈武訓傳〉的討論》，批判該片是在宣傳封建文化和鼓吹反動的資產階級思想，並要求在放映過《武訓傳》的城市組織討論，進行嚴肅的思想教育工作。在這場批判運動中，私營電影公司生產的大部分影片受到了牽連，像文華公司的《關連長》、崑崙公司的另一部影片《我們夫婦之間》、長江公司的《夫妻進行曲》都受到了不同程度的批判。政治上的壓力，加速了私營公司國有化的進程。除此之外，私營電影公司面臨的經濟困境，也是促使其國有化的重要原因之一。新中國成立初期，政局不穩，經濟蕭條，嚴重影響了電影業的發展，很多電影公司只能靠政府的資助維持下去。基於政治與經濟

方面的因素，政府考慮以公私合營和國有化的方式來改造私營電影公司。1951年9月1日，長江影業公司和崑崙影業公司合併，組成了地方國營性質的長江崑崙聯合電影製片廠。1952年2月1日，以長江崑崙聯合電影製片廠為基礎，聯合其他幾家私營影片公司——文華、國泰、大同、大中華、大光明、華光，具有國營性質的上海聯合電影製片廠成立了。1953年2月2日，上海聯合電影製片廠與上海電影製片廠合併，廠名仍沿用上海電影製片廠。至此，政府對上海私營電影業的改造告一段落，電影走上了國有化的道路。

1921～1949年，上海出版的各種電影期刊有200多種。新中國成立後，期刊出版業進入一個嶄新的歷史時代，上海的電影期刊產業也得到了復興和發展。

新中國的第一本電影雜誌——《大眾電影》，於1950年6月1日在上海創刊，該刊由上海市電影事業管理處研究室負責編輯出版，梅朵、王世楨任主編，創刊之初便深受讀者歡迎。1952年4月，該刊與中國電影發行公司編輯出版的《新電影》合併，仍沿用《大眾電影》這一刊名，並由上海遷到北京編輯出版。1957年《大眾電影》編輯部成立，由中國電影出版社領導。1962年，因為印刷原因編輯部又遷回上海，與《上海電影》和《上影畫報》合併，仍用《大眾電影》刊名。1966年，「文化大革命」前夕《大眾電影》被迫停刊，1979年1月在北京復刊，1986年改由《大眾電影》雜誌社編輯出版。該刊主要介紹國內外影訊、電影人物，通過影片評介和鑒賞提高讀者的審美能力，促進中國電影的發展。《大眾電影》在1961年以前為半月刊，後改為月刊。從1962年起，《大眾電影》每年舉辦電影「百花獎」的評選活動，該活動作為廣泛的群眾性電影評選活動，得到了熱烈的響應。

《電影故事》是1952年7月由中國影片經理公司華東區公司創辦的電影月刊，先後由劉承漢、繆白苗、仇玉璞、金陵擔任主編。《電影故事》1960年9月停刊，1979年1月復刊，1991年1月與上海譯製廠編輯出版的《國際銀幕》合併，刊名仍為《電影故事》，由上海電影發行放映公司和上海電影譯製廠聯合出版，後改由上海永樂股份有限公司出版。該刊主要介紹國內外影片劇情以及電影的創作和發行放映情況。

《上影畫報》是1957年8月創辦的月刊，由上海電影製片公司編輯出版，主編為柯靈。1959年，刊名改為《上海電影》。1962年，該刊與《大眾電影》合併，1982年1月復刊，並由上海電影製片廠編輯出版。該刊主要介紹上海

電影製片廠影片的創作與生產，兼及美影、上科影、譯影等其他兄弟電影製片廠的活動，同時還刊登電影人專訪和國外電影動態。

《上海電影》是 1960 年 11 月創刊的月刊，由上海市電影發行放映公司出版。該刊主要進行電影宣傳、介紹新老影星生平事蹟以及普及電影知識等。因為文字翔實、圖文並茂，該刊受到社會各界不同層次讀者的普遍歡迎。1962年該刊與從北京遷回上海出版的《大眾電影》合併，存世只有兩年，出版了大約 23 期。

《電影新作》是 1979 年 1 月由中國電影家協會上海分會主辦的雙月刊，主編為任乾、王世楨。1987 年，由張駿祥任名譽主編，姚國華任主編。1995年，該刊由上海電影家協會和上海電影藝術研究所接管編輯工作。該刊以推出影視新人新作、普及電影文化、推動電影創作為宗旨，發表各種電影文學劇本以及與影視劇本相關的理論和評論文章。

二、「大躍進」與上海電影創作

1958 年 2 月，《人民日報》發表了《鼓足幹勁，力爭上游！》的社論，提出國民經濟要全面地大躍進，轟轟烈烈的「大躍進」運動在全國範圍內就此展開。這一次極「左」路線運動的風潮席捲社會生活的各個領域，上海乃至全國的電影業都受到了不小的影響。1958 年 5 月 25 日，上海電影製片公司組織學習文化部電影局《關於促進影片生產大躍進的決定》的文件，至此，上海的電影生產「大躍進」運動進入高潮。在「大躍進」的影響下，中國電影數量增長驚人，僅 1958 年一年故事片就從 1957 年的 42 部增至 105 部，紀錄片從 218部增至 710 部，科教片從 49 部增至 178 部，美術片從 3 部增至 27 部。其中，上海電影系統攝製完成的藝術片共 52 部，科教片共 113 部，美術片共 27 部，譯製片共 69 部。然而，這場以「趕超英美」「多快好省地建設社會主義」為口號的「大躍進」運動，並沒有取得預期的成果。在「省有製片廠，縣有電影院，鄉有放映隊」[註1]的口號下，中國的電影製片廠從 1957 年的 10 個增加到 33個，連一些小的市縣也辦起了製片廠，製片廠的人力和物力不得不分散。1958年 10 月，上海根據中央有關規定，撤銷了上海電影製片公司的建制，成立了上海市電影局；撤銷了上海電影演員劇團建制，演員又按 1957 年的劃分重新

〔註 1〕《動員一切積極因素，多快好省地辦電影事業》，《人民日報》1958 年 6 月 3日。

回到江南、海燕、天馬三廠。1958 年拍攝的影片，成本降低了 30% 以上，攝制時間縮短了三分之一以上，影片數量自然是迅猛增長。遺憾的是，數量的增長並沒有帶來質量的提高，盲目、瘋狂地生產，浪費了大量的人力、物力和財力，給國家經濟造成重大損失。

1958 年的「拔白旗」事件，使中國電影跌入低谷。針對這種情況，周恩來總理號召電影創作人員深入生活，到「大躍進」火熱的鬥爭中去，提倡多拍紀錄片或者經過藝術加工的紀錄片，即「藝術性紀錄片」，來反映「大躍進」的新形勢。1958 年，上海的三大電影製片廠只生產了 18 部故事片，其中江南廠 5 部：《魯班的傳說》《林沖》《長虹起義號》《兩個巡邏兵》《苗家兒女》；海燕廠 7 部：《紅色的種子》《深山裏的菊花》《小康人家》《平凡的事業》《戰鬥的山村》《林則徐》《老兵新傳》；天馬廠 6 部：《蘭蘭和冬冬》《大風浪裏的小故事》《三毛學生意》《鐵窗烈火》《前方來信》《布穀鳥又叫了》。相比之下，藝術性紀錄片的數量要多於故事片的數量。1958 年，江南廠生產的藝術性紀錄片有 8 部：《愛廠如家》《第一列快車》《消防之歌》《臥龍湖》《鐵樹開花》《鋼城虎將》《熱浪奔騰》《三八河邊》；海燕廠生產了 9 部：《第三次試驗》《鋼人鐵馬》《巨浪》《夜走駱駝嶺》《油船火焰》《典型報告》《常青樹》《翠谷鐘聲》《最聰明的人》；天馬廠生產了 11 部：《黃寶妹》《20 天革個命》《「英雄」趕「派克」》《重要的一課》《兩個營業員》《大躍進中的小主人》《鋼花遍地開》《你追我趕》《海上紅旗》《新安江上》《千女鬧海》。在周恩來總理的提倡下，1958 年全國共拍攝了 49 部藝術性紀錄片，但都沒有達到預期的效果。這些藝術性紀錄片大多粗製濫造，千篇一律地表現「大躍進」生產過程，例如工農階層積極完成任務，而知識分子大多落後保守，最終在黨的教育和領導下，知識分子認識到錯誤，工農完成了任務，取得了勝利。這些作品情節雷同，人物形象蒼白，只是狂熱地鼓吹「大躍進」，「浮誇風」「共產風」在影片中隨處可見。這種狀況給年輕的中國電影事業帶來了極大的危害，並一度影響到以後的電影創作。

「大躍進」運動進行得如火如荼，影片數量大得驚人，但大部分影片很快被遺忘在歷史長河中，真正能夠給人留下印象的影片少之又少。上海「大躍進」期間相對比較成功的影片有海燕電影製片廠 1958 年拍攝的影片《林則徐》。影片講述了清道光年間，英國商人對華傾銷鴉片，湖廣總督林則徐力主禁煙，被任命為欽差大臣，赴廣州查禁鴉片的事蹟。在任期間，林則徐扣留了英國販

運鴉片的商船，並嚴密監視英商的活動，還迫令英國在華商務監督一律交出全部鴉片，於虎門當眾焚毀。1840 年 5 月，英國以「保障英商利益」為藉口，調動炮艦攻打廣州、天津，道光帝屈膝議和，並將林則徐革職，發配邊疆。愛國將領關天培也在英軍攻打虎門要塞的戰役中壯烈殉國。帝國主義的野蠻入侵與清政府的軟弱無能激發了人民的反抗情緒，以鄺東山、麥寬為首的三元里人民，高舉反帝大旗，繼續進行戰鬥。《林則徐》是一部比較優秀的歷史題材片，從內容、情節到人物刻畫都比較成功，民族英雄林則徐的形象深入人心，反帝的愛國主義精神和不懼外侮、威武不屈的民族精神令人振奮。影片《林則徐》能夠在內容和形式上都具有很強的藝術性，實在難能可貴。1957 年，《林則徐》電影劇本在文化部和中國作協舉辦的全國電影文學劇本評選中榮獲三等獎。1995 年，影片《林則徐》獲「中國電影世紀獎」。

在眾多的藝術性紀錄片中，只有《黃寶妹》《新安江上》等少數影片具有一定的藝術性和質量。1958 年 9 月，由天馬電影製片廠攝制的《黃寶妹》被評為藝術性紀錄片的代表作。影片介紹了當時著名的全國勞動模範、紡織女工黃寶妹，並由黃寶妹本人親自出演。上海國棉十七廠紡織女工黃寶妹學習郝建秀的先進經驗，以自己的勤勞和智慧減少了機器上的斷頭和白花，並用自己的模範行為感化了思想落後的組員張秀蘭。黃寶妹還虛心地向他人學習，在競賽中將自己的經驗傳授給對手，表現出崇高的集體主義精神。接著她在黨支部和小組同志的支持和幫助下，又創造了「逐錠檢修」法，從而當選為全國勞動模範，光榮地出席了黨的「八大」會議。

紀錄片《新安江上》由發生在新安江建設中的三個故事組成。其中，《秦虎子與悶葫蘆》講述了外號叫「秦虎子」的秦雨三與外號為「悶葫蘆」的閔管中之間的故事。這兩個年輕的風鑽工是好朋友，但在新安江發電站建設工地上，卻成了競賽對手。秦虎子的紀錄被悶葫蘆超過，心裏很不痛快。悶葫蘆看出了秦虎子的心事後，找機會讓他瞭解了自己的操作方法，最終秦虎子又超過了悶葫蘆，創造了新的紀錄。事情過後，兩人的友誼更進了一步。《老李師傅》講述了新安江發電站建設工地上的女鑽探工李蘭香的故事。在一次小組間展開的紅旗競賽中，高世才小組的電源突然斷了，一時供不上電，高世才認為這下輸定了，沒想到李蘭香停下鑽機，將高世才小組的電源接到自己的機器上，這使高世才很受感動。最終，李蘭香的小組超過高世才的小組，在頒獎大會上，李蘭香小組因風格高尚獲得紅旗。《東風樓》講的是新安江發電站建設工地

「東風樓」工程安裝總指揮童明江的故事，他為了提前完成「東風樓」的安裝工程，提出五天完工，而副科長吳曉希望多加兩天，好留個退路。此時，工程局又將大弔車調走支持外地建設，給施工增加了困難。童明江發揮群眾的智慧，採用兩臺弔車空中遞換的操作方法，使安裝工程按期完成。思想比較保守的吳曉也受到了深刻的教育。

　　總的來說，「大躍進」時期是中國電影最低迷的一段時期，它所造成的危害一直影響到以後的電影創作。

三、文學作品的電影改編

　　改編文學作品，歷來是中外電影題材的重要來源。被改編的文學作品一般都比較客觀真實地反映了某一時代人們的生存狀況，並且在思想上和藝術上都比較優秀，有著廣泛的讀者群。所以，這樣的文學作品一旦搬上銀幕，一定會產生強烈的反響，吸引眾多的觀眾。我國電影很早就有改編文學作品的傳統，早在 1914 年，中國第一代導演張石川就將文明戲《黑籍冤魂》搬上了銀幕，此後，更多改編自文學作品的電影出現在銀幕上。

　　上海的電影與文學同樣有著很深的淵源。新中國成立之初的第一部改編自文學名著的電影就是由上海文華影片公司拍攝，石揮導演並主演的《我這一輩子》。影片根據老舍的同名小說改編，於 1950 年 10 月在上海上映。影片對小說原著進行了成功的改編，做到了忠實原著，並將原著中的小人物形象刻畫得惟妙惟肖。該影片在文化部 1949～1955 年優秀影片評選中獲得二等獎。

　　之後，更多的改編電影出現在上海的銀幕上。20 世紀 50 年代的電影《腐蝕》（1950 年）根據茅盾同名小說改編，《海上風暴》（1951 年）根據矯福純的報告文學改編，《家》（1956 年）根據巴金同名小說改編，《前方來信》（1958 年）根據李準的小說改編，藝術性紀錄片《大風浪裏的小故事》中的《舊恨新仇》（1958 年），根據劉滄浪的原著改編。其中《家》是比較著名的改編影片，影響了幾代青年人的思想。1956 年上海電影製片廠將小說《家》搬上銀幕，影片由陳西禾、葉明導演，演員陣容強大，集合了孫道臨、張瑞芳、王丹鳳、魏鶴齡、黃宗英等著名演員。電影《家》主要圍繞大哥覺新的情感和命運展開情節，生動刻畫了一個厚道卻軟弱的封建大家庭長孫形象。老三覺慧的反抗和進取精神成為本片的一大亮點。影片風格含蓄平實，使用了比較獨特的、不同於以往的拍攝手法，使整部影片看上去更加柔美，充滿詩情畫意。影片在對人

物的塑造上也取得了巨大的成功，演員出色的表演，使影片中的各個角色都生動而鮮活。儘管如此，《家》上映後還是遭到不少批評，連原作者巴金也認為改編得不成功。直到 80 年代重新放映後，電影《家》才得到了比較冷靜和客觀的評價，其藝術價值才重新得到肯定。

　　60 年代的電影《枯木逢春》（1961 年）根據同名話劇改編，《女理髮師》（1962 年）根據同名滑稽劇改編，《李雙雙》（1962 年）根據李準的小說《李雙雙小傳》改編，《紅日》（1963 年）根據吳強的同名小說改編，《飛刀華》（1963 年）根據熊大絨的同名小說改編，《如此爹娘》（1963 年）根據上海市大公滑稽劇團同名滑稽戲改編，《水手長的故事》（1963 年）根據高源的同名小說改編，《寶葫蘆的秘密》（1963 年）根據張天翼的同名童話小說改編，《家庭問題》（1964 年）根據胡萬春的同名小說改編，《霓虹燈下的哨兵》（1964 年）根據沈西蒙的同名話劇改編，《年青的一代》（1965 年）根據陳耘、徐景賢的同名話劇改編，《小足球隊》（1965 年）根據同名話劇改編。新中國成立後到「文革」結束前，文學作品的改編雖然受到不同時代社會因素的影響，有的被打上宣傳教化的烙印，但總體來說這段時期改編文學作品的電影比較優秀。老一輩的電影藝術工作者在特殊的政治氛圍中仍能夠堅守創作原則，忠實藝術規律，給我們留下了寶貴的創作經驗與藝術財富。

四、「文革」時期的上海電影

　　中國電影在「文化大革命」期間處於停滯狀態，上海電影經歷了史無前例的災難。在這場運動中，新中國「十七年」期間攝制的影片幾乎都遭到了否定和批判，連新中國建立起來的電影隊伍也遭到了否定。上海的電影，從影片到理論到組織機構遭到了全方位毀滅性的打擊。首先，「文革」前夕上海電影製片廠出品的影片《舞臺姐妹》《阿詩瑪》《球迷》等，在中宣部發出的批判「壞影片」的通知中被點名批評。其次，「文化大革命」對「十七年」的電影理論和觀念進行了全面的否定，從政治上對理論工作者進行了殘酷的迫害。此外，上海的電影組織和電影工作者也遭到嚴重的迫害。1966 年 8 月，造反派強行更改廠名，將天馬製片廠改為「東方紅電影製片廠」，海燕製片廠改為「紅旗電影製片廠」，科學教育電影製片廠改為「工農兵電影製片廠」，美術電影製片廠改為「紅衛兵電影製片廠」，電影譯製廠改為「工農兵革命電影譯製廠」，電影技術廠改為「工農兵電影技術廠」。趙丹、顧而已、鄭君里、陳鯉庭等演員、

導演被抄家，上海市電影局局長張駿祥、副局長瞿白音等被隔離關押審查。1966～1976 年，在上海電影系統 104 名文藝 6 級以上的高級知識分子中，受嚴重迫害的有 93 人，占總人數的 89%；受迫害致死的有 32 人，其中包括蔡楚生、鄭君里、應雲衛、徐韜、顧而已、上官雲珠、舒繡文、穆宏、鄧楠、王光彥等著名的電影藝術家和張友良、孟君謀、許秉鐸等電影事業家。

從 1966 年到 1972 年，上海的電影製片廠沒有拍攝一部故事片，上海電影的發行和放映也受到嚴格控制，除少數幾部影片，如《地道戰》《地雷戰》《平原游擊隊》等，其他「十七年」期間的電影一概不准上映。與此相反，革命樣板戲卻在「文革」期間蔚然成風，出現了「八億人民八個戲」的荒誕文化現象。這八個樣板戲分別是現代京劇《紅燈記》《沙家浜》《智取威虎山》《奇襲白虎團》《海港》，芭蕾舞劇《紅色娘子軍》《白毛女》，交響樂《沙家浜》。其中舞劇《白毛女》1972 年由上海電影製片廠拍攝，現代京劇《海港》由上海電影製片廠與北京電影製片廠聯合拍攝。革命樣板戲必須遵守「三突出」原則，所謂的「三突出」原則就是塑造人物時要在所有人物中突出正面人物，在正面人物中突出英雄人物，在英雄人物中突出主要英雄人物。「三突出」原則脫離生活實際，違背藝術創作規律，在這一原則下所塑造的「高、大、全」的英雄形象，實際是「假、大、空」的典型，依據這一原則所創作的概念化、公式化的作品，嚴重缺乏藝術感染力，導致了中國電影藝術的全面倒退。

「四人幫」對「十七年」時期電影的否定，使中國電影數量銳減，從「文革」開始的 1966 年到 1972 年，沒有故事片出品放映。1972 年，毛澤東、周恩來先後對電影尤其是故事片的生產狀況表示不滿。他們的重視與支持才使中國電影有了轉機，各電影廠從農村、工廠調回部分原有創作人員，全國各電影製片廠陸續恢復生產。上海電影製片廠從 1973 年到 1976 年共拍攝了 16 部故事片，7 部舞臺戲曲片。1974 年上海攝制了 4 部故事片：《火紅的年代》《無影燈下頌銀針》《一副保險帶》《渡江偵察記》（重拍）。1975 年攝制的故事片有：《戰船臺》《春苗》《第二個春天》《小將》，戲曲片有《撿煤渣》《人老心紅》。1976 年攝制的故事片有：《歡騰的小涼河》、《年青的一代》（重拍）、《征途》、《難忘的戰鬥》、《江水滔滔》、《金鎖》、《新風歌》、《阿夏河的秘密》，戲曲片《磐石灣》《審椅子》《管得好》《三定樁》《小店春早》。其中，70 年代的電影《火紅的年代》（1974 年）根據話劇《鋼鐵洪流》改編，《無影燈下頌銀針》（1974 年）根據上海市胸科醫院業餘文藝創作組的同名話劇改編，《一副保險

帶》（1974 年）根據上海嘉定縣業餘文藝創作組、桃浦公社業餘文藝創作組創作的同名戲劇改編，《第二個春天》（1975 年）根據同名話劇改編，《戰船臺》（1975 年）根據上海話劇團同名話劇改編，《難忘的戰鬥》（1976 年）根據孫景瑞的同名小說改編。

　　雖然電影恢復了生產，但絕大多數影片還是受「三突出」創作原則的影響，主要表現階級鬥爭和路線鬥爭。如影片《火紅的年代》主要情節就是圍繞著「抓壞人」展開的；影片《春苗》《歡騰的小涼河》是反映與走資派作鬥爭的影片，後來被稱為陰謀電影。這類電影是「文革」後期「四人幫」用來批判「走資派」，攻擊老幹部的工具。影片的創作與拍攝都是在「四人幫」的干涉與控制之下進行的。1976 年，宣揚造反派奪取勝利，揭露和批判「走資派」的影片《盛大的節日》和《千秋業》，還未完成，「四人幫」就垮臺了。「文革」後期的電影中只有 1976 年《難忘的戰鬥》在內容上和藝術上都得到了肯定。影片講述了新中國成立初期中國人民解放軍購糧隊與暗藏的敵軍特務展開鬥爭的故事，情節跌宕起伏，驚心動魄。在那個特定的年代，在「三突出」原則的籠罩下拍出這樣的影片，體現出中國正直的電影人在嚴酷的政治環境中仍然敢於探索的藝術精神，也給中國荒涼的影壇帶來了生機與希望。

第二節　80 年代以後的上海電影與城市敘述

　　伴隨著 1979 年中國改革列車的啟動，上海，這一與中國命運休戚相關的排頭兵也再一次面臨以何種意義與地位登上這趟列車的問題。但與 20 世紀 30 年代為了搞左翼文藝運動而做電影不同，這一次電影似乎走在了前面。在 1985 年之前，上海由於種種原因並沒有成為中國改革的先鋒，甚至在「文革」結束後的最初十年中停滯不前。現實中的上海似乎還在突破重重阻礙找尋未來發展之路的時候，電影人已經在用自己敏銳的觸覺開闢了對上海形象的重塑之路。1981 年上海電影製片廠將話劇《陳毅市長》改編後搬上了電影銀幕。電影中有兩處表現上海街景的空鏡頭意味深長，一處在開頭，紅旗插滿上海，鏡頭透過陳毅的背影，展現了大上海的全景：船舶密布、汽車如流、薄煙輕罩，一望無垠。另一處在結尾，導演把話劇中最後一段哲理性的獨白改為用空鏡頭與實鏡頭交替出現的方法，通過電影特有的聲畫對立，來表現節日中上海的夜景，電影結尾處畫外在說「有人在背後喊喊喳喳」，畫面上卻是歡慶勝利的燈火輝煌；畫外在說「千秋功罪，自有人民評說」，銀幕上則用禮花怒放作為回

應。這兩組意味深長的鏡頭表現的雖是 1949 年的上海，但卻直面「文革」後上海發展的現實問題，電影用鏡頭的語言一邊表達著 80 年代上海再一次面臨著全新身份重構的契機，另一邊也表達著上海對這一契機到來的歡欣鼓舞與躍躍欲試。除了電影鏡頭的運用之外，電影在故事的結構上也做了類似的表達。導演將話劇中由人物形象串聯十個故事的敘事線索改為突出的一條主線，即陳毅市長是怎樣真正貫徹黨的正確方針和政策去建設新上海的，影片淡化了對鬥爭的敘述，而是緊扣怎樣恢復生產、調動人民積極性的主題來展開。導演用了幾個紗錠飛轉，迎來桃李芬芳、春色滿園的鏡頭，暗示上海生產恢復、形勢大好的可喜景象。今天看來，這部沿用傳統對比敘事來構建故事的電影以及電影中以民族、國家大環境為語境的臺詞，正是在用電影語言塑造自 20 世紀 30 年代左翼文化運動以來的上海形象，即與民族、國家命運高度關聯的上海。從 80 年代往後，民族、國家話語敘事經由電影影像的表達從而構建新上海形象的軌跡一直清晰可見。而與民族、國家話語的大敘事同時展開的還有重塑上海形象的另一路徑，即上海的「懷舊」電影。進入新世紀之後，這兩種路徑形成交會、互文，共同完成上海都市現代性的表達。

「文革」結束初期，告別了八億人民八個樣板戲的電影市場迎來了全面的復蘇，上海電影也迅速進入了調整和創新的新時期。在短短幾年時間內，上海電影迎來了繼 20 世紀 30 年代後的又一個發展高峰，與其說這一時期的上海電影是在通過影像重構著新上海的形象，不如說這一時期的上海電影本身就是城市形象的一部分。《苦惱人的笑》《小街》《從奴隸到將軍》《城南舊事》等一部部載入中國電影發展史的優秀影片紛紛上映，這些影片不僅見證著上海電影的發展，也是上海這座城市發展的影像記錄者。

80 年代初電影中的上海形象是與當時的民族、國家敘述高度共情的。最初是傷痕電影，電影《苦惱人的笑》《於無聲處》《小街》，不僅涉及了對「文革」壓抑、扭曲人性的反思，也敘述著「文革」前後上海城市形象的變化。例如，電影《苦惱人的笑》中就用鏡頭分別展現了「文革」中蕭瑟破敗的上海和「文革」結束後生機煥發的上海。劇本的「片頭」開宗明義地用字幕聲明：「這個故事描寫的既不是神，也不是鬼，而是一個普普通通的人，就象生活中的你、我、他。」〔註 2〕這簡短的一句話，打破了「四人幫」非神即鬼的敘事套路，

〔註 2〕楊延晉、薛靖：《學習與探索：〈苦惱人的笑〉創作後記》，《電影新作》1980 年第 1 期。

緊扣當時人性復歸的主題。在敘述方法上，影片也並沒有圍繞「考教授」這個事件展開，刻意去營造戲劇衝突，而是堅持用電影的影像把注意力集中到傅彬的內心，去展現難以用語言描述的細微情緒變化。該片導演楊延晉曾說：「我們不願將活生生的現實生活，塞進一個我們和觀眾早已熟悉的劇作框子。有時我們發現，倒是小說式的敘述方法，更接近電影一些。」〔註3〕電影鏡頭中這一步步的嘗試和改變，也記錄著改革開放初期上海求新、求變的美好願望。

除了傷痕電影外，工業題材的電影也是這一時期上海電影的主要旋律。「十七年」時期，為了迎合實現國家現代化、將上海從消費城市轉變為生產城市的願景，電影人拍攝了《愛廠如家》《鋼鐵世家》《船廠追蹤》等一系列工業題材的影片。80 年代初期，為了響應國家改革開放的號召，上海作為工業城市的形象在電影中得到了體現。例如，《都市裏的村莊》《她倆和他倆》《見面禮》《逆光》《快樂的單身漢》《二十年後再相會》《街上流行紅裙子》等電影都以大型造船廠或紡織廠為背景，影片的主人公也都是工作在工業戰線上的工人。在電影《逆光》上映的當天有一則名為《上海人談〈逆光〉》的影評寫道：「今天，上海觀眾看了電影《逆光》，覺得這部影片所展示的場景正是上海人民生活中的一些真實片段，上海人感到《逆光》親切、實在、新穎，這是因為影片展示的是一卷大上海工業城市的風情畫，是一首流動著的詩。」〔註4〕不難看出，80 年代初的電影為上海塑造的工業城市形象是與當時觀眾內心的認同相契合的。雖然這些影片在今天看來，大多還帶有強烈的政治色彩，但畢竟當時的電影人已率先擺脫了電影工具論和「左」的束縛，走進了為社會主義現代化建設提供精神動力的行列。

上海電影在這一時期憑藉強烈的敏感性，創作出了一批優秀的電影作品，這些作品不僅有反思歷史的、延續工業城市敘述的，還有反映新上海、新發展的。《大橋下面》就是一部反映新上海、新發展的影片。這部影片的主人公有著特殊的身份——個體戶，這一嶄新身份的背後是 80 年代初 800 萬回城知青等待安排就業的歷史。《大橋下面》的男女主人公回到上海後，選擇了成為個體戶，用自己的勞動去創造幸福。當時，個體經營雖已合法，但在社會上還是會受到歧視，影片中的主人公高志華和秦楠就經常遭到街坊們和街道管理人

〔註3〕楊延晉、薛靖：《學習與探索：〈苦惱人的笑〉創作後記》，《電影新作》1980 年第 1 期。

〔註4〕吳紀椿、陶建平：《上海人談〈逆光〉》，《電影評介》1983 年第 5 期。

員的斥責，但他們卻用「我只相信，國家好了，我們就好了」來回應。在改革開放初期以上海為背景的電影中，類似《大橋下面》這樣的影片對個體戶這一嶄新的上海市民身份做了正面的展現，這些影片不僅勾勒了上海芸芸眾生的日常生活相，歌頌了新上海的新上海人，也預示著上海這座城市在電影中不再只是國家現代化的發展符號，而開始彰顯個體主體性。

　　20 世紀 80 年代中後期，隨著娛樂形式的多樣化，電視、錄像、卡拉 OK 等新型的娛樂方式開始在社會上流行起來，人民群眾的政治參與熱情逐漸消退，階級鬥爭的思想淹沒在了經濟建設的浪潮之中，社會結構、社會文化和社會心理都發生了巨大的變化，電影也不再是人們日常生活中最主要的娛樂方式。觀眾人數的銳減使整個電影業遭受了嚴重的經濟危機，在此影響下，上海電影的創作方向被迫做出重大調整。此外，上海被列為中國沿海 14 個對外開放城市之一，觀眾欣賞心理的變化與城市的日益開放都使得上海電影中現代都市的特性逐漸顯現。在《街上流行紅裙子》《午夜兩點》《一夜歌星》等 80 年代末以上海為拍攝背景的電影中，我們會發現街頭、百貨商店、咖啡廳、劇院等現代都市空間不斷在鏡頭中被凸顯。原本在 80 年代初現實主義題材電影中為實現現代化勤奮努力的年輕人，有了更加世俗的心態。在影片《街上流行紅裙子》裏，「鄉下人」阿香編造了一個香港的哥哥，她自己搭錢為同事買東西冒充港貨，以去掉人們送給她的「鄉下人」的綽號。同車間的姐妹也因為經常從阿香那裏得到低價轉讓的新潮服飾便不再稱她為「鄉下人」。在這裡，現代都市的物質欲望已經開始被正面呈現。

　　進入 90 年代，上海的發展出現了新一輪的飛躍，上海重新被確立為改革發展的中心。對上海來說，1990 年無疑是重要的一年，這一年，浦東新區開始建設，上海證券交易所成立。上海迎來了前所未有的發展契機，這一時期上海翻天覆地的變化在電影中被記錄了下來，《股瘋》《奧菲斯小姐》《留守女士》《三個女人一個夢》《周末情人》等一系列上海現實題材的影片中，上海作為現代都市空間對生活在其中的人們產生了極大的作用和影響。80 年代電影中那個充滿理想主義氣質的上海，在經濟浪潮的席卷下，充斥著「股票」「金錢」的味道，人們似乎已無暇顧及單位裏勞模的道德瑕疵，轉而去關心身邊那個會帶他們炒股的范莉。在電影《股瘋》中，一個原本是公交售票員的范莉，因為偶然的機會結識了香港炒股人阿倫。通過與阿倫的合作，她初入股市便轉眼成了「女大戶」。有趣的是范莉身邊的鄰居不再是那些對個體戶頗多微詞的市民，

而是為范莉燒開水、買早點，期望范莉能帶著他們一起致富的鄰居。這些圍繞炒股起起伏伏的上海小市民們到了《玻璃是透明的》裏，身份又變成了到上海淘金的外來打工者們。但無論電影主角是誰，他們都在用各自的故事講述著十幾年間上海飛速發展給這個城市以及生活在這座城市裏的人們帶來的變化。這一時期電影中的上海是一個充滿著物質欲望、身體欲望的現代都市，電影鏡頭中拔地而起的高樓、鱗次櫛比的商店承載著上海作為國家改革開放龍頭的城市想像，當然，這一時期的電影也不僅僅將鏡頭對準上海的騰飛與變化，也有對這一時期高速發展帶來的城市公共性問題的觀察和思考。電影《留守女士》便通過講述 90 年代上海「出國潮」中，夫妻一方「留守」國內所造成的家庭問題，進而思考不斷發展的都市現代性和全球化帶來的人性困局。因為這部影片的導演胡雪楊本人就是一個「留守」家屬，對這一群體有切身的感受，所以在風格和電影語言上做了許多相關嘗試。如果說在《留守女士》裏對於上海與海外的關係還只是模糊的表達，接下來的《奧菲斯小姐》《我很醜，可是我很溫柔》就明確地表達了上海在全球化開始之初對其本能的拒斥，這些影片中與上海發生關聯的海外城市，還很難得到人們情感的認同。90 年代的上海電影，或者說經由上海電影表現出的上海這座城市，就這樣在飛速發展的市場經濟、多元共生的大眾文化以及眾聲喧嘩的消費主義中進入了新的世紀。

　　進入 21 世紀以後，上海已經是一座具有國際影響力的集經濟、金融、貿易功能為一體的現代化大都市。中國加入世貿組織，激發了上海對全球化願景的期待與想像，2002 年成功獲得世博會舉辦權，2004 年 F1 賽事落戶上海，上海在構建全球化城市的道路上狂飆突進，電影成為上海這一歷史新階段的記錄者。2001 年，上海電影集團公司成立，並迅速在尋求國際合作方面走在了國內電影業的前列。站在中國經濟發展潮頭的上海，以積極的態度參與到全球化的發展浪潮之中，這種全球化的城市發展願景直接影響了中國電影對上海的表達。在電影《地下鐵》《夜·上海》《米尼》《大灌籃》《大城小事》《美麗上海》《窈窕紳士》《大城小愛》《小時代》中，「時尚」「摩登」「白領」「小資」等城市外在的物質場景彌合著上海與歐美城市的鴻溝。2004 年，彭小蓮導演了電影《美麗上海》，這是彭小蓮繼電影《上海紀事》《假裝沒感覺》之後，又一部以上海為背景的電影。《美麗上海》依然延續了彭小蓮現實主義的創作方法，但這一次故事的主人公不再是在上海解放前夕，動盪的年代中堅守理想品格的李惠蓉，也不再是那個在飛速發展的上海無法找到立錐之地的無助母親。《美麗上

海》通過一家人的悲歡離合折射了一個時代無數上海家庭的縮影。這個故事裏有再難返城的知青，有雖已返城但境遇淒涼的知青，有在金錢中迷失的都市白領，有留學歸來「水土不服」的海歸。這些主人公，讓這部電影緊扣時代的脈搏，如紀錄片一般真實地記錄了那個時代的上海。這時的上海，徹底拋棄了「十七年」時期被賦予的工業化城市的想像，拋棄了 20 世紀 80 年代初依然保有的政治性遺存，義無反顧地進入了全球化圖景的想像之中。在銳不可當的全球化過程中，電影怎樣幫上海完成文化身份的重構？第五、第六代電影人對 20 世紀 30 年代前後老上海的懷舊與重塑而形成的「懷舊電影」是一個重要的路徑。

在 20 世紀 90 年代全球化的背景下，一條通往 20 世紀 30 年代的記憶走廊被打開了。文學作品、電影作品都在不斷地賦予老上海浪漫的想像，在這些想像中，上海政治上的殖民歷史完全被忽略，取而代之的是對「東方巴黎」「十里洋場」的追憶。正如李歐梵在談及後現代文化特徵時所言，所謂的懷舊，並不是真的對過去有興趣，而是想模擬表現現代人的某種心態，因而採用了懷舊的方式來滿足這種心態。換言之，懷舊也是一種商品。一個時代的懷舊情緒催生了大量的懷舊作品，這些作品看似在講述上海的東方特性，卻在講述過程中有意無意地抹殺了上海城市的多元性與複雜性，成為全球化敘事的一部分。

其實，早在 20 世紀 80 年代初，上海電影大多還籠罩在政治話語氛圍中時，就已經有一些回歸 30 年代電影日常性敘事的影片，開始從思想解放的縫隙中萌生出來。比如，在由王安憶的小說《流逝》改編的電影《張家少奶奶》中，「文革」僅以影片背景的形式出現，攝影機鏡頭多聚焦在歐陽瑞麗一家生活的日常，買菜做飯、帶孩子、找工作、借錢、開家長會，這些瑣屑的日常生活被鏡頭記錄了下來，影片不再宏大地敘述「文革」的政治影響，而是用回歸日常的表達細膩地展現「文革」對曾經養尊處優的歐陽瑞麗的家庭和心理的改變。影片這樣的敘述方法不由人想起 30 年代的《少奶奶的扇子》《太太萬歲》等以上海普通家庭的悲歡離合為核心的電影，這些電影曾被視為是海派文化內涵的體現。所以，從 80 年代初開始，電影界對老上海的懷舊便已展開。但 80 年代初對日常性敘事的回歸只是一種對宏大敘事的反抗，是為了打破政治話語在影像中的一元性而存在的。此外，同一時期的香港電影《大上海 1937》《上海灘十三太保》等對 30 年代上海空間的借用也僅僅是以娛樂大眾為目的，即便是徐克導演的《上海之夜》和許鞍華導演的《傾城之戀》也並不包含文化方面的企圖。

真正為「懷舊電影」浪潮拉開序幕的是第五代導演人張藝謀、陳逸飛、陳凱歌導演的電影《搖啊搖，搖到外婆橋》《人約黃昏》和《風月》。這些影片出現在上海進入飛速發展期的90年代，飛速發展的城市讓身處其中的人們感受到了潮流和時間的稍縱即逝。於是，人們普遍產生一種懷舊的情緒，而第五代導演人給這些懷舊的情緒賦予了從30年代「東方巴黎」找尋城市自信與未來憧憬的文化內涵。電影《人約黃昏》是陳逸飛繼《海上舊夢》後導演的又一部以舊上海為背景的電影，但《海上舊夢》沒有故事甚至沒有對白，電影畫面如同一幅幅油畫，其中的畫家夢遊似的追隨一位女子穿梭於上海的舊街老巷。導演陳逸飛在談到《海上舊夢》的創作時說：「少女既是這座城市的標誌、象徵和精靈，又是畫家心中的故土、鄉戀、青春、愛情、歲月、歷史，而我本人不完全作為一個畫家，更作為一個現代人、一個漫遊者，從很主觀的角度進入這個交錯的時空中，去窺視她、追隨她，與少女建立一種聯繫，畫家與少女數度交臂而過，尋尋覓覓，失而復得，得而復失，表現了一種剪不斷、理還亂的歷史情懷。這部片子與其說是個人的夢，不如說是城市之夢。城市也有夢，有過去的夢，還有長長的未來夢。我以為這種設置更具現代意識。」〔註5〕導演力圖用懷舊表達城市夢，關於過去的夢、關於未來的夢。這個極具現代意識的城市夢在陳逸飛的電影《人約黃昏》中得以延續，與《海上舊夢》相比，電影《人約黃昏》因為改編自徐的小說《鬼戀》而與30年代的上海有著天然的親近。在影片《人約黃昏》中深夜沿街叫賣的餛飩攤、吵吵嚷嚷的舊貨市場、熙熙攘攘的英國租界、馬路上落滿梧桐樹葉的法國租界與夜總會、教堂、老街在電影的燈光、構圖中交相呼應，盡顯對30年代繁華上海的想像。這種把上海作為國際化大都市做單一面向呈現的電影，還有張藝謀的《搖啊搖，搖到外婆橋》、陳凱歌的《風月》、關錦鵬的《阮玲玉》等，在電影鏡頭中，國際化都市中西合璧的文化氛圍被不斷渲染，夜總會、咖啡廳裏的爵士樂和雪茄與中國旗袍相互交融，將上海重塑為名副其實的「東方巴黎」「西方紐約」。在20世紀90年代的上海電影中，有著與國際化緊密相連的消費、欲望和一切普通人的世俗追求，一系列懷舊電影通過鏡頭裏曖昧的燈光、醇醇的紅酒、曼妙的身體營造唯美情調，將充斥著現代欲望的懷舊滲透到了觀眾的心裏。

進入21世紀，上海電影的懷舊熱潮並沒有褪去，而是迎來了新的發展方向。相比20世紀90年代，此時的上海已成為新的國際大都市。所以，這一時

〔註5〕陳煒：《陳逸飛、董嫻與〈海上舊夢〉》，《中州統戰》1994年第2期。

期的懷舊電影不再局限於對消費與欲望的滿足，出現了一些用更加宏大的敘事方式表達上海在整個歷史進程中滄桑沉浮的影片，《長恨歌》《茉莉花開》便是其中的代表之作。2006 年，由關錦鵬導演，改編自王安憶同名小說的《長恨歌》上映，這是一部典型的宏大敘事的平民史詩。影片通過講述主人公王琦瑤的一生，來回顧上海從 20 世紀 40 年代到 80 年代的變遷。從 40 年代舊上海弄堂裏走出來的王琦瑤，一生雖經歷了舊中國的解體、新中國的成立和改革開放，但始終活在上海繁華的舊夢中，與她有情感糾葛的程先生、李主任等人最終也沒能給她理想的歸宿。王琦瑤的一生，在孤獨和悔恨中，留下了一曲綿綿不絕的長恨歌。王安憶在敘事中刻意弱化時間表述，而將重點放在空間上。關錦鵬導演在改編這部時間跨度為 40 年的文學經典時，著重用時間的線索來建構影片的敘事，如「天大地大，不如黨的恩情大」「不知道為了什麼，憂愁它圍繞著我」這些時代的歌聲，還有「新中國的歌曲歡唱，人們都勇敢地做出新的決定」等字幕。影片中這些線性向前的時間元素與王琦瑤對過往的留戀形成對抗，讓觀眾能直接感受到世紀末情緒中人們看待時間的悲劇感。與《長恨歌》相比，影片《茉莉花開》是在三代女性的成長故事中展現時代變遷和上海城市變化的。影片改編自蘇童的小說《婦女生活》，但電影去掉了原作中揮之不去的絕望，將故事從江南拉向了上海，導演侯詠用上海三代女性的成長之路詮釋了自己對這個城市文化的理解。對於通過女性來表達上海，王安憶曾說：「要寫上海，最好的代表是女性，不管有多麼大的委屈，上海也給了她們好舞臺，讓她們伸展身手……誰都不如她們鮮活有力，生機勃勃。」〔註6〕只是《茉莉花開》當中的上海女性不是王琦瑤，甚至不是蘇童筆下的嫻、芝、簫，影片中的「茉」「莉」「花」祖孫三代女性，從男性主導的話語中解放了出來。茉抱著孩子跑到理髮店「撒潑」、莉的結局、花的堅強，電影用男性的「不在場」來表現女性身上的堅強和韌勁，這種力量讓祖孫三代女性從歷史的動盪和變遷中掙脫出來，這些力量也是上海這座城市背後所蘊含的力量。《茉莉花開》用女性成長的視角展示了同樣不斷成長變化的上海。與《長恨歌》一樣，《茉莉花開》也生動地再現了上海從 20 世紀 30 年代到 80 年代末的沉浮與悲歡。影片結束在主人公花的微笑長鏡中，這個意味深長的長鏡頭，把對未來的希望留給了觀眾，也留給了上海這座城市。

〔註 6〕王安憶：《上海的女性》，林石編：《女人的秋韆》，花城出版社，2001 年，第 210～211 頁。

電影對於 20 世紀三四十年代上海的懷舊——無論是 80 年代對宏大敘事的反抗，還是 90 年代對消費主義的彰顯，抑或是 21 世紀對上海文化身份的重塑，看似各具特點，但當我們把電影影像與現實生活做比對時，就不難發現「懷舊電影」的出現與上海文化的重構之間的「共謀」關係。就像 30 年代那些用鴛鴦蝴蝶派手法拍攝的愛情婚姻電影中包含著左翼的思想一樣，懷舊電影作為一種大眾媒介，一直在為上海的國際化身份提供著想像。由於這種想像不僅是由上海本土電影人完成的，而且還有如張藝謀、陳凱歌、王家衛、關錦鵬等非本土導演的加入，因此這些對上海的城市想像又增添了國家想像的意味。

縱觀中國百年電影史，我們會看到，上海這座城市與上海電影一起經歷著歷史的變遷與沉浮。電影已成為這座城市的都市景觀，內化為生活在這座城市中的人們的生活方式和社會心理。「事實上，電影和城市的歷史已經交疊到如此地步，以至於沒有城市，電影的發展是不可想像的；同時，城市也毫無疑問地被其電影形式所重塑。」〔註7〕新時期以來，以上海為背景的電影經歷了由純粹的政治因素主導向都市現代文化轉變的過程。雖然，在此過程中我們會看到市場經濟初現時的魚龍混雜、消費主義對多元文化的遮蔽等問題，但從 80 年代後期開始，也陸續出現了如《綁架卡拉揚》這樣反思上海都市現代化進程的影片。進入 21 世紀以後，以上海為背景的電影又增加了一些非常規的表達，比如《蘇州河》《海上傳奇》《姨媽的後現代生活》等。所以，新時期之後，以上海為背景的電影其實一直在走一條不斷追尋現代性的發展之路，至今，我們仍在路上。

〔註 7〕Clarke, David B. The Cinematic City (London; New York: Routledge, 1997)

第二章　上海城市的社會主義形象

第一節　私性生活的「公共性」改造

一、「公共性」社會的建立

　　20 世紀 30 年代的上海無疑是當時中國首屈一指的大都會，對當時上海的表述無不體現商業性和消費性等屬性。海派文學本身常被視為現代性表達最為強烈的文學形態，其中新感覺派被認為是彼時上海城市性表述最典型的書寫者。新感覺派基於世界主義普遍原則，將上海寫成巨大的物質烏托邦，將個體生存經驗化為城市自身的藝術呈現方式，大量描寫性、競技、酒、恐怖、高大建築、熱、異國等內容，帶有歐洲殖民色彩。同時，新感覺派又將文學中的場景、人物（特別是女性）符號化。其城市呈現方式帶有非市民性體驗的特徵，如鳥瞰、漫步、男女聚散、現時當下特徵、攝影蒙太奇、語言暴力等，殖民主義特徵在世界主義總原則下也摻雜其中。因此，以新感覺派為代表的海派文學展現給我們的上海具有都市文化意識、市民文化意識和文人文化意識交融的特點。倘若說彼時文學對上海的表述具有第一性的話，那麼到了 1949 年以後，電影也參與到了對上海的表達，並且起到了非常重要的作用。

　　新感覺派展現給我們的 20 世紀 30 年代的上海具有都市文化意識和市民文化意識，無論是都市文化意識中的漂泊感還是市民文化意識中的享樂式個人主義價值觀都是非常私性的個人化體驗。換言之，一千個上海人就有一千種上海都市感。這些私性的個人化體驗是被作為遺存的資產階級文化看待的，

而 1949 年以後取而代之的是城市「公共性」社會的建立。在哈貝馬斯關於「公共領域」的表述中我們可以看到傳統公共性在古希臘城邦時就已經產生，即在共享空間中以面對面交流為形式的「公共生活」。可見，哈貝馬斯提出的「公共領域」更多的是一個對話空間。因此，社會主義中國城市的「公共性」並非僅保留西方思想家如哈貝馬斯在理論中表述的原有含義，而是有著強烈的中國語境。「其在發生形態上基本與市民社會無涉，而主要與民族國家的建構、社會的變革這些政治主題相關」。〔註 1〕「只有公共領域中出現的一切，才能讓所有人看得真真切切。公民相互之間進行交談，從而把事物表達出來，並使之形象化；彼時差不多的人通過爭論，才能把最好的襯托出來，使之個性鮮明──這就是名譽的永恆性。」〔註 2〕在哈貝馬斯的論述中，「公共領域」與「私人領域」其實是有著相似性的，二者都是相對於外在的「國家」而存在的，都是觀照市民社會的產物。

二、日常性生活的階級符碼

在羅蘭‧巴特的話語定義中，影片顯然就是文本。並且，這種文本能夠或應該成為像文學文本那樣被仔細解讀的對象。〔註 3〕根據符號學電影理論大師克里斯丁‧麥茨的看法，一部影片就是一個「獨特的符號系統」。不僅如此，麥茨以精神分析學的模式探索了電影作為一個符號系統所包含的一系列範疇，如能指、所指、內涵、外延、隱喻、轉喻等。我們反觀 1949～1976 年的中國電影，發現正如麥茨所說，幾乎每一部影片都是一個獨特的符號系統，這一時期的上海電影中關於日常性生活的表現充滿了階級符碼。

1962～1965 年，新中國話劇創作出現高峰，有關部門組織了大規模的地區性與全國性劇目演出與評選，並以單行本形式出版劇本，其中以上海城市為背景的有《霓虹燈下的哨兵》《年青的一代》等。有人認為，《霓虹燈下的哨兵》和《年青的一代》這兩齣劇作都表現了「新人新事新主題」，之所以「新」，是因為「能從常見的生活現象中發現和觀察到階級鬥爭」。這一情形在當時被認為具有突出的時代意義：「在階級鬥爭激烈存在的今天，資產階級思想無時無刻不在影響和腐蝕我們的青年一代，即使血統是工人的後代或者是革命烈士

〔註 1〕許紀霖：《都市空間視野中的知識分子研究》，《天津社會科學》2004 年第 3 期。
〔註 2〕哈貝馬斯：《哈貝馬斯精粹》，曹衛東譯，南京大學出版社，2005 年，第 39 頁。
〔註 3〕李恒基、楊遠嬰：《外國電影理論文選》（第 2 版），生活‧讀書‧新知三聯書店，2006 年，第 512 頁。

的子女，也免不了會受到資產階級思想的影響。」〔註4〕這兩齣劇作之所以「新」，也是由於它們都將日常生活超驗化，涉及「階級」「階級鬥爭」等重大的「公共性」意義。正如唐小兵所說的：「劇本隱約地透露出一種深刻的焦慮，關於革命階級的日常生活焦慮。」〔註5〕也就是說，劇本的目的是要用超驗意義解析日常生活中的「私性」。而在這一時期關於上海的電影中，這一現象尤其明顯。

　　我們不妨看一下在超驗意義中日常生活的含義。首先，日常性生活內容被認為具有與物質、欲望、身體和享樂相關的人性基本屬性。上海電影製片廠1965年拍攝的影片《舞臺姐妹》改編自同名劇本，描寫的是越劇演員生活的故事。劇本內容是建立在時空變化之中的，時間的遞進是從1935年初秋民國時期到1949年新中國成立後，而空間的變化則是從浙東山區一帶的祠堂戲臺到上海大戲院的舞臺。如果說時間的變化會給人一種明顯的心理暗示，即舊社會讓人變成鬼，新社會讓鬼變成人，那麼空間的變化則會讓人感受到這個劇本真正的內涵所在。姐姐春花從浙東到上海依然保持著以前的單純和樸實，而妹妹月紅卻迷戀上了物質享受，來自大城市上海的誘惑激發了妹妹體內的欲望，讓妹妹迷失了方向。劇本對此加以了說明：「月紅不僅燙了頭髮，還穿上新製的花衣服，坐在寫字臺邊，事不關己地在一張紙上練習簽名；寫了一個邢月紅，她不滿意，又寫了一個邢月紅……」在這裡，無論是燙頭髮、花衣服，還是練習簽名無疑都是資產階級物質性的體現。「物質」被看作是具有階級性的，而燙頭髮、花衣服等則理所應當地被看作是資產階級生活的符號，這些符號的出現標示著月紅認同了上海的物質生活。在劇本中有一段經典的物質性描寫：

> 月紅在自己臥房裏，放著唱片練唱，電唱機上轉著她和春花合灌的唱片。她隨著唱片唱。燈光下，她神色抑鬱，看來，對練唱有些厭倦。她離開電唱機，坐落在一隻錦緞沙發裏，開亮立燈，一柱黃光照明瞭近旁精緻的家具；這些家具變得橘黃了，她感到舒適而又寂寞，臉上微笑中帶些淒涼。

這一時期的電影劇本中，與上文這段情景交融的文字描寫類似的其實並不多。倘若在今天用電影鏡頭表達上面這段文字，時空蒙太奇無疑是最佳的表達方

〔註4〕賈霽：《新人新事新主題：談一九六三年話劇創作的幾點收穫》，《戲劇報》1964年第2期。

〔註5〕唐小兵：《英雄與凡人的時代：解讀20世紀》，上海文藝出版社，2001年，第140頁。

式：連續的鏡頭切換於浙東與上海、春花與月紅之間，往日歲月的單純和快樂與如今的寂寞和淒涼形成鮮明的對比；夾雜著唱片中娓娓道來的姐妹兩人的歌聲。但倘若細心點我們會發現，作者要展現給我們的其實並不是人物的心理感情，而是引發這種心理感情的「物質」背景。作者對「物質性」上海的城市文化批評於精緻家具、黃色照明等資產階級符號中清晰可見。作者之所以如此表現月紅的淒涼，其中最重要的原因是資產階級的政治性往往與「物質性」相關，甚至可以說階級性就是通過資產階級人物的「物質性」體現的。所以，越是寫資產階級的物質性，就越是彰顯了人物的階級性，這就是反動人物、落後人物都與較強的物質性有關的原因。從理論上講，追求物質的消費和享受是資產階級的生活「符碼」，越是描寫人物生活細節，人物就越會被認為符合資產階級特徵，也就越是符合資產階級的「沒落」的現實主義原則。為兼顧主要人物的表現及落後人物的轉變合理性，謝晉導演對物質性的展現進行了散佈分配，在影片中的處理雖和劇本有所不同，但仍給了關鍵的「物質性」突出的強調，這使得人物在「物慾」下的墮落顯得更為合理可信。在一組姐妹二人名號霓虹燈招牌的疊印下，上海名利場中的「物慾」蜂擁而入，月紅也開始了她的「墮落」。

月紅練習簽名的細節發生在唐經理富有商業氣息的辦公室內，月紅坐在唐經理的對面，空間距離外化了她對於物質的追逐和渴望，與春花對物質的疏離形成鮮明對照。「名、利」從來都是一母雙生，最終導向的還是「物質性」。導演處理時在鏡頭景別上給予了突出的強調。燙髮、綁髮帶、穿漂亮旗袍、戴耳飾和金鐲、用粉餅等一系列對月紅物質佔有欲的表現，在月紅收下唐經理夾在包銀裏不清不楚的錢的那一刻開始就都變得順理成章了。訂婚常用的鑽戒成了表現這種強烈「物質」氣息的代表，表現出落後人物對物質佔有的欲望和追逐。影片使用了 3 個鏡頭來突出表現人物的物質佔有欲，令資產階級的「沒落」躍然紙上。

劇本中有一個片段耐人尋味：「小香答不上來，也忘了搖葵扇。這幾天，她只是籠統地想過，上海這地方比鄉下還令人可怕，但是怕在哪裏，理不清楚。」小香是浙東時期和春花一樣的越劇演員，她理不清楚的地方正是讓月紅墮落的地方，作者暗示我們這正是資產階級「物慾」的可怕之處。

類似的表現模式還有許多，比如胡萬春的小說以及依據小說改編的電影《家庭問題》小說為胡萬春原著，電影為胡萬春、傅超武編劇，張伐、張良主

演，劇本由上海文化出版社 1964 年出版。創作者著力表現福民在生活、語言
與身體方面的特徵：「留著青年式的頭髮，身穿著長毛絨翻領夾克」，看不上
「羅宋帽」，滿口「愛克司」「未知數」，吃飯時不珍惜食物等，批判人物的資
產階級特性。

　　日常性還被等同於與「公共性」相背離的個人理想生活。在《年青的一代》
中，「私性」生活被等同於上海生活。這裡的「上海生活」是一個概念性的泛
化指代，即和上海相關的一切工作、生活方式，特別是舊上海遺留的口岸城市
的資本主義生活方式。

　　「上海生活」作為一種生活方式的指代，在一些電影文本裏，含有「私性」
生活的「物慾」「消費」「享樂」等意義。電影《永不消逝的電波》用今天的
眼光來看無疑屬於典型的諜戰片，但是其劇本中對於上海的處理卻與《舞臺
姐妹》等劇本有相似之處。頗富「鄉土氣」的李俠初到上海，坐在車上往外
看，只見馬路上燈火輝煌、霓虹燈的招牌一閃一閃，還有色情的電影廣告、
川流不息的車輛、擁擠不堪的人群……李俠看到的上海是充滿了「物慾」「消
費」「享樂」等特性的，可以說就是新感覺派展現給我們的「舊上海」。為了
革命工作的需要，李俠和何蘭芬都對自己的身份進行了「改造」，以適應這種
具有資本主義特性的「舊上海」生活。電影劇本中關於李俠的一段描寫很耐
人尋味：

　　　　是的，現在的李俠和一年以前比起來，完全是另外一個人了。
　　他穿著一件綢大褂，西裝褲子，戴著一副方八角形的眼鏡，頭髮梳
　　得光光的，皮鞋擦得亮亮的，舉止、風度很像一個中學教員。現在，
　　要從他的身上找出老紅軍的痕跡來，是非常困難了。

　　一年前初到上海的李俠還是「無論換上什麼衣服，一下子也改變不了他身
上的『鄉土氣』」，一年後則已經很難看出來他的真實身份了。重要的原因在於
他已經被綢大褂、西裝褲子、光光的頭髮、亮亮的皮鞋等這些帶有資產階級屬
性的階級符碼侵蝕。同樣的描寫也見於何蘭芬，「何蘭芬完全變了樣子：電燙
頭、綢旗袍、皮鞋、絲襪子……像個嬌小玲瓏的小姐」。這些在今天看來具有
日常性的生活內容在電影劇本《舞臺姐妹》《永不消逝的電波》《霓虹燈下的哨
兵》《年青的一代》等作品中都被認定為具有與物質、欲望、身體和享樂等密
切相關的階級屬性，因而這些內容在社會主義城市的「公共性」想像圖景中必
然會消失。

　　其次，私性生活被認為具有舊上海的資本主義等價交換式的價值信仰，其中包括知識與財富地位的等價性、勞動與報酬的等價性等。這原是現代社會最基本的市場準則：勞動的商品化原則。比如根據胡萬春小說改編的電影《家庭問題》中的林育生和福民就表現出了這種價值信仰：有了知識必須有相應的社會位置。在《家庭問題》中，大姨媽對福民中專畢業後還要當工人頗為不滿，說：「念了十幾年書，出來當工人！要當工人何必下那麼大本錢讀書？你呀，盡做些賠本的生意！」福民的這種價值缺陷在一個細節上被刻意表現出來：福民吃肉，肉掉到了身上，其母馬上遞過來毛巾，而福民用毛巾擦乾了油，頭也不抬，將毛巾往後一甩。這裡，既表現出福民蔑視勞動者的輕狂，也表現出他對家庭倫理的不屑。艾明之的話劇《幸福》中的王家有和樣板戲《海港》中的韓小強則奉行勞動與報酬的等價原則。王家有把請假看成在等價前提下可以被允許的行為：「反正請假可以明扣工錢，廠裏又沒有吃虧！」韓小強則常常說「八小時外是我的自由」。電影劇本《六十年代第一春》編劇有張駿祥、沉浮、黃宗英、丁然、孫永平、韓非、溫錫瑩、劉非、李其珍、周沖、梁波羅。單行本由上海文藝出版社 1960 年出版。也有一位外號叫「標準鐘」的落後女工，其下班過於準時，從不加班。所以，劇本中經常出現她「已經穿好大衣，掏出梳子梳了梳頭髮，正要往外走」的下班情形。

　　同樣的情形也出現在電影劇本《偉大的起點》中，工人顧秋紅最關心的就是獎金的問題，在陸忠奎為了響應煉鋼「大躍進」的艱巨任務，準備改進煉鋼爐時，顧秋紅卻說：「這樣危險的事，還是不要搞，偷雞不著蝕把米，任務完不成，連獎金也泡了湯就遭啦！」當有人反駁她的觀點時，她義正詞嚴地說道：「越說越奇怪了，我說的難道不是真理？你不要獎金？大家不要獎金？」可見，在顧秋紅的眼裏，生產為了獎金是一個不容置疑的真理，而這個帶有等價交換意義的「真理」在社會主義公共性的想像中是要受到批判的。在劇本《偉大的起點》中，不僅顧秋紅如此，就連高大全人物陸忠奎的母親也不滿兒子「打腫臉充胖子」不要加班費的行為。這樣的描寫一方面表現了作者對資本主義信仰價值的否定，另一方面也為公共性人物的偉岸加上了濃重的一筆。到了「文革」期間，這一寫作模式被更廣泛地應用在「知青」題材以及眾多描繪「社會主義、資本主義爭奪接班人」的文學文本中，在「上山下鄉」、艱苦工作等題材的作品裏，都出現了大量對「等價交換」市場原則的批判。作品所要強調的是消除勞動力與勞動等價交換，達到對社會主義「公共性」的認同，這

是一種將生活整體化與有機化的超驗方法，它不允許人的生活被城市的各種形態分割成「公」與「私」，強制人們以單一的「公共性」完全融入國家生活之中。

　　然而，作品中人物表現出的資產階級特性並不完全由私人因素導致比如，《幸福》中的車間主任因為不干涉王家有等人的私人生活而被斥為「官僚主義」。在劇作中，每一個「受腐蝕」的青年背後皆有一個或幾個反面、落後人物，後者作為資產階級的人格化體現，帶有明顯的「舊上海」痕跡。電影劇本《舞臺姐妹》中，引誘妹妹月紅走向墮落的是戲臺老闆唐經理，正是他引誘月紅迷失在上海的物慾世界裏。另外一個受到他引誘的女子是商水花，她比月紅還要淒慘，最終因唐經理的折磨而自殺。劇本暗示我們的信息其實有很多，或許在月紅和商水花之前還有無數的女子因受到唐經理的引誘而走向滅亡。在革命樣板戲《海港》中，受「文革」文學模式的影響，反面人物是被處理為「階級敵人」且具有舊上海賬房先生背景和「外國大班」背景的特務錢守維。其「舊上海」遺存具體體現為恪守舊上海碼頭上的等級制度，如他所說：「靠咱們這號人還能管好碼頭！」

第二節　「公共性」與城市日常生活

一、日常性生活的意義化

　　日常性生活的意義化、超驗化必經進入「公共性」的過程。在此過程中，生活細節被整合成關於意義本源的元敘事，克服現代社會應有的「公」與「私」的分離狀態。否則，就會被批評「取材角度狹小，片面追求對人物的細節描寫，片面追求人物性格的複雜性和情節的曲折離奇，捨棄或忽略了重要的方面，而將瑣細的東西加以腐俗地渲染，流露了不健康的思想和感情，或是將我們的生活加以庸俗化」〔註6〕。不僅「十七年」和「文革」時期的小說是如此，同期的電影也是如此。「十七年」和「文革」時期的電影劇本，超驗意義產生的過程表現為對人的個體性的全面否定，具體從否定個人的身體、情感、興趣、家庭與物質生活個體性等方面展現。

　　首先，是正面人物「身體」上的「公共性」特徵。通常，「公共性」表達

〔註6〕張璽、曾文淵、孫雪吟等：《一九五九年上海短篇小說創作簡評》，《上海文學》1960年第2期。

並不意味著否定一般意義上的身體，因為，「身體」作為資本，是為「公眾」
服務的。這時期的作品，只是反對純粹「肉體」和「生物學」意義上的身體需
求，比如身體對美食、華麗的衣著等以及「性」的要求。「公共性」所要求的
是「身體」的「非物質」的純潔性。從前面的分析中，我們可以看出，身體在
某些作品中的出現，是與「公共性」事業相關的，而身體實際具有的「肉體
性」，只有在涉及「公共性」人物因獻身事業而「受虐」時才出現。換言之，
身體在這裡其實是一個隱喻，在和消費性等資產階級屬性相關時是需要批判
的，而和革命等超驗意義連接時則使用另外一套話語體系。洪子誠在談及同時
期的文學史時曾說：「在『樣板』作品中，可以看到人類追求『精神淨化』的
衝動，一種將人從物質的禁錮、拘束中解脫的欲望。這種拒絕物質主義的道德
理想，是開展革命運動的意識形態。但與此同時，在這種禁慾式的道德信仰和
行為規範中，在自覺地忍受（通過外來力量）施加的折磨和自虐式的自我完善
（通過內心衝突）中，也能看到『無產階級文藝』的『樣板』創作者本來所要
『徹底否定』的思想觀念和情感模式。」〔註7〕也就是說，身體的「自虐」是
一種「公共性」人格的「自我完善」過程。如果「身體」是服從於「公共性」
需要的，那麼，身體受虐的程度也與「公共性」表達的程度成正比例關係。比
如，幾乎所有身體的「受虐」都發生在作品的正面人物甚至是英雄人物身上。
在電影劇本《春滿人間》中，先進工人丁大剛因為搶救一爐鋼水而全身燒傷，
燒傷面積達 89.3%。先進工人丁大剛的身體是因為其積極參與「公共性」事業
而被燒傷的，燒傷比例之大更能突顯其英雄人物的高大形象。在《永不消逝的
電波》中，李俠被敵人虐待的方式非常具有隱喻色彩，和我們一般看到的地下
工作者受虐待的情節不同，敵人主要對李俠的手指頭施刑，「李俠的那兩個手
指頭，傷痕猶新，舊指甲被剝去了，新指甲還沒有長出來」。作為參與國家「公
共性」事業的英雄人物，其所受到的摧殘與其說是針對身體本身，不如說是針
對「公共性」事業而言的，因為李俠只有通過他的手指才能讓電波「永不消
逝」。對具有隱喻意義的「身體」的考驗同樣適用於反面人物和落後人物。在
電影劇本《萬紫千紅總是春》中，伍美珍總是以有病為託詞，拒絕參加「公共
性」勞動。在這裡，「身體」是否有病，成為區分人物「正面」與「落後」的
標誌。其實，有沒有「病」並不重要，重要的是「身體」是否能夠經受得起崇
高的「公共性」事業的考驗。

〔註7〕洪子誠：《中國當代文學史》，北京大學出版社，1999 年，第 203 頁。

其次，與「公共性」人格相聯繫的是人物「家庭屬性」的缺乏。我們看到，在一些典型的表達「公共性」的作品中，人物多數都「未婚」或婚姻狀況不明。在劇本《偉大的起點》中，陸忠奎沒有父親，有個戀愛對象，卻因為鋼鐵「大躍進」而遲遲沒有步入婚姻，從陸忠奎的母親因為加班費的問題而與陸忠奎理論一事可以看出，陸忠奎對家庭的依賴感是不強的。同樣在劇本《聶耳》中，聶耳與鄭雷電的愛情一直被壓抑著，鄭雷電對聶耳表露愛意時也帶有永別的意味。而真正富有戲劇性的是《今天我休息》中的馬天明，因為忙於公共性事業而沒有時間談戀愛，但忙於公共性事業反而促成了他的愛情。女性人物的「未婚」或「婚姻不明」還有另外一種隱喻意義：「未婚」自然意味著「無性」，而身體本身的純潔性則表明了其所獻身的「事業」的純潔性。杜贊奇曾說：「在中國歷史上，純潔的女性身體一向是民族純潔性的隱喻和轉喻。」〔註8〕這裡，我們可以將其放大了來理解，即「女性身體的純潔性是事業純潔性的隱喻和轉喻」。即使是有「婚姻」或「戀愛」行為，也要高度服從於事業，有時甚至以「事業」來否定婚姻。在劇本《革命家庭》中，同樣父母雙亡的江梅清和陶珍組建了一個革命家庭。陶珍的丈夫江梅清因為革命而遭到殺害，兒子理安也同樣被殺害。可以說，這裡的陶珍是作為一個隱喻存在的，與其說「革命家庭」暗示了一家人如何為了革命而獻身，不如說試圖暗示我們家庭是因為人們參與革命的「公共性」活動才被組建的。對於女性尤其如此，作為英雄形象的陶珍女性「主體」的「誕生」其實是女性主體的消亡。

最後，不僅個人生活如此，個人的職業勞動也必須在「公共化」層面上意義化，其勞動價值與「公共性」的實現構成等價關係，形成真正的公共性人格。倘若按照今天的分類標準，《今天我休息》是一部公安題材電影，這部影片講述了派出所年輕的戶籍民警馬天民在一個休息日中既平凡普通又親切感人的經歷，從一個側面表現了人民警察熱忱地為人民群眾服務的工作和生活內容，譜寫了一曲警民魚水關係的讚歌。如此主旋律的表達顯然僅僅是這部影片的外殼，影片對馬天民事蹟的歌頌，離不開那個時代人們所尊奉的道德倫理標準在影片敘事中所起的支撐作用。為群眾做好事和與女朋友約會，不論在馬天民眼裏，還是在觀眾眼裏，都十分清楚地分別標識為公眾的利益和個人的利益。當二者不能兼顧時，馬天民便毫不猶豫地選擇前者而放棄後者，影片因此完成

〔註 8〕杜贊奇：《從民族國家拯救歷史：民族主義話語與中國現代史研究》，王憲明譯，社會科學文獻出版社，2003 年，第 9～10 頁。

了對馬天民大公無私、先人後己行為的讚美和歌頌。這種取捨，簡單而又明晰，特別是在有了一個皆大歡喜的大團圓結局以後，觀眾也由衷地認可了這種取捨的價值觀。其實，倘若我們閱讀這部影片的劇本，會發現這部影片也是一部喜劇電影，而喜劇的發源點則是戶籍民警馬天民的公共性人格。可以說，馬天民是彼時上海電影中公共性人格的典型體現者，休息日的馬天民不但沒有休息，反而積極地參與到公共性活動中。在劇本中，我們看到馬天民簡直無處不在，可單單沒有時間與女朋友約會。在公共性勞動與個人私性生活中馬天民毫無怨言地選擇前者，並因為公共性勞動而收穫了自己的愛情，這一情節設置在當時則最大化地得到了認可。

二、傳統社區的「公共性」生活

社會主義的「公共性」還體現為一種城市組織化社會生活的功能，即在社會主義社會，城市個體成員沒有主體性質，個人必須進入國家「公共性」的體系生活。在表現個人加入「公共」群體方面，個人之於工廠、機關等固定的國家機構的被組織化是相當常見的。除此之外，還有一種情形，即原有社區的「公共化」。通常，中國城市的傳統社區，在上海主要是石庫門弄堂，在北京等傳統城市則是院落。當然，還有城市郊區。傳統社區遠遠不同於上海曹陽新村等現代工業區的社區組織，其基本構成是傳統的人際關係，如血緣、宗族等，人際形式往往是親族、鄰里，人員交往也被稱作「原始接觸」。雖然舊上海的石庫門街道所造成的人際關係，其傳統意味要小於北京等內陸城市，但也並非現代的「次級接觸」石庫門是一種中西合璧式的近代上海民居。它具有居住建築的東方性因素，即可以滿足東方式聚族而居、多代同堂的居住倫理需求。由於空間狹窄，鄰里關係呈現出最重要的一種人際環境。同時，它又有著居住者的個體性，因為它具備歐美單元式民居建築的各種單項功能，如衛生間、灶間等，以保障個人的私密權利受到保護。其實，新式社區還有另外一種情況，即自合作化以後，當代中國所有農村家庭都開始加入的新型的農村社區。不過，如此之大的問題，本書並不打算討論，這裡只就城市傳統社區的問題進行論析。

相對於「工人新村」等具有工業附屬組織性質的新型社區來說，上海等城市中心區域的社區「公共化」要複雜得多，最大原因是城市領導者無法將傳統社區居民，特別是無法將一些年老而又沒有職業的居民用現代形式組織起來。

1958 年，當上海城市郊區紛紛建立人民公社的時候，已經有人動議建立上海城市人民公社。事實上，在 1958 年，上海已經在傳統社區開始進行「公共化」組織形式的實驗。此時，市區已經建立了 829 座食堂，約有 8 萬人用餐。到 1958 年 11 月初，上海市第三屆人大第一次會議通過決議，要求各級城市管理機構根據市區的特點和具體情況，有領導、有計劃地逐步成立城市人民公社。到 1960 年，中央作出了建立「城市人民公社」的批示，上海開始試辦。1960 年 3 月 25 日，上海市委成立城市人民公社領導小組，各區先後成立了相應的領導機構，開始試點建設工作。根據設想，城市人民公社是政治、社會合一的基層組織，由職工家屬和其他社會人員構成，通過興辦小型工業企業、生活服務站、居民食堂、托兒所、文化補習班等，組織動員廣大無業人員，特別是家庭婦女參加生產和社會服務工作。從「大躍進」期間到 1960 年初，上海約有 20 萬人參加了 8000 多個里弄的生產組。到 1960 年上半年，上海有 40 萬居民在 1667 個公共食堂吃飯，上海還興辦了 2117 個托兒所，約有 12 萬兒童入托。此外，還有數以千計的服務站、業餘中學和小學，小學生人數達 15 萬人，占全市小學生的 15%。〔註 9〕當時，文化界為了配合城市人民公社的建設，製作了一批反映這一事件的宣傳品。著名電影如《女理髮師》《雞毛飛上天》都產生於這一時期。從某種意義上說，「城市人民公社」對於中國城市底層人員的改變，遠比「工人新村」這一類新型居住社區要大。這種改變，既存在於生活方式方面，也存在於心理和精神狀況等方面。

電影劇本《萬紫千紅總是春》（沉浮、瞿白音、田念萱著）以一種較平易的方式，敘述了整體社群形態從私人生活到「公共」意義上的過渡。作品的主題是敘述上海一個里弄的日常「私性」形態怎麼樣被工業化組織改造為「公共」生產，表達一種日常性（私性）與「公共性」（超驗意義）之間彼此替代的邏輯關係。作品中專門交代，蔡桂貞——一位淑賢的女性，雖然非常能幹，但她的全部生活內容就是相夫教子。隨著里弄日常形態向工業化組織的過渡，這些人物的生活技能逐漸變成「公共」意義上的生產技能了。居民小組是城市底層的「公共」組織，起初是做一些幫助政府收購廢品一類的事情，後來開始組織生產。召集方式一般是用搖鈴通知，並以會議來布置工作。在這個里弄，先後成立了刺繡組、編織組、縫紉組、紙盒組等生產小組。徐大媽成為公共食

〔註 9〕熊月之、周武：《上海：一座現代化都市的編年史》，上海書店出版社，2007 年，第 530 頁。

堂的負責人，阿鳳則成為縫紉組的骨幹。當蔡桂貞參加了里弄生產後，其身份由主婦轉向生產能手，經常忙到晚上 9 點還不能回家。可是，由於有了令人自豪的「公共性」的勞動者身份，蔡桂貞不管多晚回到家，兒子雲生總是高興地投入母親懷中，讚美道：「我知道，媽媽是工人。」有論者認為，該劇反映的是「為爭取婦女解放和家庭制、與大男子主義思想作鬥爭」〔註10〕的主題，而在我們看來，實際情形卻複雜得多。

電影《萬紫千紅總是春》是一部典型的「女人戲」，電影中的主要人物是女性，故事的起承轉合也是由女性完成的。這部電影比《五朵金花》《女籃五號》《紅色娘子軍》等同樣以女性為主要表現對象的電影更加複雜，對它的話語解讀應該從兩方面分析。

首先，電影是以女性視角展開故事的。電影通過一群家庭婦女走出家門投入工作的曲折經歷，反映了「大躍進」時期都市社會面貌和里弄居民生活。該影片人物形象塑造生動鮮明，具有濃鬱的生活氣息，成為新中國成立十週年的獻禮片之一。電影中的女性形象十分豐富，大體可分為三類：受到男權思想壓制的蔡桂貞、受舊社會婦女應相夫教子影響的劉大媽屬於一類；慣於管閒事、搬弄是非的姚月仙、自稱有病的伍美珍屬於一類；而王彩鳳、徐大媽等先進女性代表則屬於一類。單從劇本的人物塑造這點看，以蔡桂貞和劉大媽為代表的女性算是塑造得最為成功的人物形象。原因很簡單，這幾個人物屬於電影人物塑造中的「複雜人物」。「在藝術電影中塑造的人物，多為複雜人物。它要求人物有多重動機、內心情節，在電影中性格會發生改變。」〔註11〕複雜人物又被稱為圓整人物或圓形人物。可以說，電影《萬紫千紅總是春》中引導故事發展的關鍵人物就是蔡桂貞和劉大媽。蔡桂貞的丈夫鄭寶卿是個男權意識很濃的人，他千方百計地阻撓蔡桂貞進入社區進行公共性勞動。鄭寶卿作為一個隱喻，正是暗指阻撓中國女性由個人走向集體的男權意識。如此看來，彷彿《萬紫千紅總是春》就是一部女性翻身得解放或者女權意識蘇醒的電影，但是這部電影的複雜性遠遠不止於此。蔡桂貞和劉大媽獲得女性主體性的過程不僅僅是女性意識覺醒或者是男性「大男子主義」退場的過程，還是國家公共性的建立過程。而國家公共性的建立，恰恰伴隨著所有人物主體性的消亡。蔡桂貞由個人走向集體，劉大媽由阻撓兒媳婦參加公共性活動到後來轉變為對兒媳的

〔註10〕 瞿白音：《略談上海十年來的電影文學創作》，《上海文學》1959 年第 12 期。
〔註11〕 孟中、李瑾：《影視藝術導論》，中國電影出版社，2010 年，第 145 頁。

全力支持，都是里弄勞動公共化的過程。婦女要走出家庭參與公共化勞動之中，而里弄生產組恰好為城市婦女提供了一種走出家庭的勞動方式。在這裡有兩層轉變：其一，婦女由家庭走向里弄生產組；其二，婦女由個人勞動走向生產組的集體勞動。里弄生產組的存在改變的不僅是婦女的勞動方式，更改變了婦女勞動的意義。同樣是勞動，生產組裏的公共性勞動無疑具有超驗意義，具有國家意識形態意義。這使得《萬紫千紅總是春》《女理髮師》等電影劇本和茹志鵑的《如願》《春暖時節》《里程》等文學作品有了區別於「五四」時期以及20世紀80年代的關於女性主體的解讀方式。

　　當然，劇本《萬紫千紅總是春》中除了有蔡桂貞、劉大媽這樣的圓形人物外，還有王彩鳳、徐大媽這樣的簡單人物以及伍美珍、姚月仙這樣的反面人物。簡單人物，又稱概念化人物或扁平人物。貝克在《戲劇技巧》中說：「概念化人物是作者立場的傳聲筒，作者毫不把性格描寫放在心上。」〔註12〕王彩鳳、徐大媽作為里弄公共化勞動的積極參與者，無疑是劇本創作者意識形態傳達的符號表象，而與之相對應的則是以伍美珍、姚月仙為代表的性格有缺陷的反面人物。可以說，王彩鳳、徐大媽這樣的積極女性與伍美珍、姚月仙這樣的反面角色總是成對出現的，而在電影中這樣的衝突更具戲劇感。觀眾往往更認同前者而鄙棄後者，但對介於二者之間並走向前者的人物形象似乎更加印象深刻。這是因為在電影中，真正吸引觀眾的不是一成不變的人物，而是性格會發生變化的人物。綜觀當時的文學、話劇等作品中的藝術形象，塑造最成功的無疑是複雜人物，電影《萬紫千紅總是春》也是如此。

　　其次，我們上面分析了劇本中女性「主體」身份的獲得問題，那麼這些女性形象的「主體」是怎麼產生的？換言之，是什麼力量使得女性的「主體」得以獲得的？答案無疑是國家的「公共性」。

　　正如阿爾都塞所言，它是淡化的、隱蔽的和象徵性的。倘若福柯的「規訓」與「懲罰」顯得太過於明顯的話，那麼阿爾都塞所謂的「意識形態把個體詢喚為主體」〔註13〕中的「詢喚」一詞則更準確地描述了國家「公共性」如何消除私性的過程。蔡桂貞、劉大媽等女性「主體」的「誕生」，其實是國家「公共性」話語詢喚的結果。因此我們可以說，婦女從家庭勞動走向里弄公共化勞動、

〔註12〕孟中、李瑾：《影視藝術導論》，中國電影出版社，2010年，第145頁。
〔註13〕李恒基、楊遠嬰：《外國電影理論文選》（第2版），生活·讀書·新知三聯書店，2006年，第726頁。

從個體走向集體絕不是女性「主體」的誕生，誕生的只是國家的「公共性」。而國家「公共性」的建立，恰恰是伴隨著所有人物「主體」的消亡。

第三節 「公共性」的空間與時間

在所有的藝術門類中，沒有哪門藝術形式在展現空間和時間上比電影更有優勢。這一方面取決於電影作為第七藝術所具有的展現時空的天然優勢，另一方面則因為電影可提供給觀眾更為直接的視覺感官。因此，這一時期的電影劇本對於空間和時間的展示達到了其他藝術形式所未達到的高度。

如同在人物屬性上要消除私性而突出其「公共性」意義一樣，這一時期的電影劇本在空間處理上也呈現出同樣的情形。

一方面，在場景安排上，作品的空間設置多為車間與辦公室，即使是私人居室，也多處理為客廳。這樣，既可以突出人物所進行的「公共性」事務，同時也可避免生活瑣事導致的日常性生活內容的糾葛。例如天馬電影製片廠1958年根據劇本《黃寶妹》拍攝的藝術性紀錄片《黃寶妹》，它的所有故事幾乎都發生在工廠車間。當攝影師在工廠詢問黃寶妹在哪裏時，一個女工毫不猶豫地回答：「寶妹在車間裏。」而之後攝影師對寶妹的拍攝和採訪也無一例外都在車間，原因很簡單，先進生產者黃寶妹同志總是在車間裏。劇本《春滿人間》的核心故事也是發生在車間的，即便後來故事的重心轉移到了醫院，但車間作為一條隱性存在的敘事線索貫穿全片。後來電影中反覆地運用平行蒙太奇的手法切換於車間和醫院之間，足以說明被燒傷的丁大剛是「身在醫院心在車間」。

另一方面，其實，這一時期的電影劇本對公共空間的展示最多體現為對社區建築的「公共性」表達。劇本《偉大的起點》開始有一段描寫：「碼頭上搬運著鋼材、原料，平車在軌道上來來往往，遠處閃著馬丁爐紅光，廠內到處燈火點點……」〔註14〕這一段文字在電影鏡頭中通過景別的變化展現，即攝影機由大全景逐漸過渡到車間近景。但這段描寫的核心在「遠處閃著馬丁爐紅光」，由馬丁爐紅光過渡到作為公共建築的工廠。這種對公共建築的展示方式在這一時期的電影劇本中可謂舉不勝舉。《萬紫千紅總是春》是為數極少的描寫里弄生活的劇作，但是它要突出的是里弄日常生活形態向「公共性」形態的過渡，

〔註14〕艾明之：《偉大的起點》，藝術出版社，1954年，第1頁。

以及「公共性」生活取代私性生活的過程。這種轉換頗能代表當時一般作品的特徵，請看開頭一段：

> 秋天早晨的上海小菜場。每個攤頭、店鋪的周圍都聚集著或流動著許多拷藍提袋的婦女。有的選購菜蔬、蝦蟹、家禽、肉類或蛋類；有的在挑選枕花、鞋面布、綢帶或鋼針；有的在選購糕點、水果或鮮花；有的為小孩買玩具；有的在買鉛筆、練習簿、小筆記本這類的東西。〔註15〕

這是關於里弄私人生活空間的描述，是一處體現較多物質性的場景。但是，「物質性」場景並不是作者要表達的。隨後，作品所要表述的國家「公共性」內容便將里弄的「私人」性質完全瓦解：

> 在建築物的牆上，到處掛著紅布橫幅並貼有許多張大字報、服務公約和清潔衛生公約等等。〔註16〕

這裡，劇本寫作明顯地體現出對於里弄敘述的延展線索：從空間來說，是由里弄到「公共空間」，再到生產空間；從生活邏輯來說，是從日常形態到「公共」生活形態，再到工業生活形態。里弄成為「公共性」空間，便瓦解了里弄原有的私性。恰如在人物屬性上，徐大媽雖是有名的烹飪高手，但起初只是給自己家人做飯，後來卻成了公共食堂的負責人。也就是說，人物的屬性，也從「私性」轉變為國家的「公共性」了。值得注意的是，作品中的里弄里居然還有一個廣場，甚至於在弄堂裏還出現了禮堂這種建築，「公共性」社會活動大多在這裡發生，這是完全違背上海城市的實際狀況的。因此，劇本不是為了表現里弄生活，恰恰相反，而是為了表現里弄裏個體市民的私性生活的消亡。

影片中的呈現和劇本中略有不同，但依然體現了這一思路。開頭的一組運動長鏡頭時長30餘秒，從上海外灘的城市空間呈現過渡到表現里弄婦女們集市採購的日常生活。在這個長鏡頭中，影片中的三位代表人物依次出場而在表現「公共空間」對私人生活的涉入方面，影片處理得非常有意味。影片開始僅僅6分半鐘，隨著張阿福托兒所的口哨響起，孩子們從各自的家裏跑出的情節，事實上宣告了「公共空間」開始涉入私性生活。張阿福的動機是讓孩子們「別在媽媽那兒攪和」，讓媽媽們能騰出手來參與社會主義建設。彩鳳無疑是日常生活的

〔註15〕沈浮、瞿白音、田念萱：《萬紫千紅總是春》，上海文藝出版社，1960年，第1頁。

〔註16〕沈浮、瞿白音、田念萱：《萬紫千紅總是春》，上海文藝出版社，1960年版，第1頁。

能手，洗衣做飯整理房間，樣樣有條不紊，在音樂的伴奏下，影片用一組鏡頭充分表現了其在日常生活中的自信。在畫外托兒所的童謠聲中，彩鳳似乎明白了這種不受孩子打擾的生活的意義：她可以為社會主義建設做更多的事情。

影片第 11 分鐘，一群里弄婦女湧進戴媽媽的居委會，彩鳳作為婦代委員向居委會倡議建立生產組。孩子的牽絆無疑是媽媽們從日常形態到「公共」生活形態，再到工業生活形態轉變必須解決的問題。從托兒所的「集合哨」到畫外童謠，影片通過影像空間中日常性空間到「公共空間」的鋪墊，結合聲音空間中「公共空間」對私性空間的涉入，藝術化地跨越了里弄作為日常生活空間過渡到「公共空間」的障礙，開始了影片後續的敍述。

綜上所述，這一時期電影劇本中展示的公共意義上的空間是社會主義上海的城市「公共性」想像的重要組成部分。而新舊上海最大的不同在於新上海的城市空間徹底打破了傳統上海里弄生活的私人屬性，取而代之的則是工人新村等一系列的社會主義公共性建築。劇本《萬紫千紅總是春》中劉大媽和兒媳婦最大的矛盾就是怎樣看待公共社區的托兒所。劉大媽認為母親就應該照顧自己的孩子，而彩鳳則認為孩子在身邊會妨礙自己參與社區的公共性勞動。電影最終以大團圓的結尾消除衝突，劉大媽主動把孩子送到托兒所，以此來支持彩鳳參加公共性勞動。可為什麼劉大媽不自己帶孩子呢？劇本中隱約交代了劉大媽不是不照顧孩子，而是照顧不好孩子。可問題的關鍵在於不管是劉大媽還是彩鳳誰照顧孩子，都屬於私事。換言之，即便是孩子的母親照顧自己的孩子也會照顧不周。因為一方面社區的生產組需要彩鳳積極參與，另一方面社區的托兒所也需要彩鳳的孩子「被照顧」。作為公共性建築的工廠和托兒所無疑是為了消滅里弄私人生活而存在的。學者的相關研究表明，20 世紀 50 年代的曹楊新村、60 年代的彭浦新村、70 年代的曲陽新村和 80 年代的田林新村，都屬於工人階級的「花園洋房」，曹楊新村甚至還是上海的涉外旅遊景點。「作為革命樣板房，工人新村是新中國的客廳，這使得工人新村的任何組成部分，包括臥室都全面客廳化。甚至衛浴之類的私人空間——要麼被徹底刪除，要麼被公共化。與此相對照的是，合作社、衛生所、銀行、郵局、學校這些公共設施一應俱全，同時還預留文化館、運動場和電影院的建築位置。」〔註 17〕因此，對社會主義上海的城市「公共性」想像離不開公共意義上的空間。

〔註17〕 王曉漁：《霓虹光圈之外：工人新村的建築政治學》，《上海文化》2005 年第 2
期。

　　「公共性」對個體「私性」的瓦解還包括對時間的處理。與空間處理相一致的是，「公共性」時間的建立使得私人時間與「公共」時間在意義闡釋上構成了聯結。除了工作時間外，私人時間如何被利用是許多作品的敘述焦點。當時，有關「革命」「階級教育」「階級爭奪」等常見主題的各種文藝作品中的故事，恰恰都發生在「八小時外」的私人時間中。如紀錄片《黃寶妹》中黃寶妹就是沒有周末的：

> 　　又是一個星期天。那天我也放棄了假日的休息，在黃寶妹的車間裏靜靜地思索一些問題。又一個星期天。廠裏靜悄悄的，車間裏也靜悄悄的。黃寶妹還在車間裏頑強地學習著。〔註18〕

黃寶妹的私性時間已經完全被「公共性」時間取代了。在劇本《偉大的起點》中，聶部長關心陸忠奎為什麼還沒有結婚時，陸忠奎的回答是：「忙啊，聶部長，工作忙不完啊！以前討不起老婆，現在是沒有時間討老婆。」比陸忠奎更典型的銀幕形象無疑是電影《今天我休息》中的民警馬天民了。在周末，民警馬天民本該在別人的介紹下與女友見面，但馬天民整天都忙於各種「公共性」的事情，以至於完全耽誤了與女友的會面，甚至到了女友家時竟忘記帶禮物。但恰恰是馬天民這種「公共化」的活動，使其人格得到了更高程度的認可。雖然耽誤了約會，卻不料女友的父親正是馬天民「公共性」活動的受惠者。於是，這一件婚事立即獲得了成功。為了「公共性」事務而完全捨棄家務的例子在此時期的電影劇本中非常多見，以至於成為一種敘事邏輯：誰的私性時間被「公共性」時間取代得多，誰才是值得表揚和肯定的。

第四節　城市與「公共性」人格

一、家族倫理與政治倫理

　　我們看到，對城市青年「私性」日常生活的批判幾乎都存在著家族與家庭的背景，這一現象非常引人注目。在實現「公共性」社會價值的過程當中，「公共性」的勝利往往是通過對年輕人的「教育」來達成的。而既然存在「教育問題」，就必然存有作品人物的「輩分」之分，存在倫理上的背景。也就是說，「教育」要通過倫理化的過程來完成。這使我們不得不思考，「公共性」對於城市青年的改造是怎樣通過家族式的倫理教育實現的。

〔註18〕陳夫、葉明：《黃寶妹》，中國電影出版社，1958年，第35頁。

　　作品中的人物，事實上都是圍繞著「教育」「感化」這一核心情節而設置的，或是縱向的祖父、父親，或是橫向的兄妹、朋友、同事，這些人物存在著等級差別。完成「教化」任務的，通常為年輕人的直系父輩與祖輩。如《革命家庭》中的立群受到了父親的薰陶，而妹妹周蓮則受到了哥哥立群的影響；在《霓虹燈下的哨兵》中，說服童阿男的是周德貴，即阿男的父輩。這種現象體現了以「父權」為主導的社會組織基礎的力量。但是我們發現，在此時的電影劇本中，並不是所有人接受的教育都來自父親，因為，「教育」本身需要組織形式中不同層級的人物來實施。父輩與同輩都只構成組織化形式中的一員，而非全部。很多年輕人接受的教育跟自己的父輩沒有任何關係，1949 年到1976 年的電影劇本（不獨是上海）展現給我們的是一代沒有父親的孩子，無父的隱喻在這一時期的電影中俯拾皆是。

　　我們所熟悉的《小兵張嘎》中的嘎子就是一個典型代表，同時期的上海電影中類似於嘎子的無父形象非常多。劇本《偉大的起點》中陸忠奎幼年喪父，父親被國民黨打死，他的母親也不是《沙家浜》中沙奶奶式的英雄人物，而是建議兒子拿加班費的世俗老太太。因此，陸忠奎可謂是「無父無母」。《革命家庭》中的陶珍和江梅清兩人都是父母雙亡，而江梅清被殺害又使得他的孩子成為無父者。《春滿人間》中被燒傷的丁大剛同樣無父無母。從年輕人「公共性」人格成長的倫理環境來看，顯而易見的是，相當多年輕人的家庭或家族背景是不完整的。可以說，在「公共性」的政治家族意義上，大多年輕人是「孤兒」，其成長過程是一種「孤兒敘述」。所謂「孤兒」，一方面，指其家庭結構和人員存有缺陷，基本上表現為與父母之間「縱向鏈條」的中斷；另一方面，從象徵意義上說，是缺少成為從父母那裏來的成人「主體性」的表現。既然沒有合法的成人「主體性」，年輕人就必須由「代父」行使並完成對其身體和精神的「撫育」過程，這些「代父」或是奶奶、舅舅，或是養父母。其實，這些擁有親屬稱謂的「親人」，並不是一個人，在某種意義上說應該說是「共父」，是一群人的指代。他們都有著「革命經歷」，所以這些「親屬」也就是「革命大家庭」中的先輩，是年輕人的「革命領路人」。在作品中，年輕人的「父母」作為「烈士」，也大有深意。這意味著，「孤兒」雖然缺少父母，但仍有著正統的政治性「來源」，這些是他在成長過程中需要尋找的，最終還要「返祖歸宗」。「代父」的職責，就是幫助「孤兒」長大「成人」。那麼，是誰扮演了「代父」的角色呢？答案無疑是革命的敘事邏輯。革命的敘事邏輯在戰爭年代的電影中比較

容易解釋，如《革命家庭》中的江梅清和立群父子。在 1949 後的和平年代，這種革命話語則轉變為推翻舊有的私性生活、用「公共性」取代私性，正在建立社會主義「公共性」的上海自然積極參與其中，這裡的「代父」則轉變成了「公共性」想像的話語。比如陸忠奎沒有父親，但是社會主義公共化建設監督著他，讓他積極參與到鋼鐵「大躍進」中；丁大剛沒有父親，但是工廠裏爭優評先進的活動激勵著他早日從病床上爬起來。「代父」「撫育」這些無父的孤兒的過程、孤兒們的成長，正在於「公共化」的倫理背景之中。同時作品將人物置於縱向線索上的倫理差序格局中，這種生物學的倫理關係更強化了政治的倫理關係。

二、城市「公共性」空間的倫理屬性

我們上面談到「代父」「撫育」無父的孤兒的過程是在家族倫理與政治倫理共同作用下的。其實，在這個撫育的過程中，城市「公共性」空間也參與其中，並發揮了非常重要的作用。在前面討論「公共性」意義上的空間時，我們更多談到的是這些公共空間如工廠、托兒所、生產組等參與到社會主義城市「公共性」想像的過程，在此部分，我們更加關注的是工廠、托兒所等城市「公共性」空間怎樣發揮了父親的作用。換言之，這些城市「公共性」空間怎樣具有倫理屬性。

如前所述，在電影劇本《萬紫千紅總是春》中，劉大媽和兒媳彩鳳之間的分歧在於怎樣對待劉根發（劉大媽的兒子）和彩鳳的兒子們，是將他們送到托兒所還是由彩鳳自己帶。在《萬紫千紅總是春》中，我們往往將關注的焦點放在劇中的女性形象中，其實作為孩子父親的劉根發是一個隱性但十分重要的存在。在故事中，劉根發的態度和彩鳳是一致的，即把孩子們送到托兒所。在劇本乃至電影中，我們其實忽略了作為父親的劉根發的決定，我們往往認為劉根發的決定就是彩鳳的決定，其實不然。劉根發在決定把孩子們送到托兒所的時候，其實已經放棄了其作為父親所擁有的權利和應承擔的責任。劇本之所以輕描淡寫作為父親的劉根發的決定，是暗示托兒所在行使父親的權利和承擔相關責任時是不亞於孩子的親生父親的。這也就不難理解為什麼劉根發的意見往往不起作用或者所起作用很小了，因為他的任務已經被「代父」托兒所完成了。除了托兒所外，其實彩鳳、徐大媽、蔡桂貞共同參與里弄生產的集體勞動也同樣行使了「代父」的職責，彩鳳她們加班加點想要完成的任務就是給教養院的孤兒們趕製棉衣。這些孤兒在安全到達蘭州時給生產組寫了一封信：

　　敬愛的媽媽們，我們萬分感謝你們給我們縫製了棉衣。在我們
到達蘭州的時候，天正在下著大雪，氣候很冷，但是我們穿著嶄新
的棉衣，使我們的身體和我們小小的心靈感到非常溫暖。解放前，
我們都是沒有人關心的孤兒，黨和政府收養了我們，教育我們成為
有用的人。這一次又受到了媽媽們的愛護，辛苦地為我們趕製棉衣。
你們把我們當作自己親生的孩子一樣看待，我們有說不出的感激。
我們向媽媽們保證，一定好好學習，將來好好地建設我們偉大的祖
國。祝媽媽們健康、快樂。〔註19〕

　　倘若正如孩子們所說的，是黨和政府收養了他們，教育他們成為有用的
人，那麼他們「建設我們偉大的祖國」的決心則來自媽媽們趕製的新棉衣。在
這裡有一個話語邏輯，真正起到「代父」職責的是誰？這個問題也是《萬紫千
紅總是春》中討論的核心問題，劇中所有人的矛盾或和解都和是否參與「公共
性」勞動有關。而在大團圓的故事結尾，我們看到了里弄生產小組的「公共性」
勞動的意義——讓孤兒們感到「你們把我們當作自己親生的孩子一樣看待」。
在這裡，生產組和托兒所一樣具有「代父」的超驗意義，作為城市「公共性」
空間重要組成部分的托兒所、工廠、生產組等具有倫理屬性。

〔註19〕沈浮、瞿白音、田念萱：《萬紫千紅總是春》，上海文藝出版社，1960 年，第
　　　97 頁。

第三章　上海城市的工業化形象

第一節　工業電影的生產

　　分析「十七年」時期的上海電影，不能不考慮的政治和社會因素就是「大躍進」。一方面，「大躍進」作為一種思維方式滲透在當時社會的各個方面，電影創作也不例外；另一方面，當時展現「大躍進」的電影兼具電影和歷史記錄的雙重性質。因此，在回溯「十七年」時期的電影創作，特別是有關「大躍進」的作品時，我們無法忽視的是電影的意識形態屬性起到的巨大的規訓和建構意義，而其中最為重要的就是對國家工業化的展現。

　　1958 年 5 月 5 日至 23 日，中共八大二次會議在北京召開，這次會議正式通過了「鼓足幹勁、力爭上游、多快好省地建設社會主義」的總路線及其基本點。總路線的基本點是：調動一切積極因素，正確處理人民內部矛盾；鞏固和發展社會主義的全民所有制和集體所有制，鞏固無產階級專政和國際團結；在繼續完成經濟戰線、政治戰線和思想戰線上的社會主義革命的同時，逐步實現技術革命和文化革命；在重工業優先發展的條件下，工業和農業同時並舉；在集中領導、全面規劃、分工協作的條件下，中央工業和地方工業同時並舉，大型企業和中小型企業同時並舉；通過這些，盡快把我國建設成為一個具有現代工業、現代農業和現代文化科學的偉大的社會主義國家。[註1] 在貫徹社會主義建設總路線的過程中，當時片面地強調高速度，追求高指標。1958 年 6 月21 日《人民日報》發表《力爭高速度》的社論，提出高速度是總路線的靈魂，

〔註 1〕中共中央黨校黨史教研室資料組：《中國共產黨歷次重要會議集》，上海人民出版社，1983 年，第 104 頁。

如果不要求高速度，就沒有什麼多快好省，速度問題是社會主義建設路線問題，是中國社會主義事業的根本方針。中共八大二次會議後，經濟建設的計劃指標一改再改，越改越高，甚至提出了 1958 年鋼鐵生產總量要比 1957 年翻一番的指標。此外，農業生產也開始放「衛星」，小麥畝產能達八九千斤，水稻畝產上萬斤。輿論也推波助瀾，號稱「人有多大膽，地有多大產」；接著鋼鐵和煤炭放「衛星」，掀起全民大煉鋼鐵運動。

　　在電影文學方面也出現了類似的情形。自「大躍進」開始後，城市工業題材作品猛增，而且絕大多數都是反映上海這一地區的。「如果說，『大躍進』以前的幾年間，反映這一地區的特點的電影文學還很少，那麼『大躍進』以來，這個不足得到了大大的彌補……『大躍進』以前的幾年間，反映工人鬥爭歷史的作品僅僅有四個，而 1958 年一年間，就有了二十多個。」〔註 2〕在工業題材中，鋼鐵題材佔據了重要位置。該年，以鋼鐵廠生產為內容的電影有蘆芒、吳洪俠、趙玉明的《鋼城虎將》，艾明之的《常青樹》與胡萬春的《鋼鐵世家》。在 1957 年，則僅有艾明之的《偉大的起點》這一部電影作品。比較而言，與上海有關的鄉土題材、知識分子改造題材的作品，在當時卻十分罕見。據瞿白音的說法，到 1959 年，「反映上海郊區農村的電影，則還一個都沒有」。〔註 3〕這些數字，無疑說明了工業題材在當時上海電影中居於最重要的位置，具有明顯的題材上的優勢地位。上海市電影界的「大躍進」運動開始比較早。在 1958年 2 月 18 日召開的上海知識界代表人士座談會上，上海市委第一書記柯慶施號召電影工作者要快馬加鞭趕上形勢，要求上影故事片生產由 23 部提高到 35 部。上影所屬各廠對市委提出的問題展開討論，各廠編劇、導演、演員、美工、技術人員等都表示有信心實現「大躍進」。不久，江南、天馬、海燕三個電影製片廠就初步確定要把 1958 年的生產任務提高到 38 部。天馬廠還提出要把同年影片的成本從上一年的平均 22 萬元降低到 15 萬元，每部影片的生產時間從上年的 230 天縮短到 150 天。同年 2 月 23 日，文化部副部長周揚在上影製片公司所屬各廠職工座談會上講話時說：「希望文藝界也要和我國的工農業生產相適應，來個『大躍進』，希望電影走在第一位，而上影又要走在全國電影界的第一位。」〔註 4〕隨著大規模工業建設的迅速鋪開，電影作為國家意識

〔註 2〕瞿白音：《略談上海十年來的電影文學創作》，《上海文學》1959 年第 12 期。
〔註 3〕瞿白音：《略談上海十年來的電影文學創作》，《上海文學》1959 年第 12 期。
〔註 4〕《上影打破常規帶頭躍進》，《解放日報》1958 年 2 月 24 日。

形態領域的先鋒之一表現出了非常默契的配合之勢，特別是電影中關於「以鋼為綱」政策的大力表現更是其他藝術門類無法比擬的，即便是《黃寶妹》這樣的藝術性紀錄片，其所展現的依然是全民狂熱的工業化激情。可以說，「十七年」時期的上海電影，特別是「大躍進」時期的上海電影，對工業和工業化的展現達到了前所未有的高度。這一方面如前所述和國家對上海的工業改造密不可分，另一方面則因為電影在展現全民大煉鋼的時代號召有著天然的優勢，銀幕上所塑造的一個個工業英雄無不影響和改造著普通觀眾的價值觀。類似於陸忠奎、黃寶妹這樣的勞動精英對廣大民眾起到了非常強烈的政治感化作用，讓參與到工業化建設中的每個人都充滿了積極的主人翁意識，即國家和工廠就是我們自己的。和其他藝術門類相比，電影運用影像來規訓國民，運用影像來宣揚工業化的革命意識形態，影像的直觀性和煽動性使得電影在參與國家工業化的想像大潮中時發揮了屬於自己的獨特作用。

第二節　工業主義城市性格

一、工業主義概念的提出

當下對工業題材電影的研究不是很多。在西方，倘若存在「工業主義」電影，這裡的「工業主義」也僅是對電影產業的一個修飾詞，比如歐洲電影人就會形容好萊塢電影是一種工業生產。但是在中國的特殊語境下，對於「工業主義」的理解又有其特定的時代背景，「工業主義」明顯地存在姓資姓社的問題，特別是會涉及「現代性」的問題，即何為「現代性」，又如何反思「現代性」。遺憾的是，目前學術界對於「十七年」和「文革」時期的「工業主義」電影並沒有形成一個專門的研究領域。有論著者也僅是做一個背景式的解讀，在論及中國當代電影史時順帶著對「十七年」時期的鋼鐵類影片進行一下梳理，或者是在考察電影的意識形態屬性時對「大躍進」時「以鋼為綱」口號的政治性解讀。可以說，對於「十七年」時期「工業主義」電影的研究目前還處於半擱置的狀態。

假如我們遵循「社會主義現代性」的思想路徑，也許會打開一些思路。20世紀 90 年代以來，我國學界展開了對於「現代性」的討論，到後來則偏重於「啟蒙現代性」與「日常性現代性」角度的辨析。在這一語境當中，人們認為

「資本主義現代性同時也就是西方現代性」。﹝註5﹞按照莫里斯·梅斯納、德里克以及汪暉等人的論斷,社會主義制度儘管體現為反對西方資本主義的特性,但仍是一種現代性的進程。事實上,現代性本身便具有批判性,並構成了現代性自我調節和平衡的手段。換句話說,「批判現代性」本身,也是一種現代性。按照列文森的理解,中國正是由於要進入西方才進行反對西方的革命,因此,「革命」之後的中國不可能不處於某種西方資本主義現代性的基礎之上。既然如此,社會主義現代性必然與資本主義現代性存在交叉重合的關係。在目前學界,已經有相當多的論述談及 20 世紀 50 年代以後文學中的現代性思維模式(電影中可作如是觀),如「目的論」的歷史觀與世界觀、線性時間觀念、進化主義與兩元對立模式等。這一情形意味著,學界在把社會主義視為現代性方案的同時,也注意到它所包含的資本主義因素,所以,有學者認為社會主義和資本主義的現代性「同根同源」。﹝註6﹞新中國成立初期,現代性作為一種現代國家的建設方案,其最突出的一點,是關於國家工業化的設計。相當多的中西學者(西方學者如帕森斯等,中國學者如羅榮渠等)都認定現代化也就意味著工業化的過程。事實上,我們今天所談論的當代中國諸多經濟社會問題,並不是工業化嚴重不足,而是工業化進程過於強烈所造成的,龐大的工業結構就是例證。即便是政治體制問題,也與工業結構有關。某種意義上,中國的政治體制也與韋伯所認為的以國家科層官僚制度為標誌的管理和企業生產制度相連。

　　既然如此,不管是資本主義還是社會主義,在現代化這一核心思想體系當中,工業化邏輯都是一個顯性的存在。有鑑於此,西方思想家如吉登斯等人提出了「工業主義」(Industrialism)概念。對於「工業主義」,有西方學者對其作了如下定義:「工業主義是一種抽象,它指的是工業化的歷史所能達到的極限。工業主義的概念指向的是全面工業化的社會,工業化過程本身內在地蘊含了產生這種社會的趨勢。」﹝註7﹞在這一看法中,主要將「工業主義」理解為「從傳統社會向工業主義社會轉變的具體過程」中的一種程度。而吉登斯則似乎從制度上去理解「工業主義」,他認為「工業主義」至少應當包括:第一,「在生產或影響商品流通的流程中運用無生命的物質能源」;第二,「生產

﹝註5﹞陶東風:《文化研究:西方與中國》,北京師範大學出版社,2002 年,第 225 頁。
﹝註6﹞陶東風:《文化研究:西方與中國》,北京師範大學出版社,2002 年,第 225 頁。
﹝註7﹞科爾、唐洛普、哈比森等:《工業主義的邏輯》,汪民安、陳永國、張雲鵬:《現代性基本讀本:下》,河南大學出版社,2005 年,第 512 頁。

和其他經濟過程的機械化」；第三，「生產方式」，「雖然工業主義意味著製造業的普遍推廣……但它應該指生產方式而不僅僅是指這種產品的製造」；第四，「生產流程」，「同人們從事生產活動的集中化工作地點之間的關係」。因此，「工業主義不可能完全是一種『技術』現象」，也是「一種人類社會關係組織」。吉登斯認為，「工業主義」與「資本主義」密切相關。「如果說馬克思和韋伯都贊成『資本主義社會』這一概念，那麼如前所述，韋伯的著作卻時常被引證以維護『工業社會』的理論。」〔註 8〕而韋伯則認為，雖然「資本主義」的誕生遠遠早於「工業主義」，但「工業主義的產生導源於資本主義所帶來的壓力」，比如「特別是 17 世紀時，由於人們發現迫切需要降低生產成本，因而他們狂熱地追求發明創新」，「正此時，技術創新和經濟行動中對利潤的追求開始合流」。〔註 9〕

但是，「工業主義」又不僅僅是資本主義帶來的產物，作為一種「工業化過程的內在法則，工業化過程中的邏輯作為一個整體構成了工業主義」，「不管是高度工業化還是初步工業化」，〔註 10〕都可能遵循這一法則。因此，「工業社會是世界性的」，「所有的工業化社會都用自己的方式對工業主義的內在邏輯做出了回應」。〔註 11〕因此，汪民安認為：「儘管在歷史上，工業主義首次和資本主義自然地結盟，但它並不先天性地依賴於某個意識形態政體。工業主義既可以創造出同資本主義相結合的邏輯，也可以創造出同社會主義相結合的邏輯——不同的社會制度，不同群體和不同的個人都可以利用工業主義的技術。」〔註 12〕對於擺脫殖民統治、謀求國家獨立的後發國家來說，「工業主義」還促發了民族主義與民族國家的進程。作為現代性的一種，「工業主義」必然伴隨著民族主義運動——「向工業過渡的時期，也必然是一個民族主義的時期」〔註 13〕。

〔註 8〕吉登斯：《民族——國家與暴力》，胡宗澤、趙力濤譯，生活·讀書·新知三聯書店，1998 年，第 174 頁。

〔註 9〕吉登斯：《民族——國家與暴力》，胡宗澤、趙力濤譯，生活·讀書·新知三聯書店，1998 年，第 161 頁。

〔註 10〕科爾、唐洛普、哈比森等：《工業主義的邏輯》，汪民安、陳永國、張雲鵬：《現代性基本讀本：下》，河南大學出版社，2005 年，第 512 頁。

〔註 11〕科爾、唐洛普、哈比森等：《工業主義的邏輯》，汪民安、陳永國、張雲鵬：《現代性基本讀本：下》，河南大學出版社，2005 年，第 521～522 頁。

〔註 12〕汪民安：《步入現代性》，汪民安、陳永國、張雲鵬：《現代性基本讀本：上》，河南大學出版社，2005 年，第 52 頁。

〔註 13〕蓋爾納：《民族與民族主義》，韓紅譯，中央編譯出版社，2002 年，第 53 頁。

　　「工業主義」不僅造成了複雜的勞動分工，也締造了現代社會的秩序。也就是說，整個社會因工業的統治而遵循工業的技術──物質結構與社會組成的形式。貝爾認為：「工業革命歸根結底是一種用技術秩序取代自然秩序的努力，是一種用功能和理性的技術概念置換資源和氣候的任意生態分布的努力」，「這是一個調度和編排程序的世界」，「這個世界變得技術化、理性化了」。〔註14〕因此，「工業主義」固然是指一種技術與生產形態，同時，也包括由此而來的社會形式與人格形態。置身於工業化進程中的人，不可避免地在人的屬性、人格狀態乃至生活方式上產生變化。

　　「十七年」時期的中國電影，特別是上海電影，對國家工業化的超級想像無有出其右者。我們接下來所要探討的正是「十七年」時期電影作為影像的工業主義敘述邏輯。

二、電影中「技術」的表現

　　喜劇電影大師卓別林 1936 年的影片《摩登時代》可以說代表了那個時代喜劇電影的最高峰。但將《摩登時代》僅僅評價為一部優秀的喜劇電影顯然是遠遠不夠的。不只是當時，即便現在世界各地的電影觀眾也沒有將這部影片看作是一部單純的喜劇電影，其背後對於工業時代人與機器畸形關係的呈現至今無人超越。影片《摩登時代》主要講述了 30 年代的美國處於經濟蕭條時期，失業率居高不下，工人受盡壓榨，以至於成為大機器生產中的一顆螺絲釘的悲劇故事。查理就是這樣的一個底層市民，他在一個機器隆隆的廠房裏夜以繼日地工作，以賺取微薄的收入。重複繁重的工作壓得他喘不過氣，他把人們的鼻子當成螺絲釘來擰，捲入流水線機器的皮帶裏，令人哭笑不得。查理儘管貧窮，卻很善良。他在路上搭救了流浪女，和她一起生活，家裏破爛卻又溫馨。身無分文的查理每次為了找到吃的，都會故意犯事，以便進入監牢。後來，流浪女成了歌舞紅星，他們的生活一時間有了好轉，然而好景不長，影片最後以一個開放式的較悲慘的鏡頭結尾。倘若按左翼的藝術觀來評判，這部電影無疑是一部講述個人受到資本家壓榨的典型影片。電影放大了在動盪中不可阻擋的現實條件下小人物卑微的生存處境，是對千千萬萬普通工人貧窮無奈命運的觀照，也是對以掠奪為積累方式的壟斷性經濟制度的討伐。但倘若我們仔細

〔註14〕 貝爾：《資本主義文化矛盾》，趙一凡、蒲隆、任曉晉譯，生活‧讀書‧新知三
　　　　聯書店，1989 年，第 198～199 頁。

觀看影片就會發現，影片與其說是展現了貧窮底層勞動者查理與資本家的矛盾，不如說展現了在工業化時代人與機器的矛盾，而對這點的展現也是卓別林真正偉大之所在。機器與人的戰爭使得卓別林最先看到了機器對人的佔有以及在工業化時代人被機器「使用」的悲劇。

影片《摩登時代》的背景是 1930 年左右美國工業因為機器的大量使用而使大批工人失業所引發的經濟浪潮和社會危機。機器在這裡並非人類的工具，而是大部分底層工人的敵人。影片伊始我們便能注意到，把工人和機器放置在一個鏡頭中的畫面非常多，這或許是創作者一種有意的安排。比如，當攝相機對準查理和其他工人作業的流水線時，我們強烈地感覺到似乎有一顆螺絲釘把他們牢牢拴在了生產線上，他們無法離開半步，此間產生的工人與老闆的矛盾、工人與工人之間的矛盾，全都由那條窄小的傳送帶引發。機器齒輪化身成資本效率和無情的代表，在機器運轉的轟隆聲和刺耳的換班鈴聲中，人的重要性和能動性被壓縮成小小的一團，甚至成為某種並非必要的附庸。以至於查理被當成小白鼠強迫使用「高級先進」的自動餵飯機，餵飯機的失控反諷著本應帶來便利和秩序的機械化卻使查理走向癲狂，變成一個可憐的「擰螺絲強迫症」患者，被送進精神病醫院。影片的後半段也對人和機器的尷尬格局有若干表現，如在工廠復工之後，查理和機器維修師在檢修的過程中，維修師被捲入齒輪，無法脫身。以至於一旦停電，維修師就必須待在齒輪的夾縫中吃午餐，可笑之至又發人深省。這些影像無一不在反映機器時代給普通工人帶來的恐懼與打擊。之所以在此處對《摩登時代》花不小的篇幅進行描述，是因為作為資本主義國家的美國和社會主義的中國，面對同樣的工業化運轉中機器與人的關係時，一方是以喜劇的形式加以戲謔，而另一方則以史無前例的巨大的熱情歌頌之，這不能不說是一個發人深省的悖論。

工業的發展，離不開工業技術水平的提高。工業的長遠發展，更離不開科技的支撐。在實現工業生產高指標的過程中，中共上海市委在資金有限的情況下，注重挖潛改造，將群眾的積極性引導到開展技術革新和技術革命中去，並把它作為提高生產效率、完成繁重的生產任務的重要手段。技術革新和技術革命（「雙革」運動）無疑是在「大躍進」思想指導下進行的。在「多快好省」地發展社會主義事業的總路線指引下，急於求成、追求高指標成為一種必然。因此，我們說技術革新和技術革命是「大躍進」思想的附加產物，也是「大躍進」思想有力的護航者。在技術革新中，「敢想、敢說、敢做」的口號以及「人

有多大膽，地有多大產」的思維方式都是屬於「大躍進」式的。而這樣的思維方式有力地改變了科學技術神秘莫測的形象，一時間使得工業化中的「技術」成為各種藝術門類都爭相表現的內容。

在西方思想界，對於現代社會的技術的理解，有「技術中性論」和「技術決定論」兩種思潮。越到晚近，思想界越傾向於「技術決定論」的觀點。所謂「技術決定論」，是一種認為技術根據它自身的邏輯發展，塑造人類發展而不是服務於人類目的的觀點。技術不只是解決問題的手段，而且也是倫理、政治與文化價值的體現。法國思想家埃呂爾首先表達了這種思想，他認為，技術作為一種自主性的力量，已經滲透到人類思維和日常生活的各個方面。埃呂爾破除了傳統的工具、使用兩分法，認為：「一旦技術系統被使用，它們就需要高度的一致性，而不管使用者的意圖如何。它們也統治著使用者的生活，即使使用者沒有直接控制他所使用的機器。在這個意義上，技術的後果與影響是內在於技術的，它們被設計在技術裏，而不管設計者是否完全意識到。」〔註15〕應該說，「技術」是「工業主義」的主導概念，也是構成工業形態的要素。

我們看到，在「十七年」期間上海等城市的工業題材電影中，工廠、工礦的技術革新和技術革命成為工業電影、城市電影中非常重要的題材。1960 年春，一場以手工業操作機械化、半機械化、自動化、半自動化為中心內容的技術革新和技術革命的風暴席卷了整個中國，全國各行各業掀起了一個改進工具、改進操作方法以及各種發明創造的運動。影片《春滿人間》《萬紫千紅總是春》《枯木逢春》《黃寶妹》《戰船臺》《上海英雄交響曲》等都是對技術革新和技術革命運動的反映。此時的上海電影無不體現了對這種工業化技術革新的詮釋。影片所堅持的原則是在中國共產黨領導下，堅持政治掛帥，大搞群眾運動，使技術革新和技術革命大步進行「大躍進」，正所謂「一朵鮮花不是春，萬紫千紅才是春」。

電影劇本《春滿人間》無疑是充滿「大躍進」思維的，影片開始有一段唱詞：

> 鋼水出爐紅又紅
> 煉鋼爐邊出英雄

〔註15〕 高亮華：《人文主義視野中的技術》，中國社會科學出版社，1996 年，第 15～16 頁。

比智慧

顯神通

比干勁

氣似虹

要讓鋼鐵元帥升寶帳

要替祖國建設打先鋒

要使生產大躍進

要為人民立大功

要教東風浩蕩壓西風

社會主義力量大無窮

這是一幅典型的「大躍進」式的工業化想像圖景。在「以鋼為綱」政策的帶動下，在「趕英超美」口號的鼓舞下，追求高指標是一種必然。那麼怎樣才能在最短的時間內達到最高的指標呢，答案就是進行技術革命。以影片《黃寶妹》為例，在影片《黃寶妹》中，關於「技術」的表現主要體現在「逐錠檢修」這場戲裏。這場戲圍繞黃寶妹與一個中年技術員老戴的爭執展開，爭執的焦點是黃寶妹提出由擋車女工做檢修工作，技術員堅決反對。為此，他們開展了一場「是機器掌握人還是人掌握機器」的大辯論。

技術員老戴的觀點是：第一，黃寶妹小組的機器是「老爺車」，比黃寶妹年齡還要大，要想在這種車子上出優級紗是找不出理論依據的。三線羅拉出優級紗，哪本書上都沒有說過。第二，擋車工人來做檢修工作是不可能的，每一件工作，都有它的專行。擋車工主要是看好八百只錠子，接好頭，做好清潔工作，而檢修工作是保全工人的事情。擋車工人做了檢修工作，看錠子一定會受到影響。即使黃寶妹可以逐錠檢修，其他普通工人也做不到。

黃寶妹針對技術員提出的觀點，逐一加以駁斥：第一，機器是「老爺車」，可人不是「老爺」，人是決定一切的。領導要求她們開展技術革命，找出產生二級紗的根源，從根本上消滅二級紗，爭取出優級紗。要是擋車工不懂機器、不掌握技術，還談什麼技術革命？也不可能出優級紗。第二，現在她們都實行了郝建秀工做法，斷頭比以往減少了，有時間來做這項工作。同時，黃寶妹還算了一筆賬：一個細紗車間共有 14000 個錠子，以三班來計算，有三個副工長做檢修。平均每人要看 4600 多錠，如果是擋車工人來看，只需看 240 只，這就近似於 1 比 20，更有助於出優級紗。最後，黃寶妹在工廠黨委的支持和鼓

勵下獲得成功。但實際情況是黃寶妹在中共八大二次會議前夕，曾提出過「逐錠檢修」的主張，也得到了紡織工業部領導的支持，但最終沒有成功。當時紡織女工工作強度很大，黃寶妹她們能做好本職工作就不錯了，根本沒時間來檢修機器。另外，女工們文化水平低，對修理機器是外行，學不會。那麼，為什麼以真實人物為原型的影片還要大肆渲染這個情節呢？那是因為「逐錠檢修」符合技術革新和技術革命運動的需要。在「逐錠檢修」這場戲中，黃寶妹表現出在技術革新中「敢想、敢說、敢做」的「大躍進」思維，她不顧「老爺車」的實際情況，發揮主觀能動性，硬是要在「老爺車」上生產出優級紗，這和「大躍進」的精神一脈相承。

電影《偉大的起點》中對於「技術」的展現可以說是整部影片的敘述核心。影片不僅塑造了一個典型的工業化人物形象盧忠奎，而且著重記錄了盧忠奎成長為鋼鐵英雄的技術革新之路。在「多快好省」口號的鼓舞下，華東鋼鐵八廠新任主任盧忠奎積極響應黨的號召，提出在不多花人工、不多花材料的基礎上，把原本 15 噸的爐子改成 20 噸。為此故事設置了兩條阻撓之線來展現盧忠奎這條技術革新之路的坎坷。首先是廠內職工的不贊成：以顧秋根為代表的工人害怕新技術實施不成，自己的獎金也會跟著打水漂，因而對新技術極力抵制，這些工人的想法明顯受舊上海遺存的資本主義等價勞動原則影響，是要被批判的；另外一條線是以姜師傅為代表的老工人迷信自己的老舊經驗，認為日本人和國民黨改進不了的爐子共產黨肯定也改不了，而姜師傅的思想無疑是代表新技術對立面的「老古董」，是要被扔進歷史博物館的。電影中著重刻畫的對新技術持否定態度的人物是工廠的總工程師唐承謨，當他聽到盧忠奎改進爐子的新技術時有這樣一段描寫：

> 老陸有這個意見，不奇怪，才提拔當主任，一股子熱情；可是他對技術、對理論知道的太少，他不曉得問題的複雜性、艱巨性、冒險性……不是我批評你，最近你政治上進步很快，這一點我應該向你學習，可是在技術上，我的意見還是值得你考慮的。
>
> ……
>
> 你的計算能夠比得上人家先進的資本主義國家嗎？這個爐子是美國人設計的，抗戰時期，日本人也做了幾年。人家設計的是這種樣式，規定 15 噸，那是每一塊磚都精確算過的。你現在要改成別的樣子，爐子放大，還加什麼水箱，老林，太冒險啦！我們第四季度

任務已經不容易完成，到時候完不成，爐子又垮了，雙重責任，你我負得起嗎？〔註16〕

「工業主義」與技術革新作為生活各個領域的主導邏輯，表現在各個方面。其中非常重要的一點是與政治生活的結合，即工業化、先進技術與社會政治的同構。這一時期政治正確已經不是唯一的行為準則，接納先進的生產技術也是準則之一。《偉大的起點》中的唐總工程師是政治正確的代表，但他受到批判的原因是他對新技術的態度。「十七年」期間特別是「大躍進」時期，對於「技術」的崇拜上升到了一種意識形態的高度。作為工業化宏偉藍圖的重要助推力，要想趕英超美，沒有技術革新和技術革命顯然是不可能實現的，因此盲從和浮躁之風成為主流。影片《偉大的起點》中，唐總工程師其實代表了理性和科學的態度，但在那個特定的年代裏，所有保守甚至是理性的思維都是被批判的，哪怕這個人是鋼鐵工廠的總工程師。在這場技術革新和技術革命的工業化「大躍進」中，第一個被打破的「迷信」就是知識分子，這也成了知識分子命運的一個悲情注腳。

三、人的生產與技術屬性

20 世紀 50〜70 年代，中國社會加快工業化進程的呼聲日益強烈。這與中國共產黨及其領導者對於工業化重要性的認識以及逐漸升級的工業化目標有關。如果說，中國共產黨及其領導人最初提出的工業化目標還頗為審慎、可行，那麼其後，面對嚴峻的國際國內政治、經濟形勢，人們已無暇顧及工業發展的科學尺度。對此，有學者指出：開始，制定的經濟政策是謹慎的和漸進的。即使是在第一個五年計劃開始執行後，此類問題上的觀點也沒有多少改變。1953 年，毛澤東把過渡時期的總路線概括為「要在一個相當長的時期內，基本上實現國家工業化和對農業、手工業、資本主義工商業的社會主義改造」。1954 年，毛澤東又指出「……準備在幾個五年計劃之內，將我們現在這樣一個經濟上文化上落後的國家，建設成為一個工業化的具有高度現代文化程度的偉大的國家」。1955 年 3 月，毛澤東認識到社會主義是一個漫長的過程：「……要建成為一個強大的高度社會主義工業化的國家，就需要有幾十年的艱苦努力……」但是到了 1955 年下半年，異常迅猛的農業合作化運動，幾乎一夜之間改變了中國社會的整個面貌，其後發生的「大躍進」「文化大革命」

〔註16〕艾明之：《偉大的起點》，藝術出版社，1954 年，第 58 頁。

也在此間逐漸醞釀。〔註17〕1957 年，「大躍進」口號提出後，不斷攀升的鋼產量成為工業領域「大躍進」的首要標誌。鋼產量從 1957 年的 535 萬噸增加到 1958 年的 620 萬噸、710 萬噸、850 萬噸、1 狗 100 萬噸、1 狗 070 萬噸，即比 1957 年鋼產量翻了一番。1958 年，北戴河會議正式提出：「在 1958 年到 1962 年的第二個五年計劃期間，我國將提前成為一個具有現代工業、現代農業和現代科學文化的偉大的社會主義國家，並創造向共產主義過渡的條件。」至此，中華民族急切的現代化訴求從最初的從實際出發的設想到憧憬未來的理想，急遽膨脹為關於現代化、工業化、共產主義的狂想、空想，沒有絲毫實現的可能。〔註18〕可以說，「大躍進」口號的提出徹底改變了當時中國的面貌，影響了日常生活的方方面面。就筆者所看到的資料而言，在「大躍進」開始階段，國人無不熱情激昂，滿懷積極的鬥志，對社會主義新中國的工業化建設可謂信心百倍，於是全民大煉鋼的運動被上升到了意識形態的高度。

　　1958 年 2 月 15 日，中國電影工作者聯誼會舉行主席團擴大會議，電影局局長王闌西在會上號召電影工作者「也要來個『大躍進』，以反映我們這個飛速前進的偉大時代的面貌」，並在會後，向全國電影工作者發出了一封號召「大躍進」的公開信。2 月 23 日，文化部副部長周揚在上影製片公司所屬各廠職工座談會上講話時說：「希望文藝界也要和我國的工農業生產相適應，來個『大躍進』，希望電影走在第一位，而上影又要走在全國電影界的第一位。」〔註19〕電影界「大躍進」的獨特之處在於要實施「三結合」的創作方法。「三結合」又被分為電影製片廠內和廠外的「三結合」，廠內的「三結合」是指製片廠中共黨委、群眾和專業創作人員的結合，廠外的「三結合」是指電影工作者和當地的中共領導及群眾相結合。廠內廠外「三結合」的政策對電影工作者來說無疑是個很棘手的要求。如何處理革命意識形態和電影藝術之間的關係是中國電影工作者始終面臨的一個難題。為了避免對意識形態的曲解，「以鋼為綱」成為彼時電影作品真正要表現的主題。自 1958 年 6 月中下旬開始，上海整個工業生產完全轉到了「為鋼而戰」「一切為鋼帥讓路」的軌道上，為了實現 120 萬噸產鋼計劃，全市繼續擴大鋼鐵企業的基建規模。「一切為鋼帥讓路」成了國家工業化建設的主導思想。「大躍進」影響下的生活對當時的電影創作起到了決定性的作

〔註17〕 麥克法誇爾、費正清：《劍橋中華人民共和國史（1966〜1982）》，李向前、曠昕、韓鋼等譯，海南出版社，1992 年，第 21〜25 頁。
〔註18〕 丁守和：《二十世紀中國史綱》，河南人民出版社，1994 年，第 630〜635 頁。
〔註19〕 《上影打破常規帶頭躍進》，《解放日報》1958 年 2 月 24 日。

用。以上海為例，1958 年 8 月 15 日，中共上海市委向全市各條戰線發出「躍進再躍進」的號召書，樹立和表彰江南造船廠、上鋼一廠等工業戰線「八面紅旗」，掀起全市「比思想、比作風、比智慧、比干勁」的活動熱潮。因此一大批反映「大躍進」口號下工業化建設的電影作品被拍攝，這些電影的大批量生產想要達到的目標很簡單：影響人們的正常生活，進而讓他們認同電影中表現出的主題。當時的上海電影塑造出了數量眾多的「英雄勞模」形象，而這些「英雄勞模」最主要的特點就是具有典型的生產和技術屬性。

電影劇本《偉大的起點》中的聶部長在「以鋼為綱」的口號下滿腦子裏只剩下了鋼的聲音：「……國家需要鋼！我們的橋樑、鋼鐵、機器、國防都喊出這個聲音：鋼！鋼！鋼……」在這裡，聶部長是作為中共領導人的代表出現的。在政治掛帥的統籌下，陸忠奎被塑造成了一個典型的「勞模」形象。在和聶部長談心的過程中被問及為何還沒有結婚時，陸忠奎的回答是：「忙啊，聶部長，工作忙不完啊！以前討不起老婆，現在是沒有時間討老婆。」可以說，英雄形象陸忠奎所具有的是典型工業化人格屬性。在此時的上海電影中，工業化人格的塑造可謂一時之主流，比如《千萬不要忘記》《家庭問題》《幸福》《黃寶妹》《三八河邊》《上海英雄交響曲》等影片中無不塑造了一個個極具工業化人格屬性的人物。不獨電影，文學、話劇等藝術形式也極力展現人物的工業化屬性。有人描述話劇《激流勇進》中的美學特徵：「首先在流暢性上，體現了『線的流動』之美，其次，劇中主人公王剛的出場極富視覺衝擊力，體現出雕塑性中的『立體之美』。他站在風馳電掣的火車頭上，身上的衣服隨風揚起，那豪邁的氣勢，如『特寫』一般震撼著觀眾的心靈。」〔註20〕所謂「流暢性」和「雕塑性」是該劇導演黃佐臨提出的傳統戲曲的美學特徵。在這裡，成為對於王剛「力」的工業人格的表現方法。黃佐臨將傳統戲曲美學特徵概括為「流暢性」「伸縮性」「雕塑性」「規例性」（即程式化）。〔註21〕

還有另一種情況，有些性格是不屬於工業人格的，不便將其作為先進人物來寫。比如在樣板戲《海港》初排時，江青就不滿飾演劇中人物金樹英（後改名為方海珍）的演員——蔡瑤姺的形象：「金樹英像個大學生、小學教員，毫無緊張氣氛，總是笑眯眯的……」〔註22〕如前所述，是否具有「工業技術性人格」，

〔註20〕丁羅男：《上海話劇百年史述》，廣西師範大學出版社，2008 年，第 242 頁。
〔註21〕黃佐臨：《導演的話》，上海文藝出版社，1979 年，第 143 頁。
〔註22〕戴嘉枋：《樣板戲的風風雨雨》，知識出版社，1995 年，第 98 頁。

在於其性格和身體是否具有完全的「生產性」。在社會主義工業化社會中，「人」作為完全的生產力，必然要拋棄人性中除「生產」以外的其他內容，或者說，除「生產」以外的人性內容根本就不存在。落後人物，或者說「非生產性人格」的主要問題，就在於其性格中或生活方面有著較多的「非生產」內容。在多數作品中，確保人物作為生產力的體現，大致有以下方面：題材上的「非生活化」特徵、人物性格上的「強猛」特徵、性別敍述上的「雄化」特徵、群體關係上的「非家庭化」特徵、人物身體上的「勞動力」特徵等。還有雖然經常被賦予「政治上的先進性意義」，但同時卻是典型的清教徒式的資本主義性格──節儉，等等。

大多數「先進」人物的「先進性」，體現在私人生活與工業生產之間的連帶關係上，即日常生活的工業邏輯化。正面人物往往有很高的技術水準，其人格、品性也是通過對技術的掌握、發揮而表現的。因此，理想的人格形態應該是一種典型的工業或技術人格，即工業形態、技術邏輯與個人性格存在著一致性。如《黃寶妹》中，別人眼中黃寶妹和機器的感情就很有意思：「有人說黃寶妹是車子的保姆。是的，不管人家怎麼說這是部老爺車子，但我總看見她像保姆對待孩子一樣地愛護它。」這是工業化邏輯侵入個人生活的一個事實，也是個人生活形態和個人屬性完全從屬於工業邏輯的表現，它使個人生活變成了明朗的工業生產的「公共性」領域。在這種侵入之下，個人生活的其他內容就不存在了。一部別人眼裏該被淘汰的老爺車在黃寶妹的心中就像自己的孩子一樣重要，這是工業化人格的集中體現。「工業主義」邏輯，使具有工業人格的人物，分別在倫理、政治等方面形成強大優勢；反過來，不具有工業人格的人物，也同時被剝奪了倫理、政治優勢，乃至倫理身份。後者通常就是我們所說的落後人物，其是作為與工業性人格對立的形式出現的。落後人物的落後之處在於其「非生產性」。也就是說，人物是否具有先進性，取決於其有沒有生產特性。所以，落後人物總是與吃吃喝喝等消費性生活而不是與生產有關，他們的思想中總是出現享樂主義和等價主義的觀念。

另外，對於人物身體與性格方面的「工業化」描寫更是常見。工業生產性人物的身體，通常被寫成體格健壯而充滿力感。也就是說，不論男女，都必須在形體上具有「雄性」特徵。這裡，我們有必要辨析一下。在對待這一時期藝術中的人物身體感的時候，學者們常常強調人物的「無身體感」和「無性別化」。這是對當時藝術狀況的一般描述。在談到女性的身體感的時候，通常認

為其體現了「泯滅性別」的「無性化」處理，這源於當時社會的「性禁忌」和「性缺乏」。這種看法並不完全正確。事實上，這一時期的電影也強調「身體」，但強調的是「健康的身體」和「從事生產的身體」。另外，這時電影「身體」上的意義，不是作為「肉」的，也不是作為「靈」的，而是完全作為「生產力」的。身體的「無性化」，特別是女性形象的「無性化」，是人物身上體現的一種工業時代的「身體政治」，即以身體「雄性感」突顯人物的「生產性」。否則，如果我們僅僅從「性別」意義上過於誇大這一時期文學的「無性別」現象，就會忽略與女性「無性化」同時存在的其他現象，如強調身體的強壯，以及其他派生特徵。比如「文革」期間樣板戲中的女性形象一般很少有柔弱、嫵媚等特徵（反面人物除外），通常都充滿了雄性特徵，其性格、語言等方面無不和男性趨同。身體上的無性別實際上使得女性的「主體」消亡了。

由於在這一時期，以人物的身體特徵來判斷人物是否具有工業人格，是否具有「生產性」的作品比比皆是，因此我們有必要思索，通過身體來表現「生產性」是如何變成可能的？即身體特徵如何反映著社會的政治經濟學意義？在傳統時代，身體被看作是一種罪惡而存在。不管是中國古代，還是歐洲中世紀，身體的能量都被限定在生殖的範圍裏。也就是說，身體本身沒有存在的意義，它必須服從於一種社會責任。在當時，最主要的社會責任就是「生殖」。因此，在相當長的時間裏，在各種藝術門類中，關於身體的美都與生殖有關。身體的另一個社會意義是「生產」，即我們通常所讚美的體格健壯對於社會生產的作用，譬如男耕女織等。在工業時代，資本主義的社會化勞動也對身體提出了要求，比如體格檢查，已經作為單位准入制度中的一個內容，成為社會的基本慣例。因此，不管是傳統社會還是工業時代，身體都包含著「生產」屬性，要麼是身體的再生產，即生殖，要麼是對物質的生產。韋伯和福柯都已經闡釋過，身體是一種機器。在工業時代，工業化和技術生產是最大的政治經濟權力。工業化既然成為當代中國城市最重要的現代性要求，人的生產屬性成為最重要的現代性特徵，那麼，身體作為一種生產力，也就相應地必須具備工業生產對其的要求。比如影片《萬紫千紅總是春》中先進婦女無不渾身充滿了使不完的幹勁，而落後分子姚月仙、伍美珍等則不具備生產屬性，不是耳朵嗡嗡叫就是腦子記不住東西。

我們觀察「十七年」和「文革」時期展現國家工業化的電影，會發現代表知識分子存在的「眼鏡」通常是作為反面意象存在的。原因很簡單，在展現國

家工業化中人的生產和技術屬性的時候，戴眼鏡的知識分子是最不具備生產屬性的。對於知識分子命運的思考不能忽略「十七年」和「文革」電影中對於「眼鏡」的批判。

「文革」中知識分子無疑是受到打擊最嚴重的群體之一，可如果我們往前追溯就會發現知識分子悲慘命運的開始不僅僅起始於「文革」。縱觀 1949 年至今的整個中華人民共和國史會發現知識分子的命運是個大課題，我們在這部分討論的僅限於「十七年」特別是「大躍進」時期的上海電影中展現的知識分子的命運。

電影劇本《萬紫千紅總是春》中對蔡桂貞的丈夫鄭寶卿有一段描寫：「他瘦高個兒，長方臉，細眉，腫眼泡，高鼻樑上架著一副沒鑲邊的眼鏡。現在，雖然還是初秋，而他的死板的臉上，卻好像抹上了一層嚴霜。」〔註23〕在劇本中，類似的對人物形象的細節描寫並不多，而這一段是最詳細、最耐人尋味的了。與此相對應地，在影片中他的人物出場方式也最為考究。鄰居家孩子摔碎了金魚缸，發出響聲，畫外傳來鄭寶卿的厲聲責問，而所有人噤若寒蟬。這種未見其人先聞其聲的虛出場處理方法，激發了觀眾對於未出場人物的興趣，常常用在必要的重點人物身上，是一種強調的技巧。接下來沉浮導演的處理進一步放大了對他的呈現。鄭寶卿催問桂貞上裝是否洗好，伴隨桂貞進入房間，鄭寶卿以影子的方式進一步出場，突出放大觀眾對人物的興趣。而侄女、兒子端著洗漱用品魚貫而入的場面調度，能夠讓人感覺到鄭寶卿的封建落後性。所有這些在人物實出場之前都已經得到了充分的交代和塑造，能夠看出導演對這個人物的重視。

即便如此，對於鄭寶卿的突出呈現還沒有結束。影片接下來以近景表現了他所使用的對象：筆記本、鋼筆、手絹、手錶。從這些道具細節中，觀眾可以猜測它們主人的身份：大致是一位知識分子。果然，鏡頭跟隨桂貞向右搖攝後，鄭寶卿終於中景出場：梳著分頭，戴眼鏡，著中山裝，左胸前插著鋼筆，正在繫鞋帶。桂貞伺候他帶上手錶，交還買菜剩下的零錢，為他整理上裝。人物實出場後的敘事內容能夠塑造出人物獨裁霸道、自私的性格特徵，這些特徵也在後面的多場戲中得到進一步刻畫。

作為影片中為數不多的男性形象，鄭寶卿在劇中是作為一個受到批判的

〔註23〕沉浮、瞿白音、田念萱：《萬紫千紅總是春》，上海文藝出版社，1960 年，第7 頁。

反面角色存在的。在妻子蔡桂貞參與合作化生產社的過程中，鄭寶卿百般阻撓，直至妻子提出離婚以脫離他的鉗制。和影片中其他人物形象不同的是，對於合作化生產，鄭寶卿始終以冷眼觀之，保持了一個知識分子冷靜的心態。可是在「大躍進」的革命背景，戴眼鏡的鄭寶卿是不具備生產屬性的，被作為反面人物處理也在情理之中。在當時的上海電影中，與《萬紫千紅總是春》中戴眼鏡的角色類似的形象並不少見，《春滿人間》中戴眼鏡的女秘書、《枯木逢春》中戴眼鏡的劉翔等都作為被批判和被改造的對象存在。而這些戴著眼鏡的知識分子是那個「大躍進」口號壓倒一切的時代最悲哀的理性存在。

附錄　幾種著作的「序」與「後記」

一、《北京敘述：帝都、家園與現代性》後記〔註1〕

　　正所謂每個人有每個人的巴黎一樣，每個人都有每個人的北京。

　　我在北京所居住的地方，叫朝陽區。一般來說，熱愛老北京的，比較不在意這個區。在老北京的內城城門中，有一個被喚做「朝陽門」。這是明代的名字。後來的朝陽區也因而得名。但是，在一些關於老北京的近現代文學與電影作品中，它總是被叫做「齊化門」，北京話發音為「齊霍（輕聲）門兒」。這是元代的叫法。我曾經納悶，為什麼「朝陽門」如此不受待見？即使到了民國時期，還得被人叫做元代的名稱？看起來，朝陽區是不被人作為「老北京」看的。

　　說到朝陽區，在過去人的想法中，是被當作鄉下的。在林海音的《城南舊事》中，私生的胎兒屍體，要被扔在朝陽門的外面。遠的不說，按照清代建制，在順天府轄區中，它先屬大興縣，後改屬通州府。直到新中國成立後，才改稱「東郊區」。你可以想見，在人們對於老北京的認知中，這個地區原來是多麼不重要！儘管在區劃方面，北土城一帶、日壇等都在朝陽區。我曾經主編過一本《北京文學地圖》，把文學家們對於老北京的記述進行了梳理。在這本書中，朝陽區進入文人們記述中的，只有作為鄉野的通惠河、二閘之類。同是郊區，別說海淀了，還不如門頭溝呢！畢竟，海淀綿延著數十里的皇家園林，而門頭溝，也有著運煤進城的駱駝隊。即連朝陽區的永通橋（就是英法聯軍與僧格林

〔註1〕《北京敘述：帝都、家園與現代性》，張鴻聲主編，北京大學出版社 2021 年版。

沁激戰的八里橋），都還被當作通州來記述。也就是說，文學中的朝陽，基本不在文學文本（也包括圖畫、建築、影像等文本）中的北京記述當中。

不過，到了 90 年代，朝陽區變得熱鬧起來。先是北京建設國貿，後逐漸擴大成了 CBD，朝陽區的大北窯成了核心區。之後，CBD 不斷蔓延，擴大到了東三環、東四環。據說，還要擴大到東五環（就是被人戲稱為「你比六環少一環」的地方）。這裡滿布著全球最耀眼的跨國公司、國際機構總部、傳媒巨頭，有著當今北京最具奢侈的、消費性的商場、酒吧、影劇院，有著最國際化的外交使館與公寓，還有著數不清的時尚藝術區，像「798」、「751」、朗園等等。再往後，亞運、奧運來了，朝陽區的北四環、北五環又成了國際性的競技場。鳥巢、水立方（還有現在的冰絲帶），以及「人民日報」新樓與央視的「大褲衩」等全球化符號的實驗性建築建成，在文本方面，成為敘述新北京的最有效的符碼。再往後，文學、影視中的朝陽區紛紛出現。比如邱華棟的小說，基本上是以東三環附近為核心的。趙寶剛等人的各種青春、言情等都市影視劇，也都以 CBD 為取景地。朝陽區，真可謂國際性、全球化的「新北京」的敘述中心。

朝陽區還具有鮮明的社會主義城市性質，至今依稀可見。新中國成立之後，北京在復興門外的西郊與建國門外的東郊建立了許多工廠。在朝陽，有煉焦化學廠、棉紡廠、齒輪廠等等，還有後來的電子企業，是名副其實的工業區，也是社會主義新北京的符號。雖然，到 90 年代之後，大量工廠外遷，但還是留下來多如牛毛的具有包豪斯風格的老廠房。之後，這些被廢棄的廠房被作為了「文化創意產業試驗區」，又成了時尚區域。但是，這一區域的社會主義形態遺留仍然可見。比如大量的原工業人群，構成了「朝陽群眾」的主體，至今還存留著某種「工業倫理」。據說，「朝陽群眾」還被看作與美國中情局一樣的存在，履行著國家的安全職責。從社會主義國家工業化意義，到全球化的消費概念，朝陽區至少完成了這兩個意義的敘述。

由此，我想，「北京」不僅僅是一個物理性的存在，它也是被我們敘述出來的概念性的意義體。不同時期，我們對於「北京」有不同的敘述。我曾經跟人說，北京這個地方，看你怎麼敘述它了。你怎麼敘述它，它就是什麼。還是說 CBD 吧。它的洋名簡稱是 CBD；它的中文正經名稱，叫「國貿」；而它的地方性名稱，喚做「大北窯」。因為這裡原本就是磚窯廠，既遙遠又低端，土得掉渣。這樣一來，地方性的、國家性的、全球性的名字，被不同的人叫來叫去。其中的故事，當然也被人講來講去，但都是朝陽或者京東一帶的敘述。

　　既然朝陽是這般被敘述出來的，那麼，整個北京，不也是被敘述出來的嗎？那麼，我們近現代、現當代的文學，又是如何敘述北京的呢？又是賦予北京什麼樣的概念性的意義呢？這正是本書要討論的問題。在整體的敘述中，由於我們的敘述，北京成為了什麼樣的意義體呢？我長時間做文學中的上海、北京城市形象研究，其實，與上海一樣，北京也被一百多年來的文學賦予了很多意義。其中，有本地性的，有國家性的，也有國際性的。有作為帝都的形象，像那些想像存在或不存在的皇城故事，直到現在，仍蜿蜒不絕；也有被五四啟蒙知識分子當作「死城」，甚至是「邊疆」「沙漠」的北京，這大抵是在 20 世紀的 30 年代；有被中國文人當作永恆家園的，特別是 30 年代的南方、上海文人，對它竭盡熱忱地嚮往。當然，還有社會主義首都的，從 50 年代直到王朔記錄北京大院的時代；還有全球化的時尚的 CBD 時代，被邱華棟以及無數影視劇當作消費性的場景。這些都是北京，卻又是不同的北京城市形象。從這個角度說，現在呈現在讀者面前的著作，其實也是用學術的方法解析我個人的生活感受而已。

　　本書最初的學術緣起，是我主持的一項北京市社科基金項目，合著者還有我的博士後王一波與我的博士生吳鵬。本書在寫作過程中，得到了張泉等先生、北京市社科規劃辦、北京大學出版社、中國傳媒大學人文學院等的支持，在此謹致謝意。感謝責編張雅秋老師，總是勞她大老遠從海淀跑到朝陽，與我商量書稿。每次說到會意之處，雅秋咯咯的笑個不停。感謝孫傑先生，他給我許多朝陽的知識。現在，書稿好與不好，對我來說，只要對得住他們就行。

張鴻聲，2016 年　北京

二、《南京文學地圖》後記〔註2〕

　　我喜好城市地理，又兼研究城市文學。2011 年的時候，中國地圖出版社與我商談，說是否能做成一部以近現代文學對北京城市的敘述為對象，以北京城市地理為脈絡的隨筆式文化著作。既能作為隨筆散文來看，也能作為文學旅遊的導讀。所以，我就主編了文化著作《北京文學地圖》。這之後，出版社又力勸我再主編一本《上海文學地圖》，也於 2012 年出版。兩本書出版後，雖然出版社好友一再邀約編寫其他城市的文學地圖，但我因工作崗位的變動，逐漸

〔註 2〕《南京文學地圖》，張鴻聲主編，北京大學出版社 2022 年版。

懶惰。大約五年前，一些朋友覺得，以中國之大，以文學敘述城市的作品極多，還有若干個文學城市的地圖需要去發現。於是，對於南京、蘇州、杭州、成都的「文學地圖」編寫又開始了。陸陸續續，《成都文學地圖》和《南京文學地圖》已由北京大學出版社出版，關於蘇、杭的兩本書也即將出版。

這四本書，考慮到篇製方面的統一性，只有我寫的一個總序，每本書並無後記。但是，對於南京一書的編寫，因為我們家曾在南京居住，這種久遠而模糊的記憶又被召喚出來了。所以，在編著階段，就百感交集。在《南京文學地圖》出版之時，雖然不能將這種感念寫進後記，但還是有觸而發，就當是一篇短文，單獨寫下來，紀念一下。

說道我們家與南京的關聯，其實，說的就是我的父母。

父親是河北省張家口人，就當年而言，其實是察哈爾省人。現在的河北省境，在民國時期，還包括了當時的察哈爾省、熱河省、綏遠省若干地方。察哈爾省，常被簡稱為「察省」，即所謂「晉察冀邊區」的「察」。其名，因蒙人之一部而來，多蒙人。老實說，現在隸屬於北京的延慶區，在民國時期，亦隸屬察省。

我家先祖原居山西大同一帶，清末遷居察哈爾，納地置產，遂成鄉紳。這是清代山西人「走東口」常見的路線。因為這種情況，張家口話大體屬於晉方言，我父親也說一口混合性的山西話（嚴格的說，北京的延慶也屬於晉方言區）。祖父是察省愛國士紳，寬厚而豪俠，喜交遊且廣人緣。在日本軍隊攻佔察省，曾有維持地方之舉。有晉察冀抗日部隊路經，則常常殺豬宰羊，置酒備盞，招待義軍；還為邊區部隊籌措物資，一時頗得聲譽。我父親出生在察省的赤城縣，後來遷往省垣，抗戰勝利後參加革命。為了表示和舊家族決裂，連姓也改了。之後，到石家莊考入華北軍政大學，未畢業即參軍，並在 1949 年隨軍到了南京。

1951 年，在原華北、華東軍政大學的基礎上，赫赫有名的南京軍事學院成立。大約因為在華北軍政大學讀過書的原因，父親就到了南京軍事學院工作，在訓練部做參謀。

母親是南方人，與河北省完全不搭。母親一系，大概在湖北省的荊州地區，人口眾多。自外曾祖父以下，估計約有百餘口。在漢陽、武昌、洪湖、嘉魚、沔陽、沙洋、漢川、天門一帶，親眷極多。我小時候，最怕去湖北見親戚。因為姨媽、舅、姨夫、嬸娘等等，實在太多了，根本認不全，經常叫錯人。若說

是血親、姻親的平輩，那就更多了。因為怕叫錯，見面只能哼哼幾聲，就算是打過招呼了。母親少時在沔陽讀過師範，算是小知。我後來翻看母親的老照片，有她與師範同學的合影，一眾男生，只有她一個女孩兒。這種情形，今天是很難想見的。湖北剛剛解放的時候，師範畢業的母親就參了軍。幾轉幾折，也到了南京軍事學院，在隊列部做文秘工作，部長是吳華奪少將。

兩個青年男女，都在南京軍事學院工作，於是相識、戀愛、結婚、生子。這樣一來，我們家在南京的一段生活就開始了。

由於剛剛解放，新中國百業待興。南京軍事學院並沒有新建校園，而是使用了黃浦路上原國民黨時期的國防部和陸軍軍官學校的院落，毗鄰紫金山麓。這一處院落，往早了說，是清末的陸軍學校。1928 年國民政府在南京建立，開設陸軍軍官學校，便徵用了滿清時期的老三層大樓（俗稱「一字樓」）作為辦公樓。同時，又拆了一些老舊房子，興建了大禮堂、憩廬等建築。其中，大禮堂甚為有名，1928 年設計建成，採用法國古典主義樣式，坡頂，金屬瓦。正柱廊立面門廊廣大，有八根柱子，兩柱一組，柱頭為愛奧尼亞柱式，形成柱廊。後有三個拱門，拱券非常漂亮。之上還有鐘樓。大禮堂有一段最為光輝的歷史，侵華日軍向中國政府無條件投降的典禮即在此舉行。在大禮堂布置成的受降大廳，岡村寧次向中國陸軍總司令何應欽上將遞交投降書。至於憩廬，其實就是蔣介石的公館。因為他兼過陸軍軍官學校的校長，也算是校長官邸吧。

父親是來自塞上省份的北方人，生性拘訥，又兼軍人本色，一點也不文藝。對於南京的南國風情，以及他天天上班要去的老洋房，好像沒什麼感覺。只是聽他說過見到木地板、水門汀時的新鮮，說的無趣，我們聽著尷尬的，也不多問。當然，據說也有風光的時候。剛到南京，騎著馬在南京的街巷執勤，遇著南京的男女青年，常被簇擁，有時還有人獻花。

與父親不同，作為南方人，母親在南京就愜意多了。翻看她過去的老照片，一冊冊，多是她與同事們周末在南京各處遊玩的記錄。所謂「同事」，就是軍事學院的女職工，其實也就是一幫子 20 多歲的女孩兒，大多是南方人。既未脫這個年齡的稚氣，又兼有讀過書的小文資範兒，喜歡南京的山山水水，結伴遊娛，與現在的年輕女性差不多。我見到的母親老照片裏，遊覽最多的，應該是玄武湖、靈谷寺、明故宮、孝陵衛等，因為離得近。照片中還經常出現譚延闓的墓，但我估計她也不知道墓中埋的是何人。我特別感觸的是，彼時的玄武湖滿植荷蓮，之茂、之密，與現在的海淀諸園差不多。在遊玄武湖的

照片中，母親好像經常是劃槳人。其實，一條大船，上面坐了十幾個女生，她哪裏劃得動？根本就是擺拍嘛！還有更有趣的。在靈谷寺拍的照片裏，一群女生合影，竟有四、五個爬上了大銅香爐的爐頂，做姿擺勢，上下簇成一團，煞是可笑。

到了1955年，我的大姐出生。因為是在南京生的，取名「紅寧」。「紅」當然是革命血脈的意思，「寧」就是南京了。之後，母親被學校保送上海外國語學院讀俄語，周末往返於寧、滬之間。學業繁重，又兼在異地上學，孩子也只能送回湖北老家了。母親的影冊裏，南京的照片減少，上海的開始多起來了。1959年，父親轉業，服從組織的安排，到了河南開封工作。母親在大學畢業之後，也於次年來到開封，在當時的開封師範學院（現在的河南大學）外語系任教，講授俄語。自此，我們家與南京的關係，就只在相冊裏了。再往後若干年，我二姐和我出生。

現在想來，在我已經的歲月裏，河北、湖北、河南、北京等地，都記錄在各式表格、檔案、文書裏。甚至是山西，我都想考據一下先祖「走東口」的來由。獨獨南京，沒有任何印跡。直到現在，我正確的籍貫地，還是河北赤城，雖然我一次也沒有去過。那南京呢？那南京呢？南京之於我們家，當然主要是我的父母，有著難於湮滅的生命印記。你想想，一對青年剛剛成熟，他們參加工作、生兒育女的城市，怎麼能不重要呢？特別是我的母親，南京歲月，可能是她一生最大的精神依託。再說我了。過去，除了出差、開會、旅行，南京對於我只是一個研究、觀察的對象，並無太多私性的關聯。但是，這次主編《南京文學地圖》，一方面扒梳文本的資料，一方面翻檢家裏的老照片，竟與南京有了某種精神邂逅的感覺。我曾找了若干張父母在南京的老照片，準備作為書中的插圖。當然，由於整個叢書的一致性，照片也沒有用上。不過，編就這本《南京文學地圖》，一方面是我的學術性工作，另一方面，也是從我們家的角度，對理解這個城市，做一個注腳。

現在，讀者手持《南京文學地圖》，是在閱讀南京；作為主編的我，看到這本書，也是在回念我的家世。所以，既完成了一份工作，又作了一次家族的精神旅行。欣喜與感傷，兩者都在其中了。

張鴻聲，2018年 北京

三、《城市文學地圖》叢書總序〔註3〕

關於本叢書，得從九年前說起。

2011 年的時候，中國地圖出版社約我主編一本《北京文學地圖》。當時，我主持了一個北京市的文化產業的項目，是關於北京文學旅遊方面的。項目完成後，團隊成員們都覺得意猶未盡，要說的題外話還很多，而且，比之項目本身還更有意思。之後，中國地圖出版社的幾位領導也極有興趣，一再與我商談，看是否能做成一部以近現代文學對北京城市的敘述為對象，以北京城市地理為脈絡的隨筆式文化著作。既能作為隨筆散文來看，也能作為文學旅遊的導讀。

其實，這一類著作，在國外並不少見。比如，哈羅德‧布魯姆（Harold Bloom）就主編有《巴黎文學地圖》、《紐約文學地圖》、《都柏林文學地圖》、《倫敦文學地圖》、《羅馬文學地圖》、《聖彼得堡文學地圖》等等。哈羅德‧布魯姆是大名鼎鼎的文學理論家、批評家，執教於耶魯、哈佛，其《影響的焦慮》是文藝研究的必讀書。不過，哈羅德‧布魯姆主編的這幾本書，主要是敘述作家在城市中的行至。雖然也涉及到作家對於城市空間的描繪，但不是最重要的。另外，討論「文學中的城市」而又兼及旅遊功能的讀物也有。陳思和先生曾談起，他在訪問日本東京的時候，有朋友給他看了一幅真的地圖，圖上標出了許多著名作家的行旅路線。日本學術界和文化界在文學旅遊方面的成果豐贍。其中，尤以京都大學為甚。2016 年，我參加在京都舉辦的東亞漢學會會議，還順道去查找過相關資料。我們不敢望前賢之高，但比之同類著作，《北京文學地圖》也有不同的地方。其獨特之處是，完全以作家的城市敘述為主。由於編寫團隊都是大學文學院的學者，既有文學研究功底，也擅長散文寫作。所以，按我的想法，著作立意與論述的蘊藉，來自深厚的學術研究；而文字的輕快與優美，又屬於散文創作。在闡明了學理性觀念後，還達到了文學性，以及旅遊的實用性。

關於這一點，陳平原先生在給《北京文學地圖》的序中說的非常準確，不妨在這裡引錄一下：

> 記得當初在《「五方雜處」說北京》（《書城 2002 年 3 期》）中，我提及如何兼及深度旅遊與文學閱讀，還專門介紹了 Ian Cunninham 編纂的《作家的倫敦》（Writers' London, London: Prion Books Ltd.

〔註 3〕「城市文學地圖系列」，張鴻聲主編，北京大學出版社 2019～2022 年。

2001）、馬爾坎‧布萊德貝里（Malcolm Bradbury）的《文學地圖》
（臺北：昭明出版社，2000），以及日本學者木之內誠《上海歷史導
遊地圖》（東京：大修館書店，1999），並大發感慨：「曾在不同場合
煽風點火，希望有人步木之內先生後塵，為北京編著『歷史導遊地
圖』，可惜至今沒人接這個茬。」事後證明，我屬於只會空想、執行
力很差的書齋人物。因為不斷有讀過此文者，邀約以文學家的眼光
寫一冊「北京旅遊指南」，我都臨陣退卻——不是沒興趣，而是雜事
繁多，擔心答應下來，不知何年何月才能完成。

　　現在好了，張鴻聲教授的團隊實現了我的夢想，讓早已消逝在
歷史深處的老舍的太平湖、蔡元培的孔德學校，以及只剩下遺址供
人憑弔的圓明園、前門火車站，還有雖巍然屹立卻也飽經滄桑的鍾
鼓樓、琉璃廠等，以簡明扼要而不失豐滿的敘述呈現在讀者面前。
我曾經說過，「雖有文明史建構文學史敘述的考慮，但我更希望像波
德萊爾觀察巴黎、狄更斯描寫倫敦那樣，理解北京這座城市的七情
六欲、喜怒哀樂。如此兼及歷史與文學的研究角度，當然是我自己
的學科背景決定的。」本書作者與我學識及志趣相近，故所撰不同
於一般的文化史著作，帶有濃厚的文學色彩。

　關於《北京文學地圖》，陳平原先生不免抬愛，有些話說的我都不好意思。
但是，對於這本書的立意、類型與文學風格，卻又說的非常精到。

　　這之後，出版社又力勸我再做一本《上海文學地圖》。我原本的專業研究，
多是以上海文學為對象的，所以也就更方便一些。在 2012 年底，《上海文學地
圖》也出版了。因為已經有了《北京文學地圖》的寫作經驗，《上海文學地圖》
的編寫就更紮實，材料也更多。陳思和先生給《上海文學地圖》作序，內中，
他考查了書中涉及的巴黎大戲院、長樂路的文化藝術出版社、寶山路的商務印
書館等文藝舊址，頗顯考據工夫。他說：

　　　王國維考據學提出二重證據法，即「地下之材料」與「紙上之
　　材料」的二重互證。我想人的經驗在尚未消失之前，深藏於腦海深
　　處，如同深埋於地底下，把這些經驗寫出來也如同出土文物一般，
　　若再與書中描寫的細節兩相對照，亦可證其說不虛。

　　陳思和先生關注材料方面的考據。序中還說此書有「考據」的成分，則真
是誇獎了：

　　這樣的書閱讀起來真是有趣味，每一章、每一節，鴻聲教授與他的團隊都做了認真的考據，結合文學作品的描寫，將歷史的上海和文學的上海互為見證。

　　除此之外，兩本「地圖」的趣味性也是重要特色。我在《北京文學地圖》的「後記」中說了一段話：「既可以按照城市地理，尋找北京的文學故事。又可以在文學中，發現北京的城市內奧；面對北京的一磚一瓦，見出別樣的光輝。說俗一點，既可以是『北京的文學遊』，又可以說是『遊覽』了北京的文學。」因為趣味的關係，我當時還給兩本書題了書名，儘管當時我的書法比較糟糕。

　　《北京文學地圖》出版之後，在不長的時間裏，第一版第一次印刷就告售罄。很快，出版社就進行了第二次印刷。之後，出版社還出了一種普及本。期間，不斷有朋友向我索取，樣書很快也送完了，我只好在網上購買再送朋友。很快，網上也沒有書了。當時，出版社還有繼續做下去的動議，兩本書的封面還有「城市文學地圖系列叢書」字樣，只是我實在沒有精力去做了。後來，我在訪問臺灣幾所大學的時候，談起這兩本書，臺灣的教授朋友們非常有興趣，還說以後到大陸來，要拿著書作為遊覽北京、上海的「攻略」。我聽了心下一驚，不免暗暗叫苦：倘若書中某處寫的不準確，把人家領錯了路怎麼辦呐！由於臺灣朋友的推薦，臺灣著名的五南出版社編輯惠娟女士多次與我商談臺灣版的問題，並約定在下一次訪問臺灣時詳說細節。只不過，因為諸事煩擾，約定的出訪沒有成行，臺灣版的事情也就沒有跟進。之後，因為各種事情耽誤，後續的工程也擱下了。這一擱，就是五年。

　　大約在 2017 年的時候，我的一部專著《城市現代性的另一種表達》在北京大學出版社出版。因為後期編校的原因，我與北京大學出版社的張雅秋老師——也是我多年的朋友——常常要見面，或者她來朝陽，或者我去海淀，就說起「地圖」的事情。她覺得，這一套「文學地圖」實在應該做下去。雖然北京、上海兩個城市的「文學地圖」已經完成，可是，以中國這樣偉大的文學國度，還有若干個文學城市的地圖需要去發現。這中間，我在校內也換了崗位，相對有了餘裕，於是，對於南京、蘇州、杭州、成都的「文學地圖」編寫又開始了。雖然有此前兩本書的寫作經驗，但是，對於寧、蘇、杭、蓉等文學城市的認知可能更加複雜。一來，與上海比較，寧、蘇、杭等城市的文學敘述多屬古代文學，需要寫作團隊深厚的古典文學功力；二來，所涉及文學作品，多是散在的小型篇製，資料的查找有較大困難。而成都呢，可講的作家文字又不太夠，且

還集中於李劼人。整個材料體量很不均勻。所有這些,都構成了寫作的困難。好在有兩個力量不斷使我增加了信心,一是北京大學出版社的支持,特別是雅秋的不斷督促;二是,一眾古典文學學者加入進來,而且,他們多有在蘇州、杭州、南京、成都生長、讀書乃至工作的經歷。在這裡,要深深感謝各方面。

關於寧、蘇、杭、蓉等城市文學地圖,除卻與北京、上海兩書的共有性之外,還有兩個特點。一是大量講敘城市的文學故事,並由故事帶出文學地理。比如杭州,就有白居易與白堤、蘇東坡與蘇堤、林逋與孤山、蘇小小與西泠、梁祝與鳳凰山,還有《白蛇傳》與斷橋、雷峰塔,以及李叔同與虎跑等等;二是,比之北京、上海兩書,因城而異,涉及的文學文體與年代更加多元。比如,文學的北京、上海,由於是核心城市,除了傳統文體,其所涉及的當代流行歌曲、影視作品也很多。而在寧、蘇、杭文學地圖中,除卻詩歌、戲劇、散文、小說、典籍、史志之外,更多的是古代的雜記、筆記、掌故。而且,民間故事也佔了相當篇幅。另外,涉及當代文學的部分也更多,如葉兆言、陸文夫、范小青等等。

寧、蘇、杭、蓉四本《文學地圖》將要出版了。我想,在我們手持一卷,走過了北京、上海的文學天地之後,進入更加溫婉、柔和的文學風景中,也許更加愜意。城市的文學行走,也必定會持續下去。

張鴻聲
2020 年 5 月於北京朝陽

四、《城市現代性的另一種表述》後記〔註4〕

按我的看法,對於中國現當代城市文學的研究,大概經歷了三個階段。1980 年代開始了對於 30 年代海派文學的研究,並積攢了相當多的研究經驗。其中,吳福輝、陳思和、李今等先生的研究達到了很高水準,讓現在的人很難超越。到 90 年代後,這種研究被推廣到對近代階段與 1980、1990 年代的城市文學,幾乎就是遍地開花了。從研究形態上說,自 1980 年代開始,對城市文學的研究經歷了從作品論、流派論、作家論到文學形態論等各個階段。隨著近現代城市文學,特別是海派文學研究成果的豐富,尤其是李歐梵、王德威等域外研究力量的推動,城市文學研究已經溢出自身範圍,其理念擴大到了整個的

〔註4〕《城市現代性的另一種表述——中國當代城市文學研究(1949~1976)》,張鴻聲等著,北京大學出版社 2016 年版。

中國現當代文學，甚至影響到整個的中國現當代歷史研究。由海派文學研究中抽取的「日常性」、「晚清現代性」等概念，不僅為現代文學史事實中的個體性、私人性、消費性提供了研究的合法依據，而且對於中國學界來說，有點類似法國布羅代爾年鑒學派的作用，成為中國現當代史整體闡述的重要原則。中國現當代城市文學研究已經成為顯學，其在現當代學術史意義上的顯赫程度，似乎只有延安「講話」、「五四」啟蒙等現象才可比擬。

　　無疑，我個人也在這個研究隊伍當中。近十年來，我先後出版過幾本討論現代城市文學的書，如《都市文化與中國現代都市小說》、《文學中的上海想像》等，反響都還不錯，其中第一本還再版過一次。但漸漸地我感到，雖然中國現代城市文學研究如此熱鬧，但還是有著巨大不足。最明顯的問題，就是「斷代」，即對於 1949～1976 年間的城市題材文學的視而不見。不管國內國外，都是如此。具體來說，有兩個表現。第一，在研究對象上，多數研究者將城市文學看做獨立的文學形態，而這一時期的城市文學多數恰恰並不表現城市日常的社會與文化形態，甚至於還有意避免對城市形態的表現。比如，到 80 年代，上海的弄堂房子仍然佔了上海住宅樣式的 80% 以上，可是在 50～70 年代那個時期，作家們就是視而不見，卻一窩蜂地去寫工人新村。由於它不是獨立的文學形態，在中國當代文學的研究中，或者將其略去，或者被肢解在「廠礦文學」、「文革」文學形態等中作簡單描述。從目前所見幾種當代城市文學研究專著來看，學界大多將這一階段的城市題材文學略去。這樣最省事。或者，這些文學作品被當作了「工業文學」。早年我與同事承擔過一個國家社科基金項目「20 世紀中國工業文學研究」，也是將 50～70 年代的一些作品作為工業文學對待的。第二，在方法上，十幾年來，學界對城市文學闡釋的最大策略是上海等城市的現代性，但這種現代性又大多被理解為城市的日常性、消費性、公共領域、市民文化一類。這種口岸城市的現代性，在 50～70 年代自然是沒有的。因此，許多人就認為這一時期的中國當代城市沒有現代性。所以，使用口岸城市現代性的研究策略，面對 50～70 年代的城市文學，肯定瘙不到癢處。因為，你很難想像使用「消費性」、「市民社會」等術語去套用曹楊新村或者上鋼幾廠這種物事。事實上，由於沒有相應的研究方法，即使將這一時期的城市文學納入研究之列，也無法研究。兩種情況概括起來說，一是不研究，二是沒法研究。這樣一來，就使得 20 世紀中國整體的城市文學分裂為 1949 年以前與 1980 年代以後。對兩者之間的三十年，沒有人當回事。可是，如果缺少了對這一時期

城市文學的研究，對另兩個階段城市的文學闡釋勢必也呈斷裂之狀，最後的結果，當然是無法將整個 20 世紀城市文學納入整體研究範圍。

明白了癥結，任務自然就來了。當然，這個任務也是由上述兩個問題而來的。首先是，我們應不應該對 50～70 年代的城市文學進行研究？設立這樣的話題似乎有些奇怪。當然應該研究！既然它存在過，就得進行研究。更何況它還是一個巨大的缺項。其次是，能不能進行研究。其實，說「能不能」的意思，不是出於意識形態的問題。起碼，現在學術界的寬鬆度是很大了。說「能不能」，意思是用什麼方法。只有解決了方法問題，研究才能進行。因為剛才說了，如果按照現代城市文學研究的策略，比如用「公共領域」、「消費性」、「市民社會」術語去討論工人新村，肯定是不行的。

先解決第一個問題。50～70 年代的城市題材文學究竟算不算城市文學？的確，由於這一時期中國的「非城市化」傾向，多數作品逃避對城市形態的表現。在學界，多數人把城市文學看做一種獨立的文學形態，認為必須「表現」城市形態，否則就不是城市文學。其實，這是一種傳統的「反映論」思維。本來嗎，文學的功能，除了表現意義上的「反映論」，還有「話語論」意義。「十七年」與「文革」時期的城市題材，雖不是經典意義上的城市文學，但仍屬於整體的 20 世紀「中國文學中的城市」體現，存在著對城市的某種想像與表述，或者至少是對城市的某種看法。既然有對於城市的表述，也就是一部話語文本，也就少不了敘述城市時的敘事、虛構、修辭等等文學特徵。那麼，這個年代的文學對於城市的表述是一種什麼樣的情形呢？我們以「文學中的城市」這一概念介入，以「敘述」的「話語論」研究兼容「表現」的「反映論」，改變原有單一的「城市文學」的研究定式，也就可以把「十七年」和「文革」時期中國的城市題材文學納入到研究視野了。

再解決第二個問題：用什麼方法研究，怎麼研究。這就要先搞清這一時期中國的城市特性。其實，目下對這一時期中國城市的兩種看法都有問題。一是把這一時期與其前後的近現代與當代完全割裂，認為 50～70 年代完全是一朵奇葩，與之前、之後的城市現代性都沒有關係；二是企圖將「消費性」、「日常性」、「市民社會」等近代口岸城市現代性套用到「十七年」與「文革」文學中。兩種都是不切癥結的搞法，完全行不通。其實，整體來說，這一時期的中國城市，依然逃離不了晚清到今天的中國城市現代性的基本框架。百年來中國城市現代性有兩個譜系，一是城市（特別是上海）體現出的在殖民體系中的邊緣、

破產、畸形、墮落以及擺脫殖民統治獲得解放的國家左翼元敘事；二是上海等城市體現出的國家現代化中心地位與大工業、物質繁榮乃至全球化圖景。兩個譜系橫跨了滿清、民國、「十七年」、「文革」與新時期以來的百餘年。其中有一些亞概念，如「新中國」、「社會主義」、「工業化」、「大躍進」、「公共化」、「解放」等等，雖是「十七年」獨有或者較為強烈的，但仍屬於百年來城市現代性綿延展開的某一個階段，也仍在兩大譜系的範圍之中。而且，在「十七年」的中國城市，甚至連近代時期的城市現代性因素也仍有遺留，只不過是被剔除了全球化、日常性、私性、消費性等口岸時代的城市內容，而突出了社會主義時期的「公共性」、組織社會與國家大工業邏輯等現代特性而已。前後兩者都是城市現代性，不過因時代不同，現代性的內容側重不一樣。說的直白一些，此現代性非彼現代性，但都是現代性；換句話說也是一樣：雖然都是現代性，但此現代性又非彼現代性。概況地講，「十七年」與「文革」城市，不僅延續了百年來的城市現代性，甚至於其「公共化」與「工業化」過程可能還是百年來中國社會最為強烈的。「十七年」與「文革」的城市文學，與其他時段文學城市現代性中的消費性、公共領域、市民社會、全球化等因素此消彼長，共同表現出整個 20 世紀複雜狀態的中國城市現代特性。

這樣一來，兩個問題都解決了，可以進行深入地研究了。

本書的研究路徑是：首先弄清楚這一時期城市現代性的狀況，其與現代和 80 年代以後整個城市現代性的關聯。這一時期的城市文學，在上海等城市的歷史溯源上大致採用了「斷裂論」與「血統論」理解，即消除中國城市原有的文化傳統與口岸城市基礎，確立中國城市唯一的「左翼」政治革命起源，表現舊有城市邏輯的終結與城市的社會主義特性。在消除了城市生活的個人私性、日常性與消費性後，刻意突出國家的「公共性」與「國家工業化」意義。因此，國家政治保障下的工業生產特性在文學中得到空前強調，其他生活形態則被排除，工業生產對社會生活的全面控制與其帶來的特定的社會組織、人的屬性與人格狀態大量進入文學。敘述工業化的作品不僅被巨量生產，而且往往伴隨著重大的國家生活描寫。在題材方面，反腐蝕、憶苦思甜、生產、下鄉、技術革新與競賽等題材會反覆出現。這其中有胡萬春、唐克新、費禮文等工人作家的作品，也包括「文革」時期大量的工業、車間文學。當然，解放前口岸城市與傳統市井的文學脈絡也不是完全沒有，如「為人生」傳統的繼承，《上海的早晨》等對於城市消費時尚的熱衷，對市井生活描寫傳統的延續等等，但是因

為總是受到批判，最後只能以潛在方式存在。在審美原則、敘述文體、人物塑造、場景描寫、空間時間呈現等文本形式方面，因為要突出「公共化」與「工業化」，作品中的生活形態描寫常常被淡化，其中包括居住、家庭、社群、消費等形態與城市原有的地域文化。人格屬性的描寫，如人際、生理、心理、身體等等，當然也要高度服從政治保障下工業化邏輯，以突出人物的生產性與「公共性」。而場景，特別是話劇的場景設置，也會高度集中於與「公共化」政治、工業化有關的公共性空間，如廣場、廠礦、辦公室、工人新村、客廳等，屬於私性的空間，如院落、弄堂、臥室等場景往往被取消。從風格上來說，文學的個人性、地域性當然很少，整體上還屬於國家文學。

本書的研究來源，是我主持的 2007 年的國家社科基金項目。當時，對中國「十七年」城市文學的想法，我也曾經與溫儒敏、陳思和、張炯、楊匡漢諸先生說起過。蒙他們好意，提出了不少有價值的建議。我還記得，當項目立項時，溫先生曾高興地打電話給我。幾年下來，我的課題項目階段性成果還著實不少，有 20 多篇階段性文章發表在《文學評論》、《中國現代文學研究叢刊》、《文藝爭鳴》、《學術月刊》、《社會科學》、《學術論壇》、《南方文壇》、《上海文化》等權威或核心期刊，僅《文學評論》就有 3 篇，還被《新華文摘》全文轉載 1 篇，《人大複印資料》全文轉載 6 篇，反響還都不錯。上海的楊劍龍先生主編《都市文化研究讀本：都市文學卷》（上海人民出版社 2014 年 3 月出版），瑰集了新時期以來重要的城市文學研究論文，其中收錄了我的《上海城市政治身份的敘述（1950～1970 年）》一文。這篇文章發表較早，2007 年被《新華文摘》全文轉載。到現在還有學者說：「張鴻聲近年來的研究著力於上世紀 50 到 70 年代的城市文學，他的《上海城市政治身份的敘述（1950～1970 年）》一文填補了這一歷史時段上海城市文學研究的空白」。說「填補空白」不敢當，但關注較早倒是真的。此後，我對這一時期城市文學研究的文章當然就更多了。

因為是國家社科基金立項，在項目進行中，鄭州大學的林虹、劉宏志副教授，河南工程學院的井延鳳副教授先後加入，後兩位是我指導的博士生。他們完成了一部分初稿，為課題做出了貢獻。當然，他們撰寫的文字在最後修改、通稿時會有大幅度的變化。項目進行中，中國社會科學院的金朝霞、王保生、邢少濤、劉豔等老師，上海社會科學院的陳惠芬、張曦、李亦婷老師，中國藝術研究院的陳飛龍老師，廣西文聯的張燕玲老師，吉林文聯的王雙龍、朱競、

孟春蕊等老師，鄭州大學的喬學潔老師，中國傳媒大學的胡智鋒老師等等，還有其他許多朋友，對課題亦有幫助。在這裡都一一謝過。

此外，還有一些關於學術與生活的題外話也要說說。我一直認為，對學者來說，學術也只是學者生活的一部分，它服從於你的生活狀態。兩者的結合，就構成了學者的個人生活史。我是個喜歡懷舊的人，原本就喜愛搜藏舊貨。別人可能覺得「十七年」乾巴巴的無甚意思，但我由於這一興趣，就淘了相當多的「副產品」，比如當時全國美展的油畫、中國畫、木刻、水粉等圖冊，還有照片，以及年畫、連環畫，僅「文革」老連環畫就有千餘冊之多。潘家園、報國寺、大鐘寺等處，還有各地的舊貨市場，都是我常去的地方。搭了許多工夫去玩還名之曰「研究」，這是我一向的毛病。至於尋訪當時的舊跡更是常事。在上海、北京的中蘇友好大廈、蘇聯展覽館（現在都叫某某展覽館了），人家看商品展銷，我看房子。我還拿著當時的小說和圖冊去看曹楊新村，或者在北京的老廠區轉悠，那兒的人都不理解：這破地方，早該拆了，有什麼可看？！高雅的人可能也不理解：小資們喜歡看滬上的洋房或者石庫門，比如張愛玲住過的地方；好古的人去找舊京的各種雜碎，起碼也得是貝勒府、貝子府什麼的。「十七年」的東西有什麼勁？！老洋房或者貝勒府我當然喜歡，但是既然搞了「十七年」，總得有點個人生活史中的念想。現在這個時候，使專業成為樂子很難。對我來說，正經的學院派「研究」成了雜七雜八的生活，也算是一種生活內容吧。

書稿完成後，我的朋友，北京大學出版社的張雅秋老師要去了，儘管她認為這部書在我的著作裏算不得好（我們交道多年，迄今為止這是我與她唯一的分歧）。雅秋是極有趣的好女孩。在我眼裏，她還是個漂亮小姑娘吶，可做編輯卻黑臉老道，老資格了。為了這本書，勞她經常大老遠從西邊的海淀跑到東頭的朝陽。她知道我在意圖書的裝幀設計，所以，關於書的封面、裝幀與版式也非常操心，都與我反覆商量。我感謝她，希望以後多為她做事兒。當然了，也要感謝北京大學出版社，還有未曾謀面的出版社領導。

上邊的話，從研究思想說到了個人生活，真是拉拉雜雜。因為做事總要有頭有尾，要算作後記就算是吧。想必雅秋看了會照例嘿嘿一樂：好玩！

張鴻聲　北京

五、《中國當代電影中的上海城市形象研究》後記 〔註5〕

　　我長期進行城市文化的研究，先後出版過《都市文化與中國現代都市小說》《文學中的上海想像》《城市現代性的另一種表述》《北京敘述：帝都、家園與現代性》等多部專著，大多都與上海城市文學有關。還主編有叢書「城市文學地圖」，其中就有《上海文學地圖》一冊，其中也談到了上海電影以及老上海的夏令配克、國泰、大光明、巴黎大戲院等影院。其實，在我的研究中，所謂「城市文學」的「文學」，其體裁範圍，是包括電影甚至電視劇的。比如，對於 30 年代上海文學的研究，就包括了新感覺派文學的電影蒙太奇、場景組接等方法。還有，對於 50～90 年代的上海文學研究，也大量涉及當時的上海電影，還有相當多的小說的電影改編情況，這在《城市現代性的另一種表述》這部專著中討論很多。其中，對於電影中所涉及的上海空間、建築、人物，描述非常詳盡，比如黃浦江、外灘、楊樹浦、十六鋪、南京路、淮海路、福州路、上海展覽館、曹楊新村、工廠、弄堂等等，還有電影中的各色人物的身體、服飾和語言，甚至包括電影廣告、海報。不過，當時我對於上海電影的研究，基本上還屬於電影劇本的文學文本研究範圍，沒有涉及電影作為影像媒介的藝術研究。此後，由於對於媒介、藝術研究領域的介入，對於電影的藝術研究的興趣也就開始了，這在我後來主編的《當代文藝形態的媒介與文化研究》這本專著中有了體現。由於對媒介、藝術理論知識的積累，我嘗試使傳統的文本研究與媒介的藝術研究方法兩相結合，再利用我原本的城市研究的思想儲備，開啟了另一種關於城市文化的研究。

　　百多年來，與其他的文藝體式一起，電影也開始了對於上海這個城市的敘述與想像。上世紀的 30～40 年代，上海電影發展出現了高峰。伴隨著城市文化的高速行進，不管是左翼電影，還是消費性的娛樂電影，都呈現了歷史上前所未有的現代性景觀。自 50 年代以後，上海電影也開始了對於國家工業化的現代性想像，巨量的工業化題材噴湧而出，現代「公共性」成為這種工業化的基本邏輯。在當時的里弄、街道、新村、工廠、醫院、機關等各種題材中，對於「公共性」的意義表述，公共性話語對於時間、空間的敘述，潛隱於劇本文本、鏡頭與場景之中。而且，城市形象中的工業倫理，其強烈的表達是百多年上海文藝作品（包括電影）中極其少見的。從這個角度來說，這一時期的上海

〔註 5〕《中國當代電影中的上海城市形象研究》，張鴻聲主編，中國傳媒大學出版社 2022 年版。

電影，也是百多年來城市現代性表達的重要部分。新時期以後，經歷了「傷痕」主題與「改革」主題，電影中的「上海」呈現出更複雜的一面。既有國家在城市化高速運轉中的各種城鄉扭結，也有全球化背景下的「魔性」訴求。進而，後者的強烈意願，還促發了對於殖民時期物質、消費的「全球化」憶念，產生了大量的「上海懷舊」影像。城市的歷史記憶、當下的現狀與未來的全球化圖景，不同時期的上海城市形象，代表了國人的一部城市現代性認知歷史。

比如，學術界一直有一個看法，即50～70年代關於上海的電影與文學是不表達現代性的。這種看法並不準確。其實，現代性並無資本主義、社會主義之分。中國的社會主義也是一種現代性實踐，其所包含的國家工業化進程、傳統社區的公共性建設也是現代性的一種，而且，早在晚清時期就具有了初態，與晚清以來的啟蒙、人道、法制、工業化、現代消費、小家庭倫理等等，共同組成了多元的現代性圖景。只不過是，到了50年代以後，借助社會主義制度，國家工業化和公共性的程度更加得以加強。作為中國最早發育現代性的城市，上海強大的城市現代性更加為人矚目。這種情況，在50年代以後的上海題材電影中也多有體現。我曾詳細考察過50年代以後上海電影中經常出現的城市場景以及空間，其現代性表達不僅常見，而且還非常強烈。只不過是，這種空間場景必須經過電影語言的過濾，以消解原有建築、空間的資本主義因素，凸顯其社會主義性質。比如，《霓虹燈下的哨兵》中，起初的場景是「火光中時而看到百老匯大樓的輪廓，時而看到江海關的剪影」，但電影結尾的時候，空間重點就被轉移到了軍民聯歡的公園了。《黃浦江的故事》中，「景漸顯」一段還專意強調，鏡頭要從外灘轉向「煙囪林立」、「輪船穿梭」的江邊廠區。

50～70年代電影中的上海城市空間與建築，社會主義的現代性特徵最明顯的，有中蘇友好大廈、廠房、碼頭、工人新村等等。中蘇友好大廈是最具社會主義特徵的建築，由於其絕對高度超過了國際飯店，構成了社會主義新上海的天際線，許多的電影都將此地作為電影高潮的場景。比如《不夜城》中慶祝公私合營成功的聯歡，就在中蘇友好大廈舉行。同時，經常出現的民居建築，也從上海常見的具有中西合璧色彩的弄堂房子，轉向工業化時代的工人新村。《家庭問題》、《鋼鐵世家》等，大都以工人新村為場景地，當然，其中最典型的當屬上海最大的新村住宅區「曹楊新村」。工人新村建築作為社會主義現代性的典型符碼，其特徵是工業時代的標準性，遵循的是統一的國家公共性對於日常生活形態的規定。不僅宣示著未來人類的空間形式，還作為涉外旅遊景點

向世界展現。而像《萬紫千紅總是春》這些以傳統弄堂為場景的電影，也必須以建築物上的紅布橫幅與服務公約、清潔衛生公約等等，強調社區私性的退化，和公共性的逐步建立。

為了印證我所感知的電影中的上海，我曾尋訪過「明星」、「聯華」、「天一」、「崑崙」等老上海電影公司的舊址，而且，還按照電影中出現的城市場景，進行實地的考察。我發現，電影文本中的上海，與實際空間中的上海之間，似乎存著在互文關係，兩者互為借助。既有的城市空間，通過影像中對於城市現代性訴求，獲得了意義；而文本與影像表達呢，也因人們熟悉的空間景象，使想像轉喻為大家都可以接受的認知共同體。應該說，電影、文學與建築，乃至廣場、標語、標識、路牌、廣告、圖案等等，其實，都具有文本性，都構成了城市現代性意義的表達。漫步在上海或者繁華或者老舊的處處，會深切的感受到這一點。

因此，區別於電影史寫作，本書並不是一般性的對於上海電影史的研究，而是講述「電影中的上海」，或者說是「電影中的上海城市形象」。不過，其表現出的「上海性」，也並非對於上海城市百科全書式的照搬寫實，而是基於現代性價值理解，展現出其現代性訴求，或者說是一種現代性想像。因此，電影藝術—城市認知—想像意義—價值觀表達，構成了我所理解的「電影中的上海」。確定的說，這也是本書的研究思想。

本書即將付梓，要感謝與我一起進行研究的同道。同時，也要深深感謝本書的責任編輯，中國傳媒大學出版社的李水仙老師。本書的順利出版，得之於她的辛勤努力。眾人之手，成就一書。本書的出版，既是一段時期研究工作的成果，也是對各位作者與出版者愉快共事的紀念。

張鴻聲　北京

六、《北京文學地圖》後記〔註6〕

北京是世界上最偉大的都市。其古老與輝煌，只有巴黎、羅馬差可比擬。明清以來，記述北京的文字，如《帝京景物略》、《國朝宮史》、《日下舊聞考》、《帝京歲時紀勝》、《燕京歲時紀》，到今人梁思成、侯仁之、林語堂、齊如山、金受申等的著作，幾乎不可勝數，至今於坊間常見。不過，其多數文字，屬於史學、民俗學、地理學、建築學，乃至掌故、旅遊等範疇。其實，在對北京的

〔註6〕《北京文學地圖》，張鴻聲主編，中國地圖出版社 2011 年版。

文字記述中，還有更大的一類，就是表現北京的文學作品。然而，對北京城市的學術性記述與文學表現，常常被人們兩相分隔。人們有時候忘記了，在討論北京城市的時候，將文學類的文字包含進去。也就是說，人們記住了作為「物」的北京，卻忘記了還有「文學中的北京」。

美國學者理查德・利罕曾有著作《文學中的城市》，卡爾・休斯也有《世紀末的維也納》，都是從「文學中的城市」概念入手研究城市的名著。在國內，陳平原先生也曾經提出「文學中的北京」這一概念。我也於近期出版了類似的著作《文學中的上海想像》。不消說，「文學中的北京」，不僅篇章數量，要比前者多得多，而且由於文學作品特有的「文本性」，其對北京城市的表現，更見精神上的深度。

當然，上面所述，還都在純學術層面。我曾經想，如何將文學對北京的表現文字，結合城市地理，對於北京做一種與歷史的、民俗的等常見著作不同的描述，以便給讀者一種新的城市概念呢？近年來，我一直進行「文學中的城市」研究，甚至還將研究對象擴大到了十七年和「文革」時期。恰巧，我所在的中國傳媒大學文學院，菁英彙集，有幾位中青年才俊，還是專門做城市文化、文學研究的。當然，更重要的，是我們幾位同仁，還有一個共同的情感，就是熱愛北京。近年來，適逢各界倡導對於北京深度旅遊概念，我們就有了按北京城市地理為經絡，以文學對於北京的表現文字為內容，又參及典籍，三者融通，撰寫一部文化著作的想法。這時，我主持北京市的一個項目，也與此類似。種種情形，正是迎面東風吹來。一年以後，遂成此書。在寫作班子中，除了撰寫工作之外，由張鴻聲博士提出選題，安排章節，統一籌劃，最後統稿、定稿。耿波博士做了前期很多的設計、安排工作，後期又進行了統稿。顏浩博士對此書也用力甚巨。不僅寫出樣稿，且承擔了較多的篇幅。凌雲嵐、陳友軍、張宏、井延鳳各位博士，也都通力協作。陳友軍博士在書的出版方面，付出許多辛勞。謝筠副教授作了通校。

應該說，這本書在學術性上已達到了相當的高度，已經有幾篇文章在重要期刊上發表。而且，文字之優美，也可作為文學性的隨筆散文。另外，在讀者的實用性方面，也恰恰可以按圖索驥，以文學的線索暢遊北京。既可以按照城市地理，尋找北京的文學故事；又可以在文學中，發現北京的城市內奧。面對北京的一磚一瓦，能夠見出別樣的光輝。說俗一點，既可以是「北京的文學遊」，又可以說是「遊覽」了北京的文學。旅遊要靠地圖，而所謂「地圖」，不僅是

山川形勝、道路建築，更重要的，還兼有人的遊走。人跡所至，皆有精神。人的面貌，何嘗不是山川、城市的脈絡，何嘗不構成精神地圖？！

中國地圖出版社的各位領導與編輯，於我等心有契洽。相見一面，已引為道友，共同開始了此番事業。感謝出版社的石主編、發行部的主任，和卜編輯，承他們厚愛，付出了許多辛勤。我想，寫作與出版，本是一個事情的兩個方面。沒有他們，我們的工作也會失去許多意義。謝謝他們！

北京是國人共同的精神之鄉。我們描述她，是因為愛她。不僅是寫作者和出版者，相信每一個閱讀此書的人，也都如此。北京是說不完的。每一次對北京的描述和閱讀，都是深度的精神旅行。所以，「後記」寫到這裡，又一次旅行該開始了。讓我們一起，現在就出發吧。

張鴻聲

2011 年 3 月 3 日於北京

七、《上海文學地圖》後記 〔註7〕

說到這本書的寫作緣起，當然是去年我主編的《北京文學地圖》（陳平原先生序，中國地圖出版社 2011 年出版）了。陳平原先生在《北京文學地圖》的序中曾說：

記得當初在《「五方雜處」說北京》（《書城》2002 年 3 期）中，我提及如何兼及深度旅遊與文學閱讀，還專門介紹了 Ian Cumningham 編纂的《作家的倫敦》（Writers' London, London: Prion Books Ltd. 2001）、馬爾坎・布萊德貝里（Malcolm Bradbury）的《文學地圖》（臺北：昭明出版社，2000），以及日本學者木之內誠《上海歷史導遊地圖》（東京：大修館書店，1999），並大發感慨：「曾在不同場合煽風點火，希望有人步木之內先生後塵，為北京編著『歷史導遊地圖』，可惜至今沒人接這個茬。」

陳先生此言，我深以為同。感佩之餘，我也曾想響應一下，有所嘗試。如果將文學的專業研究和對於城市的地理空間的感受結合起來，倒不失為對這個城市的另一種表述。對北京如此，對上海也是如此。

說到研究，我基本上是以上海的城市文學為研究對象的。我的碩士論文、博士論文，還有博士後出站報告，都以上海文學為題，也先後寫了幾本書，包

〔註 7〕《上海文學地圖》，張鴻聲主編，中國地圖出版社 2012 年版。

括《都市文化與中國現代都市小說》(1997 年出版，2009 年再版)、《文學中的上海想像》(2011 年出版)，等等，還先後有過幾十篇文章。包括近期進行的國家社科基金「中國當代城市題材文學研究」，也多數以上海的文學為題。

　　當然，更多的是研究和生活感受結合的東西。我可能是非上海人中，對上海，特別是老上海瞭解比較多的。還在孩提時候，我就對上海有一種特別的感覺。20 世紀 50 年代，我的父母先在南京，後到上海。大約在 1960 年到了內地。那時候內地還比較落後，母親對於離開上海的生活也不太滿意，時常說起上海的種種好處。這對於還是孩子的我影響頗深。多年後，我不斷地因公因私去上海。為了研究，也因為興趣，常常走訪老上海的各種街道、建築和遺址。在上海住的時間較長的，起先是徐家匯地區上海社科院的歷史所。與歷史所毗鄰的，就是大名鼎鼎的徐家匯藏書樓。最初撰寫論文的材料，大多來自那裏。自 2007年始，到 2009 年，我在復旦大學中文系跟隨陳思和老師做博士後。復旦大學接近五角場，那是國民政府「大上海建設計劃」的中心區域。至第三任市長張群執政，確定《建設上海市市中心區域計劃書》，「大上海建設計劃」拉開序幕。「大上海建設計劃」包括碼頭、分區、道路、排水、鐵路以及各類公共建築的建設，但主導建設的思想基礎是民族主義。市政府大廈摒棄了廣為流行的歐式建築風格，而改以民族特色的紅色立柱、斗拱、彩色琉璃瓦頂的古典宮殿建築。整個建設明顯以市政府為區域核心，而在其周圍則分布著市體育場、市圖書館、市博物館、市醫院和市衛生檢驗所五大建築，「取現代建築與中國建築之混合式樣」，以同樣風格組成莊嚴的建築群。以此為中心，建設世界路、大同路、三民路、五權路，四條大道將市中心區分為四個小區，路名首字為「中華民國」、「上海市政」。很顯然，這與租界地區以港口、交通為核心並呈「同心圓」、「多中心」的城市地理格局完全不同。後者完全循由經濟與商業邏輯，而前者具有鮮明的國家政治色彩。我在上海常住的地方，就是以「國」字開頭的國定路。其周圍，南北向的「國」字頭道路，常常與「政」字頭的道路形成交叉。所以，對於所有中國人來說，上海既是充滿西洋氣息的怪異所在，也是對於民族國家想像的烏托邦。即使是從日常起居的角度，你也能觸摸到一部複雜的上海近代歷史。

　　在上海的居住經歷，與我將上海作為對象的研究，經由陳平原先生的啟發，我漸漸生出一個想法——編一本上海的書。於是，本書的設想就開始了。

　　全書由我主編，卻是在我所在單位的同仁們一起努力之下完成的。幾位同仁都長期研究城市文化與城市文學，卓有業績。所以，我想在這裡說一下他們。

　　女士優先，先說兩位女士：顏浩副教授和凌雲嵐副教授有著相似的經歷，兩位才女皆籍湘省，都在省垣讀了本科和碩士，又都考入北京大學中文系的博士，先後師從陳平原先生。畢業之後，又都來到了中國傳媒大學文學院任教。近年來，她們一直做關於北京、上海與湖南地域文學的研究，各擅勝場。顏浩的專著《北京的輿論環境與文人集團：1920～1928》與凌雲嵐的專著《五四前後湖南的文化氛圍與新文學》，都在北京大學出版社出版。兩位都是蘭心蕙質，文筆極好。有些學術性的文字也是可以當做散文去讀的，這從她們所寫的章節也可以看出來。不過，兩位的性格倒是不同。雲嵐君文秀，而顏浩君爽直，想來也是湖湘女性的兩種性格吧。耿波副教授，山東人，是北京師範大學童慶炳先生的高足。近年來從事城市審美文化與民俗文化的研究，做過幾個大項目。耿波君還長於學術的謀劃與組織。人們都說現代史上的傅斯年先生是一位組織大師。耿波與他同鄉，不知山東人士是否都有此特點。陳友軍副教授，湖北人，一直從事中國現當代電影史的研究，成績斐然。友軍住在北京南城，總說南城是平民的地方。可是，他的住所在陶然亭附近，比起我們在京東的五環來說，不知要有文化多少了。井延鳳副教授，我叫她小井，人極聰慧，先後跟著我讀了碩士和博士。她的博士論文是寫「文革」時期手抄本研究的，相當好。小井對於城市的感覺非常細膩，讀書之餘，常常去北京的胡同考察。我曾自信是懂一些胡同的，可是有一次小井跟我談起胡同，直聽得我一愣一愣的。我們幾位都不是上海人，卻寫了關於上海的書。這種事情倒也正常。看風景要常常能夠跳出圈外才能看得仔細，這可能是外地人寫上海的優勢吧。

　　書稿既成，我奉之於陳思和老師。陳老師是著名的文學史家，海內外知名，也是我在復旦大學做博士後的合作導師。陳老師溫良、平和，雖為地道的上海人，但爽直而又仗義的性格卻與我們北方人相似。曾有言說，最好的上海人往往不像上海人。我這樣看陳老師，想來他也不會怪我。謝謝陳老師！感謝中國地圖出版社地圖文化出版分社的卜慶華社長，發行公司的池濤總經理，為這一本書再次付出辛勞。

　　上海是一個複雜到不可思議的地方，既是異托邦，也是烏托邦。在文學中遊覽上海，不知此言然否，那就看看本書吧。

張鴻聲 2012 年 3 月 2 日於北京朝陽區